講談社文庫

第四権力

巨大メディアの罪

高杉 良

講談社

目次

第四権力

巨大メディアの罪

第一章　怪文書の〝怪〟

1

ズボンのポケットで携帯電話が振動した。

藤井靖夫《ふじいやすお》は発信者が辻本浩一《つじもとこういち》だったので、席を立たずに受信した。

「おはようございます。藤井ですが」

時計を見ると午後二時一〇分だった。テレビ、芸能業界などでは、昼夜を問わず水商売なみに「おはようございます」で通している。

「やあ。今夜はどうなってんだ」

「用向きはなんですか」

「靖夫ちゃん。バカに他人行儀じゃねぇか。その辺に誰かいるのは分かるけど」

「ええ。まあ」

「なにが、ええまあだ」

辻本は笑っていた。口吻《こうふん》は小バカにしている感じではない。

「おまえ、どうせ暇もてあましてるんじゃねぇのか」

「そうでもないですよ」

「久方ぶりに一杯やろうや。耳寄りな話があるんだ」

「承りました。時間と場所をどうぞ」

「一九時に〝はらぺこ〟でいいか。じゃあな」

ガチャンと電話が切れた。

藤井は小さく吐息を洩らし、それとなく周囲に目配りした。

つい先刻まで経営企画部長席の脇で、立ち話していた二人の姿はなかった。

常務取締役で経営企画部担当の木戸光太郎《きどこうたろう》と取締役で部長の山崎正樹《やまざきまさき》だ。

経営企画部は、テレビ東日株式会社の短・中・長期の経営戦略を担う枢要部門だ。

藤井は四十五歳。一九八五（昭和六〇）年四月に入社した。むろんコネ入社だ。八五年までは全員そうだった。石を投げれば〝コネ〟に当たる、と言われても仕方がない。

経営企画部のメンバーは部長以下一五名。一七階フロアの一角を占めている。編成制作局、報道局、スポーツ局などの〝現場〟とは比ぶべくもないほど整然としていた。まるで別世界だ。

藤井は報道局の現場から経営企画部にピックアップされたとき、わが身の不運、不幸を嘆いたものだが、いつしか内心まんざらでもないと思うようになっていた。

恥知らずにも誇りを鼻にかける手合いばっかりの中で、藤井は俺はちょっと違うとの自負の念がないでもなかった。ただし、俺以外はバカばっかしだが、俺は違うと鼻にかけては絶対にならないと自戒してちょうどよいのだ。これがバランス感覚というものだろう。

藤井のポストは副部長待遇だ。二年先輩のラインの副部長の清水弘《しみずひろし》はバカではないが、目線は上ばかり見ていて、ゴマ擂《す》りの天才だ。露骨な揉み手スタイルは愚の骨頂だが、さりげなさが身上だ。さっきも、役員二人のやりとりを聞かぬふりして聞いていた。

もっとも、恥も外聞もない大ゴマ擂りのほうが幅を利かせられるのがテレビ局の世界でもある。特にテレビ東日では。だとすれば仕事ができるかできないかを判断の基準にしている藤井も、バカのうちかも知れぬ。本人も気づいているが、シャイなところがゼロでは人間性を疑われると思っているだけのことかも知れない。

一方、辻本は同期入社組のお仲間で、報道局で一緒に仕事した仲でもある。

八五年入社組は四七名。いわゆるキャリアと称される新規採用者だ。

辻本も副部長待遇で、報道局情報センターの社会部で四人いるデスクの一人だ。仕事ができるやつだと藤井は確信していた。

辻本のほうは、この日、二〇〇七（平成一九）年一一月九日は夕方五時のニュース番組を担当していた。

報道局は、情報センター、映像センター、業務部、海外支局などから成り、約三〇〇人。約三五〇人を擁する編成制作局に次ぐ大部門である。

情報センターは報道局の三分の二を占め、各番組の関係者やワイドショーのディレクターなども含まれる。社会部は約四〇人で政治部、経済部などより比較的多い。

一四階フロアは報道局で占めているが、雑然としていることこの上もない。

専用デスクがあるのは部長だけだ。社会部に限らず専用デスクも無ければロッカーも無い。厚みのある引き出しが一つあるだけだ。

辻本との電話が終ったあとで、藤井は専用引き出しのあるデスクの前に腰をおろし、五分ほど思案顔で腕組みしていた。パソコンが据えられたデスクだけは書類の山が無かった。

2

パソコンは共用で、どの端末も使用できる仕組みだ。

この夜、藤井と辻本は〝はらぺこ〟で落ち合った。

〝はらぺこ〟は西新橋にある。古びて小さなビルの割りには、新第一ビル（旧長尾ビル）と大仰な看板がある。このビルの一階と地下一階を占有していた。

出入り口は一つ。一階は大きな厨房とカウンター八席。地下一階は椅子席がほとんどで四〇人は収容できるし、トイレもある。官庁街に近いせいか、馴染み客の約八割は国家公務員だが、ワインを除けば二、三千円で済む、身銭で飲み食いできる飲み屋だ。

〝はらぺこ〟のネーミングは、オーナーで女将《おかみ》の原口昌子《まさこ》の原を腹にかけて、腹ぺこでたらふく食べても、支払いの心配はない――に由来していると思っている常連が多い。

昌子の年齢は不詳だが、還暦は過ぎているかもしれない。ランチタイムのほうが人気がある。

辻本が警視庁詰め時代に二、三度使って、料理の美味しさとリーズナブルな値段に『ぶっ魂消《たまげ》た』のだ。

カウンター席のたたずまいからして、知った顔に出会うことは、まずあり得ない。セレブ気取りのテレビ局社員が使うはずがなかった。

藤井が〝はらぺこ〟に着いたのは午後七時一〇分だが、辻本は一階カウンター席の中央に陣取っていた。

「俺も三分前に着いたばかりだ。相変わらずうすでけえなぁ」

一メートル八一センチのスリムな長身を見上げながら、わざとらしく眉をひそめて辻本がのたまった。

「きみが小さいだけのことだろう」

「えらそうによく言うぜ。俺が普通。七三センチはあるぞ」

藤井は二重瞼《ふたえまぶた》の深くて濃い目が印象的だ。

辻本は優しい丸顔だが、負けん気の強さは藤井の比ではなかった。二人共、アルコールには滅法強い。

藤井がドアに近いほうに並んで座った。

「急いできたので暑いくらいだ。生ビールにしますか」

「OK」

辻本が手を挙げる前に割烹着姿の女将が笑顔でおしぼりを運んできた。仲居ならぬバイトのおはこびは普段着だ。

「いらっしゃいませ。辻本さまも、藤井さまも生ビールですね」

「そう。ジョッキで二つ」

藤井は『頭の良いおばさんだ。まだ二回目なのに。それにアットホームでもある』

と思いながら、無言でうなずいた。

バーテンダーはいない。カウンターの向こう側に人が立てるスペースは無かった。

地下の椅子席から混んできて、はみ出した客が一階に来る。

ジョッキをぶつけて、ぐっと飲むなり、辻本が声をひそめて切り出した。

「来年もプロパーの社長は見送られるらしいぞ。東日新聞のなんとかいう専務の天降《あまくだ》りだってさ」

「天降りはないだろうぜ。その逆の天上《のぼ》りだな。通常は官庁からの押しつけ人事で、天上りなんて言葉はないが、俺たちが入社した時代はまだ新聞のほうがパワーがあった。しかし、今やテレビのほうが上位だろう。東日新聞は親会社風を吹かし続けているが、相当な配当金を貢《みつ》がせておきながら偉そうに……。大広告会社ＯＢの親父さんの情報なのか」

「親父がテレビ東日の役員人事に無関心とは思えないが、話したことはないよ。おまえだから明かすが、ソースは某警部だ。出所は警視総監だってさ。間に一人入っているかもな」

「ってことは、ウチの渡邉《わたなべ》社長が山田警視総監と話した可能性もあるな」

藤井が最前の木戸と山崎の立ち話の場面を目に浮かべながら、話を続けた。

「社長がワシントン支局長時代、警視総監は在アメリカ大使館の一等書記官で、年齢は社長のほうがかなり上だけど、英語が話せない誼《よし》みで仲良しになったとか聞いた覚えがあるぞ」

「その話は俺も知ってるが、事実は横文字アレルギーの渡邉に山田さんが同情してコーチしたっていうことだろう。山田さんが流暢《りゅうちょう》な英語を話せることは間違いないからな」

藤井がビールをがぶっと飲んで、ジョッキをカウンターに置いた。

「渡邉一郎さんの岳父は大銀行の頭取だったんじゃなかったか。『ブンヤ風情に大事な娘を取られてたまるか』って、ほざいたとかいう逸話が残ってるけど、岳父の七光りで大東日の専務にまで伸《の》し上がって、テレビ東日の社長になり、今や裸の王様に近い存在だ。女っ誑《たら》しで、昔ニューヨークでガールフレンドだか、ストリートガールだかと遊びまくったらしいじゃない。弱みを握られている部下を新聞やウチで重用しているのは確かだよ。六月に代表取締役会長になるんだろうな。代表権を持つっていうことは人事権も手放さない魂胆だろう。東日新聞の誰が社長になっても、ウチの権力構造はなんら変らないっていうわけだ」

「しかし未来永劫に新聞社の支配下に置かれるなんてあり得ないだろう。いくらなんでもそろそろプロパーがトップに就かなければ、やってられない。士気が停滞して大変なことになるんじゃないか」

「おっしゃるとおりだ。プロパー・トップの瀬島《せじま》専務は一二期生で、もう六十三歳の筈だ。ただし、彼はダーティであり過ぎるから、トップとしての器量は望むべくもない。これは衆目の見るところで、一年下の木戸常務こそがリーダーシップを発揮してくれる期待の星なんだろうな」

瀬島豪《たけし》は編成制作、報道部門などを担当している。

「実は藤井の意見を聞きたかったのは、〝ダーティ瀬島〟のことなんだ」

辻本が思いきり肩を藤井に密着させて、ささやいた。

「瀬島を中傷する怪文書が警視総監宛に郵送されてきたんだって。内容は大手プロダクションからの多額なキックバックに関することらしい。〝生安《せいあん》〟の警部が警視庁詰めのキャップに耳打ちしてくれたんだが……」

「キックバックだとしたら生安はおかしくないか。生安の担当はクスリとか賭博だろう」

藤井も警視庁記者クラブに所属したことがある。生安は生活安全部の略称だ。

藤井がつぶやくように続けた。

「瀬島氏のマージャン好きは知る人ぞ知るだが、賭けマージャンぐらいで怪文書は大《おお》袈裟《げさ》すぎるな。プロダクションのキックバックも昔のことで不可解千万だ。怪文書の発信者を特定することは困難だが、キックバックで瀬島氏が脛《すね》に傷もつ身であることを知らない人のほうがウチでは少ないだろう。だからこそ〝ダーティ瀬島〟なんて言われるんだよ」

「なるほど。件の警部から社内で怪文書が話題になってないかって訊《き》かれたらしいから、『少なくとも、俺は知らん』って応えておいたが、藤井はどうなんだ？　なにか知ってるのか」

「なんにも聞いてない。僕の周辺では話題にもなってないよ。今夜が初耳だ。繰り返すが、多額のキックバックもおかしいな。昔話を蒸し返しただけのことだろう。ただ、怪文書が存在するとして、当局が問題視しているとすれば厄介だな。とりあえず内々で調査した結果、事実無根だったくらいのことは言っといてよ」

藤井と辻本のカウンターにイカゲソ焼きと取り皿が並び、生ビールからチリ産の赤ワインに変った。

辻本がしかめっ面で腕組みした。

「渡邉を含めた東日新聞社が瀬島を斬りたくて、なにか画策しているとは考えられないか。なんだかんだ言っても瀬島は遣り手だし、プロパーの有力な社長候補だ。本人もそれを意識している。子分も多いことだし、酒席で渡邉が俺を後継者に指名しない筈《はず》はないと豪語したとかいう話があったなぁ」

「そんな話が伝わったのはおととしの中頃じゃなかったか。大手のプロダクションと

な」
「軽すぎる。渡邉の耳にも入ってるだろう。この大バカと思われてもしょうがないよ
の飲み会で口走ったとか聞いたが、尾ひれが付いているとしても、軽いよなぁ」
「渡邉氏が瀬島氏に相当な弱みを握られているのならともかく、さしたることじゃな
ければ斬りたくもなるだろう。新聞社との利害も一致することだしな」
「しかし、木戸氏が浮上するから、俺たちプロパーにとっては悪くないかもな」
「木戸さんは俺が俺ががなさ過ぎるのが最大の欠点だな。地方のテレビ局に飛ばされ
ても甘受する口だろう。東日新聞にとって、目障りなのは瀬島氏だけだ」
藤井は腕組みを解いて、グラスに手を伸ばした。
「怪文書の件はなにか裏があるような気がしてきたよ」
辻本がグラスをカウンターに戻して、脚も組んだ。
「瀬島斬りねぇ。確かにあるかもなぁ。ただ、渡邉がその気になったら、なんだって
出来るんじゃねぇのか。怪文書まで飛ばす筈はねぇよ」
藤井が仏頂面で天井を仰《あお》いだ。警視庁が動いているのが事実なら、厄介だ。
ましてや山田警視総監から渡邉社長に電話がかかってきたとしたら、ただごとでは
済まない。ほんとうに何か裏があるのかどうか、ここは思案のしどころである。
藤井はハッとした。二年前の〝伊藤事件〟を思い出したのだ。何故このことに気付

かなかったのか、不思議だ。バカに付ける薬は無いと自らを貶《おとし》めて、声に出して嘲け り笑った。

〝はらぺこ〟のカウンター席は午後八時を過ぎたのに、まだ藤井と辻本の二人だけだった。

「おい。なにがおかしいんだ」

辻本が首をねじって、咎《とが》める目で藤井を睨みつけた。

声の大きさに、藤井は顔をしかめたが、すぐに笑い出した。

「自分のバカさ加減に呆れたってだけのことだよ」

「どういう意味だ？　勿体《もったい》ぶるなよ」

「二年前の〝伊藤事件〟に思いを致さなかったのは、辻本も僕も相当間抜けなんじゃないのか」

「ふうーん。そうか。〝伊藤事件〟ねえ。あの野郎は仕事はそこそこ出来たんだろうけど。カネ遣いの荒さはひでえものだったらしいなあ。上層部との間に現金のやりとりがあったなんて怪文書が飛び交ったものなあ」

〝伊藤事件〟とは、国税局の税務調査で、下請けの制作会社への一億五千万円に及ぶ架空水増し発注が白日の下に晒された制作局チーフ・プロデューサー、伊藤卓彦が起こした〝所得隠し事件〟のことだ。二年前に伊藤は懲戒解雇になった。瀬島は後輩の伊藤に何度か銀座の高級クラブに接待されていた。伊藤の手口は巧妙で、愛人に経営させていた高級クラブに、複数の大手プロダクションに現金で付け回しの支払いを十数年にわたって行なわせた。銀行払い込みを避けてキャッシュで十五億円以上をせしめて、愛人と山分けした。事実は、立件された金額の十倍以上の現金を引き出したのだ。

商法違反（特別背任罪）は確実だが、テレビ東日は被害届を警察当局に提出しなかった。鬼籍入りして間もない、代表取締役会長の内川弘が連座していた可能性も否定できない。

二人はしばしむすっとした顔で安ワインを飲んだ。

藤井が無理に笑顔を作った。

「〝伊藤事件〟はとりあえず忘れようか」

「当節、怪文書なんて珍しくもなんともないし、でたらめ嘘っぱちが多すぎるが、それにしても警視庁絡みは気になるよねぇ」

「瀬島さんによほど大きな借りがあればことは簡単にはいかないぞ。つまりなにか仕掛けが必要だろう」

辻本がグラスを左手に持ち替えて、右手の小指を突き出した。

「こっちのほうも、半端じゃない。色に出でにけりで、この女《こ》も瀬島さんにやられた口じゃないかと思えるようなのが何人かいるんじゃねぇか」

「まあねぇ。これぐらい？」

藤井が右手をグーからパーに変えた。

「T女史とはまだ続いてるみたいだよなぁ」

「僕は終ったと思うけど」

藤井のむすっとした顔を、辻本は首をねじって、まじまじと見据えた。

「おまえ、経営企画に移って口数が減ったと、もっぱらの評判だぞ。俺は別格なんだな」

「おっしゃるとおりです。きみは無二の親友ですから」

真顔で言われて、辻本は噴き出してから、話を戻した。

「五十四歳にしては、容色は衰えてない。いまだにシングルなのは瀬島と切れてない証拠なんじゃないのか。広報局長になったとき、騒ぎというか話題になったが、瀬島の強力な引きだか押しがあったからだと誰しも思ったんじゃないのか。おまえだってその口だろう」

「もちろん思ったよ。だけど罪滅ぼしだろう。それでジ・エンド」

辻本は憮然とした表情で断定的に返した。

「T女史のことなんて、どうでもいいよな。そんなむきになる話じゃねぇよ。ウチには山ほどある話だものな」

　藤井は苦笑いしながらワインを飲んだ。

　堤 杏子《つつみきょうこ》はアナウンサー出身の局長だ。

「〝ダーティ瀬島〟を排除しておくのはテレビ局全体にとってはハッピーなのかもな」

　辻本はまだ瀬島に拘泥《こうでい》していた。藤井が小首をかしげた。

「さあ、どうなのかねぇ。あれだけパワーのある人は、そうはいない。〝ダーティ瀬島〟なんていう呼び方は、仕事が出来ない奴がやっかみ半分に言ってるだけのことかもな。まぁ、上のほうがどうなってるのか、情報集めはするけど、辻本のスタンスは知らぬ存ぜぬで通すのがいいんじゃないのか」

「うん。いまのところは、それっきゃねぇよ」

「それにしても、ウチは新聞社が強すぎることが祟《たた》るねぇ。僕たちが、どんなに息巻いても、口頭《おだ》を上げても、レベルが格段に違うものなぁ。東日新聞の記者が僕たちを見る目線は上からもいいところだ。逆に僕たちは見上げてる。ま、ここが違うか」

　左手の人差し指で、藤井が頭を二度ぶった。

「俺もおまえも一流私大なんだから、そんなに卑下することはないだろう。だいたい天上りとか言ったのは、おまえじゃねぇか。おまえはええ所のボンだから、僕、僕言っても気にならねぇよ」

藤井が右手を辻本の背中に乗せた。

「そうとんがるなって。全体のレベルを言ったまでで、辻本報道記者は新聞記者なんて目じゃないよな。その気概やよしとしようか。僕はやめて俺にしよう」

辻本が乱暴に手をどけた。

「おちょくりやがって」

二人とも急に黙り込んで、飲み食いに集中し始めたが、割り箸を放り投げて、藤井が深刻な面持ちでつぶやいた。

「なんだか厭な予感がしてきたよ」

「うん。怪文書が炎上しないか心配だよなぁ」

辻本も渋面でグラスをカウンターに戻した。

3

藤井と辻本が予感したとおり瀬島専務に関する怪文書問題には火がついた。瀬島のセクハラ事件が有力週刊誌に報じられたのは一一月下旬のことだ。
〝テレビ東日　実力専務にセクハラ疑惑〟〝警視庁に送り付けられた文書には一億円のキックバックも〟の見出しに続く記事の内容は、あらまし次のとおりである。

『瀬島豪氏といえばテレビ界で有名な豪腕プロデューサー上りのテレビ東日代表取締役専務。生え抜き初の社長の呼び声も高い局のドン、局の顔的存在だ。

この超大物に複数の大手プロダクションから一億円ものキックバックがあったという内容の文書が、『テレビ東日を正常化する会』名で、警視庁に郵送されてきたという。

〝ダーティ瀬島〟のニックネームを局内で知らぬ者は一人としていないほどプロデューサー時代から瀬島氏はキックバックやら付け回し、果てはセクハラと荒業《あらわざ》ぶりを発揮してきた。テレビ東日の中堅社員の嘆き節といったらない。「〝ダーティ瀬島〟が次期社長なんてとんでもないことだ。テレビ東日の明日はないと思わぬほうがどうかしている。一億円ものキックバックとは呆れてものが言えない」

大手プロダクションの幹部は「一億円はどうでしょうか。話半分としても五千万円ならリアリティがありますね」と〝怪文書〟に肯定的なコメントをした。

さらに問題なのは局内の女性社員に対するセクハラの数々が急浮上していることだ。

「瀬島氏の女子アナ好きは常軌を逸している。美人アナに片っぱしから手を付けているんじゃないですか」

ある幹部の評言を当の女子アナが裏付けてくれた。

「わたしは美人ではありませんけど、食事に誘われました。『お食事だけでしたらおつきあいさせていただきます』とお答えしたら、『魚心あれば水心だろう』とおっしゃられたので、お断りしました」

「美人ではありません」は謙遜で、細面のグラマーなA子さん。憂い顔で、「わたしは地方局に飛ばされることを覚悟しています」と、瀬島氏の仕返しを恐れる毎日だ。

いったい過去に、瀬島氏は何人の女子アナと男女関係があったのだろうか。五指に余ることは言わずもがなかもしれないが、「女性局長Bさんが瀬島氏の引きで大出世したことは、これまた社員で知らない者は一人もいません」＝先の中堅社員＝。」

この記事が週刊誌に掲載された日の夕刻、渡邉社長は瀬島専務と木戸常務を社長執務室に呼んだ。

瀬島は金縁の眼鏡をかけ、切れ長の眼が鋭い。エラの張った顔はゴルフ焼けして、冬でも黒光りしている。上背もあり、がっしりした体形だ。

「週刊誌の記事は全部デタラメです。名誉毀損で訴えましょう」

口火を切ったのは瀬島だった。胴間声で迫力がある。

渡邉は一見温厚そうな顔だが、東日新聞政治部の出身で、切れ者で聞こえていた。木戸は胡麻塩の毛髪を七三に分けている。優しい顔に似合わず負けん気は強いほうだ。

渡邉から眼で意見を求められた木戸は右手を左右に振りながら反対した。

「得策とは思えませんね。黙殺すべきでしょう」

「ただ、広報を通してわたしの記者会見を求められているが、どうしたものかね」

「コメントするに値しないヨタ記事にいちいち社長が記者会見するのは、いかがなものでしょうか。事実無根なんですから、無視するに限ります。広報に、そのように対応するようわたしから指示しておきますよ」

瀬島が色をなして、木戸に食ってかかった。

「俺の名誉はどうなるんだ！　いくらなんでも書かれっ放しで、泣き寝入りはないだろう」

「広報の話では、記者会見を要求してきているのは一誌だけで、記者クラブの幹事会社からは目下のところ何も言ってきてないそうです。二、三の週刊誌からアプローチがあったようですが、事実無根で押し通してますし、件の週刊誌に厳重抗議するともコメントさせてます」

渡邉の眼が木戸から瀬島に移った。

「事実無根だとはっきり言明してるんだから、瀬島君の名誉は保たれたんじゃないのかね。裁判沙汰はエネルギーのロスが大きいぞ。わたしも木戸君の意見に賛成だ」

木戸が二人にこもごも眼を遣った。

「ついでに申し上げておきますが、広報の感触では、目下のところ後追いしそうな週刊誌は無いそうです」

「新聞はどうなんだ」

木戸は険のある瀬島の眼を強く見返した。

「広報が事実無根のコメントを記事にすることはあり得ないという言質を取ってます。逆に名誉毀損で訴えるようなことをしたら、各紙とも書くんじゃないでしょうか」

瀬島は仏頂面をうつむけて言った。

「ウチの幹部とか中堅社員の特定はできないのかねぇ」

「そんな犯人探しみたいなことをしたら、ヤブヘビだろう」

渡邉の言葉に、今度は木戸が眼を落した。ヤブヘビはまずかった。瀬島がどんな反応を示すか見ものである。

「わたしは冒頭に全部事実無根だと申し上げました」

瀬島はぐいと顎を突き出して、渡邉に言い返した。

「そうだったね。ヤブヘビは失言かもなぁ」

渡邉が照れ臭そうに後頭部を右手で押えながら続けた。

「〝ダーティ瀬島〟なんてひどいことを書かれてたが、わたしは初耳だ。きみはどうなの」

「わたしも初耳です。あれも週刊誌の捏造《ねつぞう》でしょう」

木戸は白々《しらじら》しいと思いながらもそうとしか言いようがなかった。〝ダーティ瀬島〟を渡邉が初耳である筈がなかった。

「瀬島君はわたしなんかより遥かに有名人でテレビ東日のドンなんだから、焼き餅焼きどもに鵜《う》の目鷹《たか》の目で監視されてることを、この際肝に銘じておくことだね」

「どうも」

瀬島は厭な眼をちらっと渡邉にくれてから時計を見た。

「じゃあこれで失礼します」

瀬島が一揖《いちゆう》して、退出した。瀬島に続こうとする木戸を渡邉が呼び止めた。

「木戸君、ちょっと待ってくれ。別件で……」

木戸がドアの前から引き返して、再びソファに腰をおろした。

「本音ベースの話をしたいが、この機会に瀬島君を放出する気持ちになったんじゃないのかね」

「いいえ。そんな気持ちはさらさらありません」

「ふうーん。まだ時間切れじゃないぞ。東日新聞にも話してないことだしねぇ」

さぐるような渡邉の視線を外して、木戸が応《こた》えた。

「ご放念ください。〝事実無根〟を否定するような真似はできません」

「〝事実無根〟はどうなのかねぇ。きみは本気でそう思ってるのか」

木戸はどっちつかずにうなずいた。

「〝ダーティ瀬島〟はどうなの。初耳なのかね。わたしは聞いた覚えがあるが」

「ずいぶん昔に、聞いたかもしれませんが、忘れてました」

「瀬島君の険しい顔と言ったらなかったな。わたしも言わずもがなだった、しまったと思ったが、〝ヤブヘビ〟も含めて、ひと言もふた言も多かった。これでも反省してるんだが」

「瀬島さんはその程度のことで応える人じゃありませんから、社長が気にされる必要はないと思います」

「それにしても、不徳の致すところとの思いが無さ過ぎるにもほどがあるんじゃないのかね。〝ご心配をおかけして申し訳ありません〟のひと言もあれば、庇《かば》う気にもなれるんだが、あのふてぶてしさはどうかと思うよ」

「東日新聞から社長になにかレスポンスがありましたか」

「いま現在なにも言ってきてない。わたしから新聞社の上層部に〝事実無根〟だと伝える必要があると思うか」

「ないと思います」

木戸は間髪を入れずに返したが、広報の対応だけで収束できるか危惧する思いがゼロではなかった。

「山田警視総監にはどう対応するかねぇ。だんまりを決め込むわけにもいかんような気がするが」

「わざわざ電話をかけて、〝事実無根〟ですと伝えるのもいかがなものでしょうか。警視総監がなにか言ってきてからでよろしいでしょう。それで失礼にはならないと思いますが」

「からかい半分に向こうから電話してくる可能性はあるだろうな。しかし、こっちから連絡するのは止めておこう」

4

一一月三〇日の夜、一一時過ぎに自宅マンションのテーブルの上で携帯電話が振動した。藤井靖夫は着信の電話番号に記憶はなかった。

「もしもし……」

「藤井さんですか」

きれいなアルトの女性の声だった。聞き覚えがある。藤井はハッとした。

「堤ですが、ふと、藤井君の顔を思い出したの。助けてちょうだい」

言葉の割りには切迫感がなかった。

「マンションの前に、新聞記者らしき人が四人もいたの。それで素通りして歩きながら電話しているわけなの」

半年ほど前に一度だけ堤杏子と携帯電話で話したことがあった。藤井は番号を登録していなかったが、杏子はしたのだろう。

「藤井君のマンション、中野じゃなかったかしら」

「そうですが」

「わたしは東中野なの。お近くなので、ちょっと避難させてもらえないかしら」

藤井は咄嗟《とっさ》に返事ができなかった。

「どなたかいらっしゃるの」

「いいえ。独りです。いいですよ。どうぞ。住所を言いましょうか」

「分かってる。場所もだいたい見当がつく」

「308号室です。エントランスで呼び出しボタンを押してから部屋番号を押してください。エレベーターはありません。ドアにいちばん近い階段を上がってください」

藤井は声がうわずり、胸がドキドキしていた。

「ありがとう。タクシーを拾うので一〇分足らずでお邪魔します」

藤井はアナウンサー時代の杏子と何度か仕事をしていた。飲み会にも何度かつきあった。しかし、自宅マンションを伝えた覚えはなかった。

杏子は七分ほどで現れた。グレーのスーツ姿がぴしっとしている。

「ごめんね。遅い時間に」

「いいえ。ご覧のとおり散らかってますが」

「きれいにしてるじゃないの」

「あわてて片づけましたが、テーブルの上だけです」

デスクの前の背凭《せもた》れのある回転椅子をテーブルに寄せて、「どうぞ」とすすめ、藤井はダイニングの椅子に座った。

「失礼します。まだ心臓がドキドキしてる。驚いたといったらなかった」

それはお互いさまだ。こっちこそびっくり仰天もいいところだ。

「ホテルに泊まることも考えたんだけど、顔が多少知られているので、きまりが悪いし、困ってたわけなの。よくぞ藤井君を思い出したとわれながら感心してる」

「僕が堤さんでしたら、『広報を通してください』のひと言で、記者たちを突き放したと思いますけど」

「ただ、わたし広報局長でしょう。なんだか、ちぐはぐなんじゃない」

「なるほど。そうでしたね。僕としたことが……」

藤井が頭をかきながら続けた。

「新聞記者じゃないと思いますよ。写真誌か女性誌でしょう。強硬にクレームを付けたはずですから、続報はないと思うんです」

「抗議文は木戸常務の指示で、版元の社長宛に提出したの。それにしても、写真誌とか女性誌がわたしみたいなおばさんなんかに興味を持つかなぁ」

「持ちますよ。堤さんはスターなんです」

「五十を過ぎたおばさんがスターなんて」

杏子はさもおかしそうに、からからと大笑いした。目尻の小じわが多少目立つが、十歳は若く見える。小顔で二重瞼の眼が大きい。小柄で昔は可憐だった。

「いや。やっぱりスターなんです。局長でもあることですし」

「あんな風に書かれた人が気の毒ね」

藤井は気持ちが平静になっていた。ここは踏み込む手だ。事実関係に無関心ではいられない。

「失礼ながら瀬島専務は、堤さんを落したと吹聴してる節《ふし》があります」

「わたしは聞いてないけど、言ったとしたら、肘鉄《ひじてつ》の仕返しかなぁ。誘われた事実はあるの。いくら酔っ払ってたとはいえ、『一発やらせろ』なんて露骨に下品な誘い方なの。紳士的に振る舞われたとしても、好きになれる男性じゃないけど。おまえを局長にしてやったのは俺だぞみたいなことも言われたけど、『でしたら返上します』と言い返したわたしもバカだったと思う。なんで『お気持ちだけ、ありがたくお受けさせていただきます』って言えなかったのか不思議だね。ものは言いようで、むきになるほどのことでもないのにねぇ」

「ウチはテレビ局の中でも不倫、男女関係がゆるいですよね。見え見えの不倫が結構多いですよ」

「藤井君もそうなんだ」

「滅相もない。堤さんこそもてもてでしょう。〝ダーティ瀬島〟とも一度ぐらいあったのかと思ってました」

「〝ダーティ瀬島〟なんて陰口叩かれても、仕方がない面は確かにあるね。そんなのとあるわけないでしょ。冗談じゃないよ」

きっとなった顔も、藤井には眩《まぶ》しいほど輝いて見えた。

「失礼しました」

「そうよ。失礼にもほどがあるよ。でも、局内でそんな風に見られてる雰囲気は感じてたわ」

表情の豊かさ、わけても笑顔の素晴しさで現役時代ファンを魅了しただけのことはある。

笑いかけられて、藤井は気持ちがいっそう楽になった。

「喉が渇いたんだけど。なにか飲み物をいただけないかしら」

「緊張してて忘れてました」

「そんな風には見えないけど。だけどお茶も出ないのは、少しは緊張してるんだ」

「相当緊張してます。っていうより、あがってます。心臓がバクバクしてますよ」

藤井は手早くソーダ割りウィスキーとチーズとピーナッツのつまみを用意した。

杏子がいける口であることは分かっていたので、藤井はなにも聞かずにそうしたまでだ。

「気が利くね。ありがとう」

「じゃあ」

「乾杯！」

グラスをぶつけてきたのは杏子のほうだった。

「よくぞ僕を思い出してくださいました。光栄です。でも、どうして僕だったんですかねぇ」

「よく分かんない。どうしてかなぁ。藤井君が独りだって考えついたことはあるかも」

「雲の上の人からそんな風に言われたら舞い上がります」

「若い男の人の部屋にしては、奇麗にしてるね」

椅子を一回転させて、杏子が続けた。

「でも女っ気はないみたいだね。きみのように仕事が出来て熱血漢の男性が独身でいるのを勿体ないみたいに思う女性が広報局にいるの。まさかゲイってことはないわねぇ」

凝視されて、藤井は顔を赭《あか》らめた。

「ガールフレンドはいます。ただし、相手も仕事が好きで、結婚する気はないみたいですけど。それはお互いさまなんです」

「わたしも仕事が好きで、会社を辞められなくてバツイチになったんだけど、寂しくなることはあるよ。藤井君もいまのうちに結婚したほうが得なんじゃないかなあ」

「年に一、二度は、母が見合い写真を持参して押しかけてきますが、まったく興味がありません。写真も見ようとしないので、必ず喧嘩になります」

「きみに夢中な局の女の子、気立ての良い子よ。美形だし、わたしに子供がいたら、結婚を勧めたと思う」

「年齢は？」

「三十二歳。藤井君は四十五歳でしょう。年齢的にはぴったしね。写真あるわよ。コネ入社じゃないのも、わたし気に入ってるの。きみもそうだけど、コネ入社にはコンプレックスあるよね」

杏子がグラスを口に運びかけた手を止めて、バッグから携帯電話を取り出した。

「写真見せてあげようか」

藤井は激しく右手を左右に振った。

「それには及びません」

「娘一人に婿八人とかいうけど、その娘《こ》に言い寄るのが局に三人もいるのよ。一度会ったら、藤井君もその気になると思うな」

「お名前は」

「矢野恵理ちゃん」

「今夜、僕を思い出してくれたのは、その女性に関係あることがやっと分かりました」

「ううーん。潜在的にそれがなかったとまでは言わないけど、記者とカメラマンを見かけたときはそんな余裕なんかないよ」

「…………」

「藤井君が本当にノーなら、ほかを当たらないと。基本的に、わたしは視野狭窄《きょうさく》的な社内結婚は疑問視してる。だから藤井君がダメなら、社外の人っていうことになるね。恵理ちゃんはわたしの秘蔵っ子なの。めったな人には紹介できない」

藤井が二つのグラスにボトルを傾けた。

三杯目のソーダ割りを飲みながら、藤井が杏子に訊いた。

「写真誌か女性誌か分かりませんが、しつこく追い回されたらどうするつもりですか」

「ご想像にお任せしますって応えたら、どういうことになるんだろう」

「瀬島専務との関係を認めることになるわけですが、そんなの絶対にいけません」

「もちろん分かってる。〝ダーティ〟なんとかさんがどう思うか見ものだね」

「雑誌の書きっぷりにもよりますけど、堤さんからのメッセージだと取って、S氏は激しく言い寄ってくるんじゃないですか」

「わたしも同感。こらしめてやろうかって、ほんのちょっぴり思っただけよ」

杏子が時計を見た。午前一時二〇分だ。

「長居してごめんごめん。いくらなんでも、もういないと思う」

「根性のある記者なら待ってますよ。そのときは、強引に振り切ればよろしいんじゃないですか」

「…………」

「大久保通りに出れば空車はいくらでもあります。送りましょう」

藤井はセーター姿だったが、マフラーだけ首に巻いて財布、キーホルダー、携帯電話をズボンのポケットにしまった。

「子供じゃあるまいし、一人で帰れるよ。お気遣いなく」

「用心棒です。万一、記者たちがいたら蹴散らして差しあげますよ」

「うれしいこと言うじゃん。お言葉に甘えちゃおうかな」

上目遣いに、藤井は背筋がぞくっとなった。

5

タクシーはすぐに拾えた。

先に乗車したのは藤井だ。

「近くてすみませんが、東中野までお願いします」

「まっすぐ行って。信号の曲り角は伝えます」

初老の運転手が近距離なのに厭な顔をしなかったのは、堤杏子だと分かったせいかもしれない。

あっという間にマンションの前に着いた。

人影はなかった。

「僕はこのままUターンします」

「まだ飲み足りないし、話し足りない気がするから、一杯だけつきあいなさい」

杏子の命令口調に、藤井は従わざるを得なかった。歩いても帰れる距離だし、杏子の部屋を見たいとの思いもある。

「おつりは要りません」

むろんワンメーターだった。千円札を払って、藤井が後から降車した。

高級マンションだった。杏子の部屋は五階の最上階で、スペースは約一〇〇平米。2LDKだが、リビングがウチより四倍は広いと藤井は思った。

「豪華なマンションですねぇ。新築みたいですけど」

「築五年。交通の便も悪くないし、環境もまあまあなので、わたしは気に入ってるの。ジロジロ観察してるけど、男っ気はないよ。なんならバスルームと洗面所も見ていいわよ」

「ほんとうによろしいんですか」

「どうぞ」

なるほど男っ気はかけらもなかった。

タイル張りのバスルームもわがマンションとは比ぶべくもなかった。バスタブも大きい。二人で浸かれるだろう。

洗面所に電動歯ブラシが備えてあった。ブラシは一つ。なるほど男っ気はかけらもなかった。

「男子禁制なのに、なんで藤井君を誘ったんだろう」

「安全牌《パイ》、人畜無害って思われてるんでしょう。そのとおりですよ」

「男性では父が年に一度来るか来ないかだから、あなたが初めてだよ」

「光栄に思います」

リビングの隣室には左右に備えつけの大きな本棚があった。経済本が多いが、夏目漱石と志賀直哉の全集もある。文庫本が一段を占めていた。

「読書家なんですねぇ。博識なわけですね」

「全部読んだわけではないけど、少なくとも三分の二は読んだと思う。感銘を受けて二度、三度読んだ本もたくさんあるわよ」

「尊敬の念を新たにしました。本を読まない人は好きになれません」

「お宅にも本がたくさんあったね。本棚から食み出して、山積みになってた」

「本棚が小さいだけのことです。ベッドルームも半分は本に占領されてますが、全部合せても、ここの半分でしょうか。実家に置いてきたのを合せても、五分の三もないと思います」

「それはそうでしょう。わたしは、あなたより一回り近くお姉さんなんだから」

電話機を置いた別の棚に、額入りの写真が数枚飾ってあった。

「ほとんどはご両親との写真ですねぇ。昔は色男とか美人とか言われたんでしょうねぇ。上品な素敵なご両親ですね」

杏子と若い女性とのツーショットを藤井が指差した。

「この女性はどなたですか」

「矢野恵理ちゃん。そんな気がしたんじゃないの」

「まさか。確かに美形だし、感じ良さそうな女性ですね」

「関心あるんだ」

「いいえ。まったくありません」

「可愛くないなぁ」

杏子はわざとらしく頬をふくらませた。

リビングとキッチンの間がカウンターになっている。カウンター脇のサイドボードの豪華さといったらなかった。並んでいるボトルも凄い。

藤井が「うーん」と唸り声を発してから、続けた。

「眺めているだけで楽しくなります」

「すべて到来物。なんでもお好きなものをどうぞ。ちょっと失礼するね」

堤杏子はにこやかに返して、別室に移動した。

スーツからカーディガンとジーンズに着替えた杏子がリビングに戻ってきたが、藤井はまだサイドボードのボトルを眺めていた。

「これにしようか。あけたばっかりだからまだかなり残ってる」

「三〇年もののバランタインじゃないですか。勿体ないですよ」

「なにをけちくさいこと言ってるの」

杏子はテーブルにボトルを置いた。

グラスが四個と、アイスペール、ミネラルウォーターも二本並んだ。つまみは、ナッツとドライフルーツだった。

「スコッチはロックが美味《おい》しいと思う。遠慮なく適当にやって。空っぽにしてもいいからね」

「意地汚いほうですから、全部飲んじゃいますよ」

「どうぞ」

ボトルを持ち上げた藤井がオクターブを上げて奇声を発した。

「これを空《あ》けるのは無理です。半殺しの目に遭いますよ」

ボトルは掌《てのひら》にずしりと量感がある。満杯に近かった。

アイスを入れてくれたのは杏子だが、藤井はボトルを傾け過ぎて、グラスの半分以上が琥珀色《こはくいろ》に染まった。

「すみません。入れ過ぎました。半分そちらのグラスに移していいですか」

「いいからいいから。蟒《うわばみ》のきみなら飲めるんじゃないの」

藤井はトリプル、杏子はダブル、いやシングルに近い。

二人はグラスを触れ合せて、乾杯した。

「こんな高級酒にありつけるなんて夢にも思いませんでした。お送りした甲斐がありますよ」

「お騒がせした償《つぐな》いとしては、まずまずかなぁ。あした、もうきょうなんだ。仕事はどうなってるの」

「非番です。久しぶりに土日続けて」

「だったら、ゆっくり出来るわね。わたしも土曜も日曜も休み。飲み相手、話し相手にめぐり逢えてよかった」

「こちらこそ。ラッキーでした。さすがに美味しいですねぇ。堪えられませんよ」

藤井は遠慮しいしいチビチビやっているつもりだったが、あっという間にグラスの中は少量のアイスだけになった。

杏子がボトルを手にした。

「もう結構です。きりがありません。そろそろおいとまします」

「おひらきにはまだ早すぎるよ。それともあしたはガールフレンドとデートなの?」

「そんな予定はありません。ご迷惑なんじゃないかと思って」

「とんでもない。まだなんにも話してないじゃない」

「じゃあ、あと三〇分」

「時間を気にしてるんだ」

「いいえ」

「だったら、わさわさしないで、ゆっくりなさい」

「どうも」

藤井は肩をすくめた。

「ところで、まだ騒ぎは続くと思う?」

「スクープした週刊誌は続報を書かないと思います。後追いがあるかどうかですが、あっても、たかがしれてるんじゃないでしょうか。背景に権力闘争みたいなことがあればともかく、単なるスキャンダルに過ぎませんもの」

「スクープねぇ」

「瀬島専務と堤さんに関する限り誤報だとしても、〝ダーティ瀬島〟は事実なんですから、スクープだと思います。キックバックは金額はオーバーなんでしょうけど、あったと思いますし、女子アナウンサーに手を付けたのも事実でしょう」

藤井は、警視総監から社長に電話があったことも明かした。

「もちろん聞いてる。瀬島専務を社長にしたくない人たちは、わたしを含めて山ほどいるけれど、かれが社長になるくらいなら、新聞社から来てもらったほうが無難だとさえ思う。きみの意見は？」

「悩むところですね。生え抜きからトップを出すのが皆んなの悲願です。瀬島専務はギラギラし過ぎて反感を買ってますが、社長になったら脇の甘さもギラギラもセーブせざるを得ないので、新聞社から押し付けられるよりはましなんじゃないですか」

「木戸常務なら誰も文句は言わないのにねぇ」

「同感です。ただ、木戸常務は上昇志向がなさ過ぎますよ。僕は、瀬島専務にお引き取り願うチャンスと思ったんですけど」

「あの人を排除するのは並大抵じゃないね。内心はともかく、上層部でかれに擦り寄ってないのは木戸さんだけだよ。かれのパワーを評価してるってことにもなるんじゃないの」

「そう思います。こんどの一件でちょっとだけ木戸常務と話す機会がありましたが、瀬島専務でも新聞社から来るよりはベターだと考えていることが分かりました。これはあてずっぽうですが、渡邉社長の次はプロパーから出すことに内定してたんじゃないでしょうか。年齢的にも入社一二期生の瀬島専務も一三期生の木戸常務も還暦を過ぎています。渡邉社長も次期社長をプロパーから出さないと社内が収まらないと考えていたとしても不思議ではありません。瀬島専務は現場一筋みたいに見られてますし、自分も周囲にそう思わせながら、ライバルを蹴落とすためにエネルギーを費やしてきたと思うんです。プロパーからトップになるのは、俺しかいないとずっと思い続けてきた筈です」

杏子が思案顔でグラスを口へ運んだ。

藤井も喉の渇きを覚え、がぶっとグラスを呷《あお》った。

「東日新聞が警察にリークしたってこともあり得るのかなぁ」

「大ありでしょう。小田島《おだじま》とかいう専務をウチに押しつけるために、なにか手立てが必要だったんじゃないですか」

「瀬島さんがもうちょっと身ぎれいだったら、ストレートに社長になってたのかなあ。ほとぼりをさます間を小田島さんで埋める……。だけどOBにトップ人事を仕切れるほどパワーのある人がいればともかく、そんな人いないでしょ。手の込んだことをする必要があったかなぁ。リスキィでもあることだし……」

「テレビ業界の右も左も分からない、どこの馬の骨だかも分からない人を押し付けるには、それなりの仕掛けが必要だったんじゃないですか」

「きみもトップ人事に関心があるんだ」

「ない人がいるとは思えませんが」

「言うねぇ」

「僕が木戸常務でしたら、瀬島専務の追放にひと役買ったと思います。瀬島専務を庇いに庇って、温存した木戸常務の気が知れませんよ。ライバルがずっこけてくれたんですよ。相手を一挙に打ちのめす絶好のチャンスじゃないですか」

「瀬島さんと木戸さんの二人掛かりで、やっと新聞社に対抗できると木戸さんは読んでいるような気がする。新聞社に対して二人は一体にならざるを得ないのだと思うな」

藤井は大仰に首をひねった。

「いずれどっちかが社長になるとすれば、なれないほうは子会社に放出されるんじゃないですか。小田島とかいう人が社長になったとしても当分の間、渡邉体制が続くっていうことなんでしょうね。週刊誌のスクープも大山《たいざん》鳴動して鼠《ねずみ》一匹っていうわけですか」

6

時刻が午前二時四〇分になった。藤井も杏子も欠伸《あくび》一つせず、睡魔に襲われなかった。

だが、さすがにいくらなんでも帰宅すべきだと藤井は思った。

「美味しいバランタインをこんなにたくさんいただいて感謝感激です。今夜はいろいろありがとうございました」

つと起ち上がって、低頭した藤井を杏子が婀娜《あだ》っぽい眼で見上げた。

「あら。帰っちゃうの」

「いくらなんでも、間もなく三時ですよ」

杏子がボトルを握った。

「まだ半分も残ってるじゃない。遠慮しいしい飲んでたのね」

「とんでもない。もう十分いただきました」

「これ、あけちゃいましょう」

「勿体ない。というより過飲もいいところです」

「なんだか独りになりたくない気分なの。飲み明かすなり、話し明かすなり、とにかくつきあって」

べそをかいたような哀願調に、藤井はドキッとなった。

「堤さんがショックを受けていることは理解できますが、人の噂も七十五日です。いつもどおり泰然自若と構えていればよろしいんです」

「わたし、そんな強い女じゃないわ。今夜は独りにしないで。お願い」

藤井が視線を外したほど魅《ひ》き込むような眼差しだった。

「ここは男子禁制の場所なんでしょう？　今夜は例外ですけど」

「じゃあ、あと三〇分」

両手を合されて、藤井は振り切れなくなった。

「ちょっと失礼して、トイレをお借りします」

「バスルームの隣りよ」

藤井は膀胱が破裂しそうだった。ずっと尿意を催していたが、我慢していたのだ。

放尿しながら、藤井は独りごちた。

「独りになりたくない気分ねぇ」

最後のひとしずくを切って、胸の鼓動が速まっているのを意識した。

アルコールのせいも加わって、ドキドキが加速した。

手を洗いながら、仮にこのマンションに宿泊するとしても一線を越えることはあり得ない、と結論づけた途端に、ドキドキ感が減退していた。要するに勘違い、思い過ごしっていうやつだ。

堤杏子ともあろう女が俺なんかを相手にする筈がない。ショックと不安のないまざった思いで、話し相手が欲しいだけのことに決まっている。

大きな伸びをしながら、藤井がテーブルに戻った。

「こうなったら徹底的に飲みましょう」

「ありがとう。藤井君は優しいなぁ」

「一時間でも二時間でもおつきあいさせていただきます」

「いま床暖房をつけたところ。少し冷えてきたでしょ」

「いいえ。アルコールのせいか、躰《からだ》は燃えるようです」

事実だった。藤井がセーターを脱いだ。

「飲み明かすのはいいんだけど、その前にシャワーがしたいなぁ。藤井君はどうなの」

「下着もありませんし、帰宅してからにします」

杏子が腰をあげて、藤井の背後に回ってきた。

「頭が汗臭い。シャワーしてらっしゃいよ。下着なんてどうだっていいじゃない。バスルームを暖房してくるから、ちょっと待ってて」

ほどなく戻ってきた杏子は、伏し眼がちに言った。

「バスタオルを出しといたわ。先にシャワーして」

それも命令的だった。

藤井は再び気持ちをかき乱されたが、思い過ごしだと肚をくった。

「お言葉に甘えさせてもらいます」

藤井がシャワーを流しっ放しにして、洗髪しているとき、いきなりドアが開き、全裸の杏子が闖入《ちんにゅう》してきた。

「初めから〝S〟がしたかったわけじゃないのよ。でも、いまはそういう気分なの」

「〝S〟ってなんですか」

シャワーの音で、声のふるえまでは、杏子に気付かれなかった。

「ほんとに知らないの。〝3S《スリーエス》〟のうちの一つ」

「〝3S〟も分かりません」

着痩せするほうなのだろう。背後から乳房を押しつけられたとき、量感に藤井は一挙に勃起した。

「スポーツ、サケ、セックスのことよ。そのどれか一つ欠落しても、抜け殻になってしまうって、誰かに聞いた覚えがあるわ。きみは〝3S〟は百点満点なんでしょ。特にここは」

やにわに、はちきれそうなのを摑《つか》まれて、藤井は悲鳴とも快感ともつかぬうめき声を発した。

「ここでするんですか」

「バスタブの縁《ふち》に座って」

人工大理石のバスタブの縁は腰を落せる幅があった。

杏子はあえぎながら、またがってきた。潤《うる》んでいたので、挿入にも難儀しなかった。藤井の首に杏子の両手が絡みつく。

二人はやさしくキスをしながら強く抱き合った。

「こんな気持ちになったのは何年ぶりかなぁ。きみはいっぱいしてるんだ。初めから、きみとしたかったわけじゃないのよ。バチ当たりよね」

「どうしてですか」

「恵理ちゃんに申し訳ないと思うのが人情っていうものでしょ」

「関係ないですよ。だって、僕はその人を知らないんですから」

「わたしはそうもいかないの」

「考え過ぎです」

「きみがゲイじゃないってことだけは確認できたわね」

「おまけに口が固いので、安全牌でもあります」

こんな話をしながら中折れしないのが、藤井には不思議に思えた。中折れするはずがなかった。恋人の松田美智子よりずっと気持ちがいい。美智子の顔を眼に浮かべた瞬間少し萎《な》えそうになったが、杏子が腰を動かしたので、すぐに気持ちが戻った。

「きみとこんなことになるなんて、夢を見ているとしか思えない」

「それはお互いさまです」

「気持ちいいなぁ」

「それもお互いさまです。ここで完走しちゃっていいんですか」

「ダメよ。ベッドルームまで、取っといて」

「じゃあ、ちょっとタイム。シャンプーが入って目が痛いんです」

「ごめんね」

シャワーを浴びている間も、藤井の下腹部はずっと屹立《きつりつ》していた。

ベッドルームでも、堤杏子は狂おしく身悶えした。

「まだよ。いかないで」

励まされて、藤井は堪《こら》えに堪えたが二〇分ほどで全体重を杏子にかけていた。

ベッドはセミダブルだが、杏子が小柄なので、なんとか二人収まりそうだ。

「眼がくっつきそうで、バタンキューです」

杏子が後始末や身づくろいしている間に、藤井は深い眠りに就いていた。

7

藤井が目覚めたのは午前一〇時過ぎだ。

尿意に襲われたのだ。朝勃《だ》ちどころではなく、それははち切れそうだった。

身にまとっているのは長袖のシャツとガラパンだけだったが、寒さは感じなかった。

トイレの放尿の厳しさ、辛さといったらない。もっとも、便座にしゃがみ込んで、両手で強く一物を押えつけながら放出したときの快感で、おつりがきたが。われながら熟柿臭《じゆくしくさ》い息をもてあまして、トイレから洗面所に移動し、備えつけの〝リステリン〟を使用して念入りに嗽《うがい》をした。

ベッドルームに戻ると、杏子はまだ白河夜船で、ちょっとやそっとで起きそうもなかった。就眠が午前五時だったから、五時間は熟睡したことになる。このまま帰宅しても許されるだろうと藤井は思った。

スポーツシャツ、セーター、ジーンズを身に着けるときも、ことさら静かにふるまったわけではないが、杏子は目を覚まさなかった。

リビングの電話機の傍にメモ帳とボールペンが置いてあったことを思い出し、藤井は走り書きした。

〝まだお目覚めではないようですから、失礼して帰宅させていただきます。

昨日は忘れ得ぬ日になりました。

AM10：20　藤井拝

堤杏子様

追伸　玄関のキーが開放されたままなのが気になります。申し訳ありません。〟

〝追伸〟は玄関から戻って書き足したのだ。

藤井はマンションを出るとき、四人の記者がたむろしているのを目撃して、仰天した。

一刻も早く杏子に伝えたいと思ったが、まだ就眠中だし、電話機は携帯を含めて留守電にしたことも覚えていた。いずれにしても、いったん帰宅するしかない。

藤井が杏子の携帯電話を呼び出したのは午前一一時だ。

三回目のコールで杏子の声が聞こえた。

「もしもし。靖夫ちゃん」

「はい。ぐっすりお休みでしたので断わりもなく失礼しました」

「あなた、何時に起きたの」

「一〇時過ぎです。おしっこがしたくて」

「どうして起こしてくれなかったの」

「あのまま寝かせてあげるのが親切というものです。迷いませんでしたけど」

「わたしは五分前に起きたところ。あなたが消えてしまって、どんなにショックだったか」

「ショックですか」

「そうよ。ショックもショック。もう一度抱いてもらいたかったのに」

はしたないなという思いと勃然とした思いがないまざって、藤井は返す言葉がなかった。

「そんなことより、マンションの玄関前に記者を見かけました。四人でしたから、昨夜の連中だと思います」

「しつこいなぁ。どうしようか」

「外出時を狙っている可能性が高いので、とりあえずじっとしていたらどうですか」

「こうなったら、名誉毀損で週刊誌を訴えるつもりだってコメントしちゃおうかしら。女性局長だけで特定されたことになるわけだし。だから取材には一切応じられませんと言えるんじゃないかしら」

藤井はなにやら胸が熱くなった。〝ダーティ瀬島〟となんとか兄弟なんて冗談じゃないというやるせない思いにも捉われていたのだ。杏子の話し声は強がりとかポーズとは思えなかった。救われた気持ちになって当然だ。

「ただ、どうなんでしょうか。名誉毀損で訴えると吠えたのは瀬島専務ですよ」

「あの人は単なるポーズでしょう。訴えたら大恥をかくことになると思う」

「代表権を持ってますから、会社として対応せざるを得ないので、社長と木戸常務が押え込んだんです。会社も恥を晒《さら》すことになりますから」

「わたしは告訴するんなら個人的にするつもりよ。してもいないのに、したと言ってる大バカをこらしめたい思いはずっとあったの。あなたに、まだまだ相談したいことがあったのに、置いてきぼりをくわせるなんてひどいじゃないの」

「個人的はあり得ないんじゃないでしょうか。局長の立場は軽くはないと思いますけど。割り込み電話が入ってますので、いったん切りますが、すぐにかけ直します。いまはじっとしててください。じゃあ」

電話は松田美智子だった。

「おはよう。しばらくね。きょうの予定はどうなの。わたしは三時以降なら大丈夫よ」

間延びしたもの言いに、藤井は顔をしかめた。

「週刊誌に変なことを書かれて、その対応に追われて大変なんだ。いまも広報の奴と話してたんだけど、きょうは出社になりそうなんだ。来週の土日の予定はどうなの」

「まだはっきりしてないけど、関西に出張が入るかも。今夜は遅くてもいいのよ」

「そうだなあ。出社してみないことには、どうなるか分からないな」

「けさ九時に携帯を鳴らしたのに、電話を切ってたのはどうしてなの」

藤井はギクッとした。

「起こされたくなかったんだ。なんせ帰宅したのは午前二時過ぎだからなぁ」

「そうだったんだ。じゃあ、当てにしないで待ってる」

口から出まかせもあるが、事実もなくはない。藤井は咎める思いを頭をひと振りして追い払った。

8

二度目の携帯電話に、杏子は一度のコールで出てきた。

「さっそくですが、告訴には反対です。瀬島専務の意趣返しをカウントすべきなんじゃないでしょうか」

「意趣返し？　そんなことできる立場なのかなぁ。わたし、いま考えたんだけど女子アナの中にはセクハラに遭った人がいることは間違いないと思う。積年の恨みつらみを、わたしが代表して晴らしてあげようっていうわけ。渡邉社長にも木戸常務にも分かってもらえると思うけど」

「違うと思います。渡邉、瀬島、木戸の三者会談で、裁判沙汰にしないことを決めたのはご存じですよねぇ」

「もちろん」

「瀬島専務は訴えると強硬に主張したと聞いてます。それを押え込んでおきながら、堤杏子さんについては賛成するなんて考えられませんよ」

「瀬島さんが告訴するって騒いだのは、それこそポーズでしょう。ファイティング・ポーズを取らなければ立つ瀬がないと思ったのよ。とりあえず告訴しないことになって内心ホッとしているんじゃないの。写真誌だか女性誌にターゲットにされてる私の立場にもなってちょうだい」

「お気持ちは分かりますが、社長と木戸常務の賛成が得られなくても強行するつもりなんですか」
七、八秒応答がなかった。
「もしもし」

「はい」

「インターホンは鳴りましたか」

「あなたと電話で話した直後にあったのよ。五分おきに三回も。受付からもあったけど、すべて出なかった。モニターに映るので、誰だか分かるの。留守だと思われた筈だから、記者たちも帰ったと思う。だけどもう諦《あきら》めて、追っかけてこないと考えていいのかなぁ」

「まだ諦めてないでしょうねぇ。僕が女性誌なり写真誌の記者の立場だとしたら、一日や二日では諦めません」

「わたしがノーコメントでも書くと思う？」

「デスクがどう判断しますかねぇ」

「あなたならどうなの」

「多少プラス・アルファーの材料なしには書かせません。ただ、取材を続けろと命じるかもしれませんね」

「電話じゃなんですので、いまいらしていただけないかしら」

気味が悪いくらいの丁寧口調に、今度は藤井のほうが沈黙した。

「〝S〟抜きでいいのよ。いまはそんな気になれないから。ブランチの用意をして待っています。507を押してから呼び出しボタンを押して下さい」

劇的に気持ちが変わったと思うしかない。

「分かりました。三〇分後に伺います」

藤井が時計を見ると午前一一時三〇分だった。大急ぎで顔を当たり、トイレで用を足し、シャワーをした。マンションを出たのは正午を過ぎていた。

テーブルにコーンスープ、小海老とブロッコリーのパスタ、野菜サラダが並んでいた。

藤井が着替えたのは下着とスポーツシャツでズボンとセーターは同じだった。

杏子は花柄のシャツにチャコールグレーのVネックのセーターを着ていた。肩まである髪は艶やかだ。もともと薄化粧だが、素顔のほうが若く見えるし惹《ひ》きつけると藤井は思った。

藤井の腹が「グググッ」と鳴った。

「失礼しました。腹ぺこですので」

「わたしもよ。どうぞめしあがって」

「いただきます」

「コーンスープはホテルオークラの缶詰だけど、けっこういけるわよ」

藤井はひと口飲んで、うなずいた。

「美味しいです」

「よかったら、お替りして。パスタも残ってる」

「ブランチにしても豪華ですねぇ。これだけあれば十分です」

パスタを食べながら、しびれを切らした杏子が話し始めた。

「週明けに、わたしの意向を木戸常務に話そうと思うの」

「それだけでも胸がスーッとするんじゃないですか」

「溜飲が下がっても、告訴について却下されたら、なんにも解決したことにはならないわね」

「ここまで歩いて来る道すがら考えたのですが、週刊誌に訂正記事を書いてもらうっていうのはどうでしょうか」

「新聞も週刊誌も訂正記事には、ものすごく抵抗があるみたいじゃない」

「一部訂正、それも〝Bさん……〟の二行だけなら、OKするような気がします。それを呑ませられれば、女性誌だか写真誌も諦めがつくでしょう」

「そのネゴシエーターは誰がなるの」

「僕がなります。週刊誌の編集者に知人がいます。デスク・クラスですが、告訴のカードをちらつかせれば、乗ってくるような気がしますが」

「あなたからそんな知恵が出てくるとは夢にも思わなかったわ」

「きみ」が「あなた」に変っている。電話で話しているときは、さほど違和感を覚えなかったのに、藤井は脇腹がこそばゆいような妙な感覚にとらわれた。

「ただ、訂正記事を瀬島さんが読んだとき、どう思うかしら。レスポンスが気になるなぁ。カッとなることは間違いないと思う」

告訴したいという話と矛盾している。気持ちが千々に乱れて当然と思わなければいけない。

「小さな訂正記事なんか、大雑把っていうか、無神経っていうか、あの人が読むわけないですよ」

「ゴマ擂りの誰かがご注進に及ぶことは十分考えられると思うけど」

「それも考え過ぎだと思います。怒らせるゴマ擂りはいないでしょう。万一そういう大バカがいたとしても、瀬島さんは無視するしかないと思います。騒げば男を下げるだけのことです。週刊誌が乗ってくるかどうか分かりませんが、とにかく当たってみます」

「ありがとう。あなたのお陰で少し元気が出てきたわ」

流し眼に反応せず、藤井は食事に集中した。

コーヒーを飲みながらの話になった。

「甘えついでに今夜も用心棒をお願いしようかなぁ」

杏子の蠱惑《こわく》的な眼差しに、藤井の気持ちが揺れたが、次の瞬間、胸のドキドキも消えていた。杏子が大きな欠伸を洩らしたからだ。艶消しもいいところだ。

杏子はあわてて口を押えた。

「ごめんなさい。わたしって眠り姫なの。休みの日は一〇時間は睡眠を取ってる。用心棒はジョークよ」

「僕も眠くなってきました。訂正をどうするか戦術をひと晩考えます」

藤井が伸びをしながら返した。

週刊誌とのタフ・ネゴシエーションの結果、訂正記事に応じてもらえた。

[訂正=小誌12月6日号のテレビ東日に関する記事中、「女性局長Bさんが……」は事実に反することがその後の取材で判明しましたので訂正します。]

藤井は手柄顔で辻本に教えたかったが、沈黙を守った。それこそヤブヘビになりかねない、と思ったからだ。

堤杏子から週刊誌を見せられたとき、木戸は「ううーん」と唸り声を発したあと、しばし絶句した。

写真誌、女性誌の後追いも封じ込められ、とりあえず一件落着した。瀬島が訂正記事を知り得た様子のないことは、藤井には当然ながら、堤杏子にも見てとれた。

第二章　伝説のテレビ屋たち

1

二〇〇八（平成二〇）年のテレビ東日の新年会は、四日午前一〇時から地下一階のスタジオで開催された。社長の年頭挨拶は、いつもながら退屈もきわまれりだ。

「明けましておめでとうございます」から始まって、「まず世間が正月休みの中で、ニュース取材、番組制作、編成、システム運行、設備管理など、あらゆる分野で仕事を続けてくださった社員の方々に心よりお礼を申し上げます。さらには関連会社、系列局の社員の皆さまにも心よりお礼を申し上げます」と続く。

そして、前年のテレビ東日の年間平均視聴率に触れた。

〝全日〟〝ゴールデン〟〝プライム〟〝プライム2〟のパーセンテージと順位について語るのだが、いずれも会場の全員には先刻承知の数字である。

放送の時間帯は全日が午前六時～二四時までの一八時間。ゴールデンは午後七時～

同一〇時までの三時間。プライムは一時間延びて午後一一時までの四時間。プライム2は午後一一時〜翌午前一時までの二時間。

プライム2は深夜番組に強いテレビ東日の主張が認められて生まれたが、以前は〝三冠王〟までで〝四冠王〟は無かった。

二〇〇七年もテレビ東日はプライム2で一位をキープした。キー局の中で総じて三位だが、渡邉は「二強二弱一番外地から、三強一弱、一番外地が確実となりました」で顔を上げて、胸を張った。

「四冠王も夢ではありません」で視線を落とし「株価も低迷期のこの時代に一株三十万円を保持しており、投資家や社員株主の方々の期待を裏切ることはあり得ないと確信しております……」

抑揚の無い原稿棒読みはまだまだ続く。

前方の椅子席は若手社員で埋まっていた。

後方の立ち見席で、スピーチを聞いていた藤井靖夫は「一位は夢の又夢だな。年寄の広長舌ほど迷惑なものはないね」と部下に話したが、渡邉は社長七十歳定年制を自分で決めながら、自ら破った恥知らずであることなど頭の片隅にも無かった。

筆頭株主の東日新聞社の無神経さ、恥知らずぶりもひどかった。経済、金融情報に比較的強く『インサイダー情報の巣窟《そうくつ》。相当数の社員が株の売買で大儲けをしている。金商法違反で何人もの逮捕者を出しながら、社長が責任を取らない珍しい新聞社だ。全国紙を名乗るのはおこがましき限りだ』と陰口をたたかれても平気の平左とは〝恐れ入谷の鬼子母神〟と言われても詮方無《せんかたな》い。

「新聞記者のOBがこれじゃあ、たまったもんじゃないな」

右隣から藤井に同調したのは取締役経営企画部長の山崎正樹だ。

藤井より格上の清水弘が割り込んできた。

「まったくです。部長は将来の社長候補ですが、年頭挨拶を一〇分でぴしっと決めるんじゃないですか」

藤井は眉をひそめたが、山崎がまんざらでもなさそうに、にやついたのには度胆を抜かれた。テレビ東日では、ゴマ擂りでなければ、取締役にはなれない。自然体で経営陣《ボード》入りしたのは、藤井の知る限り、木戸光太郎しか目に浮かばなかった。

「清水は次世代を担うエース格だろう」

「わたしなんか味噌っ滓《かす》もいいところですよ。ウチには藤井みたいに凄いのがおりますので」

厭みも露わなもの言いだった。清水は焼き餅焼きでもある。それも超が付く。

年頭挨拶がやっと終った。所要時間は約三〇分。

司会役の堤杏子広報局長がマイクを握った。

藤井はふたたびちょこっと胸が騒いだ。〝怪文書の件〟以来、音沙汰無しだ。帰する所、一回こっきりでおしまいだったと思わざるを得ない。狂おしく身悶えしたのは何だったのかと訊きたいくらいだ。お陰で恋人との逢瀬を通常化させることができたのだから、四の五の言えた義理ではないが。

「大変お待たせしました。瀬島豪専務にご登壇いただき、乾杯の音頭をお願いいたします」

『お待たせしました』は広長舌への当てこすりもある。それに気付く渡邉ではないが、二度三度うなずいたところを見ると、杏子の皮肉が分かってないとみえる。

渡邉よりも倍以上の拍手喝采に後押しされて、肩を怒らせながら、のっしのっしと登壇した瀬島の杯をあげるまでのスピーチも決して短くはなかった。

「僭越《せんえつ》ながらご指名にあずかり」なんてどうでもいい。「渡邉社長のご指導よろしきを得まして」も、おべんちゃらが過ぎる。『明けましておめでとうございます。それでは乾杯しましょう。ご唱和ください。乾杯！』と俺ならそうする――。

藤井はそう思いながら、不味《まず》いビールを飲んだ。

2

新年会がお開きになる前に、藤井は若い女性秘書からメモを手渡された。

〝木戸常務がお部屋でお待ちです〟

藤井は猫背になりながらトイレに立ち寄ってから、木戸の個室へ向かった。

ドアは開放されていた。

「おめでとうございます」

「おめでとう」

木戸はデスクの前を離れて、ドアを閉めた。

手でソファをすすめながら、木戸が藤井を見上げた。

「きみは目立つからなぁ。会場ではうっかり話もできんよ」

「恐れ入ります」

「ちょっと内緒話がしたかったんだ」

「なにか……」

藤井は緊張した。

「内緒話は大袈裟だな。例の件で、よくぞ〝訂正記事〟を出させてくれた。社長賞ものだが、ことの性質上そうも参らん。改めて褒《ほ》めてやろうと思ってな。ありがとう」

「とんでもないです。常務にこんなに褒めていただけただけで、感謝感激です」

藤井は起立して、低頭した。

「それはそうと堤も役者だなぁ。たいしたやっちゃ」

「同感です。社長のスピーチはいくらなんでも長すぎて疲れます」

「話が長くなるのはしょうがないだろう。年に二度か三度の晴れ舞台だから、我慢するしかない。晴れ舞台ではなく、大仕事と言い直そうか」

木戸はにこりともしなかった。

藤井は対応のしようが無かった。

木戸がにやっとした。

「冗談はともかく、瀬島さんは〝訂正記事〟を読んでるぞ」

「はっ」

「だから堤は役者だって言ったんだよ」

「おっしゃる意味が分かりませんが」

「堤は瀬島さんが目をかけてるＣＰに話したんだろうな。わたしへのエールでもあるらしいが、結果的には疑問符がつくな」

藤井は当惑顔で小首をかしげた。

CPとはチーフ・プロデューサー。当該番組を仕切れる立場でもある。

「堤がばらしたCPのことは措くとして、瀬島さんにさっそく呼び出されたそうだ。『これはなんなんだ。俺の立場はどうなる』と凄まれたらしい。『広報局長の立場なんかどうでもいいだろう』ともな」

藤井は生唾を呑み込んだ。何か言わなければと思いながらも発声不能だった。

「自分のことは名誉にかかわることなので、直接出版社の知人にクレームをつけたが、『専務もそうなさったらどうですか』とまで言ったらしい。もちろん命令とあらば広報局長として対応するともつけ加えたらしいが、堤はやり過ぎたな。わたしへのえこ贔屓《ひいき》が過ぎる。わたしのことを危機感とか使命感がある人だとも言ってくれたが、過褒《かほう》もいい所だ。焚《た》きつけたつもりもあるんだろうが、出る杭《くい》は打たれる。わたしを含めて裏目に出やせんか心配でならんよ。なんせ局内でいちばんしつこい人だからねぇ」

木戸と杏子がツーカーの仲であることは分かった。悪い気はしない。だが、藤井はもっぱら聞き役に回っていた。

「入社して四〇年ほどになるが、新年会は地味だけど、ど派手な〝鏡開き〟もあることだしなぁ。ここまで大きくなったんだ。隔世の感があるよ」

〝鏡開き〟とは、テレビ東日が一月一一日に開催する大パーティのことだ。例年大ホールを埋めるほど人人人の波で、身動きが取れなくなることさえある。

タテヨコ三メートルほどある大看板には〝テレビ東日〟〝一月新番組出陣式〟の巨大な文字が書かれている。〝鏡開き〟はその半分ほどの大きさで一番下にある。いずれも横書きだ。

二つの薦被《こもかぶ》りを元社長・会長で取締役相談役の佐々木亮《あきら》、渡邉、瀬島、木戸らの役員と新番組の出演者たちが、杵《きね》状の棒で叩くセレモニーが喝采の中で行われる。出席者全員に升酒がふるまわれ、暗い顔は一つも無い。

報道局時代、藤井は一度も出席したことは無かった。忙しくてそれどころではないこともさることながら、気恥ずかしくて『〝鏡開き〟なんて冗談じゃねぇや』と思っていたこともある。

好きな俳優や女優が出席だか出演するときは、行きたくなる気持ちを抑えていたが、キッタハッタの現場の報道記者時代に強行していたら、周囲から大バカ呼ばわりされること請け合いだ。社会部デスクの辻本などは新年会も鏡開きも一度として行ってはいないことを自慢にしている。デスクの忙しさは半端ではないことも事実だが。

藤井が木戸をまっすぐとらえて話題を戻した。

「失礼ながら申し上げてよろしいでしょうか」

「どうぞ」

「広報局長はどうなるんでしょうか。瀬島専務の報復は……」

「分からん。わたしが渡邉社長に擦り寄ればなんとでもなると思うが、東日新聞が何を考えてるかも読めないので、目下の所は手の打ちようがないな。瀬島さんのことだから、抜け目無くなにか画策してると考えるのが当たってるかも知れんが」

「お言葉ですが、だとしましたら、常務が先手を打たれたらいかがでしょうか」

「きみとは、わたしが報道局から引っ張ってきた仲だ。ふくれっ面をしてたが、だいぶ角が取れてきたな」

胸のドキドキはまだ残っていたが、藤井は木戸の優しい目を強く見返した。

「反省しております」

「どうして反省しなければいかんのだ。きみのバランス感覚の良さを買ったから、ピックアップしたんだよ」

「恐縮です。あのう、ゴマ擂りは別として、社員の総意は、〝木戸社長〟待望論なのではないでしょうか」

「違うな」

間髪を入れずに否定されて、藤井はむっとしたが、下を向いた。だが、長身の藤井は誤魔化し切れなかった。

「きみがわたしを贔屓してくれるのは嬉しく思う。だが、ありがた迷惑も少しはあるかねぇ」

木戸は軽く頭を下げて続けた。

「実態は瀬島さんのパワーに草木も靡《なび》くだ。五十歳以上はすべてそう思っているんじゃないか。代表権を持つ専務に、常務のわたしが刃向える筈がないだろう。瀬島さんは組合の幹部も手なずけてるよ。わたしなんかにかまけてたら、損するぞ」

「広報局長も同類なんでしょうか」

「それも読めない。『辞表を懐《ふところ》に入れてるのか』って訊いたら、『とんでもない』ときた。強がりとも思えんが、フリーになっても堤ならやっていけるだろうな。勘繰り過ぎかも知れんが、あいつなら簡単に選良にもなれるだろう」

一拍遅れたが、「なるほど。その手がありますか。次の選挙で引く手数多でしょう」と、藤井はうわずった声で返した。

「与党のボロ負けは大方の予想するところだろう。天に唾するに等しいが、われわれを含めて、第四権力の劣化はひど過ぎるな。唄《うた》の文句じゃないが、〝時の流れに身をまかせ〟ってな所だろう。民自党もぶっ壊れたが、政治、いや世の中、日本列島全体が壊れてしまった」

「同感です。わたしもジャーナリストの端くれの端くれとして、反省すること頻《しき》りでした」

藤井のおでこがセンターテーブルにくっつきそうになった。

「おつむのほうは空っぽなのに、見映えがいいだけで代議士になれる世の中だ。ジャーナリズムのチェック機能が働かなくなってしまったのは、どう考えてもおかしいよ。天に唾するに等しいことは百も承知だが」

「おっしゃる通りです」

藤井は決まり悪そうに、えりくびに手を遣った。

「堤に政党からアプローチがあったのか確認してないが、あって当然と思うべきかもな」

「はい」

藤井はうなずかざるを得なかった。

堤杏子の「とんでもない」発言の矛盾に気が付いたのは、藤井のほうがちょっと早かった。

「広報局長は辞表を懐の中に入れているのではないでしょうか」

木戸が憮然とした顔でうなずいた。

「わたしもそんな気がせんでもない。どう転んでも、損は無いだろう。食べちゃいたくなるほど可愛いものなぁ。しかもここがとびぬけて良いときてる」

木戸は額を指差した。

藤井は胸がざわっとなった。

「プロ野球選手などアスリートへの女子アナの追っかけは目に余るが、使い捨てみたいにされるよりは増しと考えるのが人情なんだろうな」

「こんなテレビ局でバカ騒ぎして、おバカさんになるよりは、まだ政治家になるほうが得なんでしょうか。大物政治家が孫まで政治家にした例は枚挙にいとまがありません」

「そんな感じはあるな」

「政治家をやったらやめられないのは、間違いなく事実です。テレビ局も人材難ですが、わけても政治の世界はひど過ぎます。ヤクザ紛《まが》いが政治家になってますが、そのお陰で、政治家という政治家が皆んなヤクザに見えてきます。テレビ業界も五十歩百歩だと言われてしまえば、それまでですが」

苦笑まじりになんともいえない顔をして、木戸は頰《ほお》をさすっている。

「某専務はその最たるものと言ったら言い過ぎでしょうか」

「言い過ぎにもほどがあるんじゃないのか」

「人前に出せないと言いたいくらいです」

「ストップ！　ビールを何杯飲んだか知らんが、酔っ払ってるのか。きみとサシで飲んだことは一度もないが」

藤井は、堤杏子と同じ心境なのが木戸に伝わってないとは口惜しいとさえ思った。

「ウィスキー一本はあけられると思います」

「おうっ。底無しじゃないか。躰もでかいがそんな大酒飲みとは知らなかったよ」

「山崎部長はご存じと思いますが」

「山崎から聞いてないなぁ」

二つのことがはっきりした。木戸と杏子がツーカーの仲だということ、そして自分が山崎に嫌われているか煙たがられていることは明白だ。藤井は合点《がてん》がいかなかった全てが氷解したつもりだが、名状し難い妙な気分だった。

「大酒飲みと一杯やるとするか」

「とんでもないです」

藤井が時計を見ると午前一一時五〇分だった。それこそ山崎や清水にやっかまれて、何をされるか分かったものではない。

「なにか不都合なことでもあるのかね」

「いいえ。きょうは新年会ですので……」

「だったら問題ないんじゃないのか。山崎や清水のことなら、心配するには及ばん。いちいち瀬島さんに報告するバカでもないだろうし、上に対して二人とも絶対服従なこと
〝訂正記事〟の件で藤井とここで一杯やることは山崎も清水も承知している。いちいち瀬島さんに報告するバカでもないだろうし、上に対して二人とも絶対服従なこと

は、きみも分かってるんだろう」

藤井の胸を突き刺した右手の人差し指を引っ込めて、木戸が微笑した。

「絶対服従せんのが一人いるが、まだ一年にはならんけど、そろそろ熱血報道記者のほうは卒業せんとな。繰り返すが、藤井のバランス感覚に期待してるんだぞ」

藤井は黙って低頭した。入社以来こんなに優しくされた覚えはついぞなかった。

瀬島に、木戸の爪の垢でも煎じて飲ませたいとすら思う。

藤井は緊張していて気付かなかったが、テーブルの上にブランデーのボトル、グラス、ミネラルウォーター、ラップにくるんだロールサンドなどがトレーに載せてあった。

先刻メモを手渡された秘書は気が利く。あとで礼を言わなければいけない。

「手酌でやろう。わたしもいけるほうだが、ダブルで二杯までだな。昼ザケは効くからなぁ」

二人はブランデー・グラスを触れ合せた。

「乾杯！」

「いただきます」

「こんな程度で終らせるのは失礼かな」

「感激しています。常務のお声がかりで現場から引き離されたときは、世をはかなみました」

「まだ、はかなんでるのかね」

「いいえ。テレビ東日の在り方を考えられる立場も悪くはありません。嵌まり役とは到底思えませんけど」

「ひと言多いのはしょうがないか」

藤井はちょっと引っかかった。木戸に歓迎会をやってもらった覚えがなかったからだ。

山崎か清水が「相当生意気な奴です」ぐらいのご注進に及んだに相違ない。

「申し訳ありません」

「ひと言多いと思ったのは、たった今だよ」

冗談はともかく、取り繕《つくろ》うのも木戸ならではかも知れない。

手酌の筈が、木戸は二つのグラスにブランデーのボトルを傾けた。

「テレビ東日の前身、JET時代は、半年ほどの間に三人も社長が交代したことがあったんだ」

「半年で三人も。経営危機っていうことなんでしょうか」

木戸は首を左右に振って、グラスをセンターテーブルに戻した。

「昭和四〇年四月に入社した先輩から聞いた話だが、その年は四五人も採用したそうだから経営危機はあり得ないだろう」


事実関係はこうだ。

コネとはいえ、当該年度の半年ほど前から就職活動が始まるが、なんとその間にJETの社長が三人も交代したのだ。

面接時、内定時、入社時で、その都度社長の顔が違ったという体たらくだった。世事に長けていない四十五人はさぞや当惑したことだろう。

映画会社系、教育出版系、新聞社系の順番だ。大河《おおかわ》博司、赤尾良雄の両人は有名人だ。三番目はむろん東日新聞のトップではなく、序列は四番目か五番目だったが、有識者とは言えよう。

「揺籃《ようらん》期の混乱、ドタバタ劇と言ったほうが当たっていると思えますが」

「そうなんだろうな。昭和二六年に開局したBSTに遅れること六年半の差は途方もなく大きかった。JETの看板は教育だが、夕方からの番組は娯楽、スポーツもあった。利権をめぐって、上層部は滑ったの転んだのとやってたんだろうな。出版社の創業社長が、表と裏があり過ぎたと聞いている。計算高い人だったということだろう。スタート時は、映画会社、出版社、新聞社などの寄せ集めで、従業員は初年度二〇人、二年度は一五〇人だったと思う。昭和三九年の東京オリンピックで受像機が爆発的に売れ、スポンサーがテレビ広告の効果に関心を高めてくれたから、出遅れのJETでも利益を出せる体質になった。株主が利権の争奪戦に明け暮れてる時代でもあったわけだ。われわれの世代は、大株主に翻弄された時代でもあったなぁ」

「…………」

「昭和三〇年代、映画会社は当たらなかった映画をテレビ局に押しつけてくるわ、社員も新聞社からの出向者は落ちこぼれ組だわで、映画会社、出版社からの出向者も然り。掃き溜めとか吹き溜まりみたいな世界だったとも言える。テレビ業界の先行きが海の物とも山の物とも分からない時代だった」

木戸がこんな懐旧談にうつつを抜かしているのは、それこそ辞表を懐に入れているためではないか、と藤井は勘繰りたくなった。生え抜き社長の実現まで瀬島をフォローするようなことも力説しているのだからそれは無い。だが、瀬島ごときに初めから白旗を揚げなければならないのか、不可解千万だ。諦めるのはまだ早い。しかし、一枚しか無い座布団を取りに行く激しい気迫を木戸に求めるのは無いものねだりかも知れない。唐突に話題が変った。

「大先輩で思い出されてならないのは〝岡憲《おかけん》〟と〝鈴久《すずきゆう》〟だなぁ。名前ぐらいは知ってるんだろう」

「はい。伝説のテレビマンですね。岡田憲治さんと鈴木久彦さんは、テレビ東日のみならず、業界の有名人だったと聞いてますが」

「そのとおりだ。テレビマンというよりテレビ屋といったほうが通りがいいな」

「鈴木久彦でしたら、スズヒサと呼ぶべきなのに、スズキュウと呼ばれているのはどうしてなんでしょうか」

「親分の〝岡憲〟さんがヒは言いづらいからキュウで通しちゃったからだろう。スズヒサよりスズキュウのほうが凄みもあるしねぇ」

「〝岡憲〟さんは、曽根田《そねだ》内閣産みの親の一人だと聞いた覚えがあります。ご本人の最大の自慢でしたとも」

「故人を中傷することにはならないと思うから言っておくが、読広新聞の超大物記者と二人がかりで曽根田総理の誕生に一役も二役も買ったと聞いてるぞ」

「〝曽根中〟内閣などと言われたほど、中田栄介元総理の影響力は大きかったはずですから、〝岡憲〟さんは栄介氏を口説き落した功績が評価されたということなのでしょうか」

「超大物記者とのコンビで暗躍したんだろうな」

「〝岡憲〟さんは新聞社出身ですが、〝天皇〟なんて称されながら専務止まりでしたね」

「心臓麻痺で急逝したからね。その時の子分の〝鈴久〟の動揺ぶりといったらなかったな。いろんな悪さもしでかしてたのか、病院へ逃げ込んだという説もある。多分事実だろう。それが〝ニュースショー〟を立ち上げた功労者になるんだから、人間関係の妙、人生の綾は面白いよ」

「〝ニュースショー〟は、テレビ東日だけでなく民放テレビ全体の最大の誇りですが、大手のプロダクションが仕掛けたんですね」

「そうなんだよ」

「報道記者として何度か久保キャスターから話を聞いてますが、オフィスAなるプロダクションの代表が凄い人だったみたいですねぇ。瀬島専務は第一号プロデューサーを売りにしてます。それどころか独りで〝ニュースショー〟を立ち上げたみたいな大きな顔をしてますが、いかがなものでしょうか」

「外向けにそれくらい許してやったらいいじゃないか。社内では分かってることなんだから」

木戸は冗談ともつかずに言いながら、ロールサンドを摘んだ。

「許すとか許さないよりも、人間性の問題なんじゃないでしょうか」

「やっぱりダメかなぁ」

木戸は水と一緒にロールサンドを飲み込んで続けた。

「藤井を引っこ抜いたわたしの立場も少しは考えてくれんか……。ま、しょうが無いか」

　どうやら匙《さじ》を投げられたらしい。藤井はしゅんとなったが、木戸は笑いながら話を戻してくれた。

「通称〝くぼしん〟の久保信《まこと》さんをプロダクションに迎えた直後、雲隠れのつもりで六本木の病院に入院していた〝鈴久〟さんの居場所をいともあっさり見つけ出して、病気見舞いに駆けつけた田中百造《ももぞう》さんは凄い人だよなぁ」

「オフィスAで〝天皇〟と言われていることは承知してます」

「ふて寝してる場合じゃないぞって叱咤激励したんだ。〝百造〟の凄さは、筆舌には尽くし難い。数多のプロダクションとはレベルが違う。カバン持ちの秘書がいつも緊張していたのを思い出すよ」

3

　〝ニュースショー〟を立ち上げるために、田中百造はもてるパワーを全開させた。

　最大手の広告会社、電光を説得し、同社のラ・テ局の局長、五十嵐英雄を味方に付けることから手をつけた。二〇〇一年に株式を上場するまでの電光は一匹狼やら、海千山千やら、凄い遣り手が群《むれ》を成していた。もっとも、石を投げればコネに当たるほど有名人の縁故者も少なくなかったが、「政治家、新聞社、テレビ局、大手企業の役員や幹部の息子や娘を山ほど人質に取っているので、電光はなにがあろうと微動だにしない。おまえも当然コネだったよなぁ」とゼミで一緒だった電光の友達から藤井は蔑《さげす》まれたことがあった。

「コネにも玉石混交、味噌も糞もいるが、玉や味噌のほうが圧倒的に多いな。ただなぁ、親父が立派なら、仮に石でも糞でも役に立つから、不思議な世界だよ」

ゼミの同窓会で偉そうに言われたのは、入社五年目で、報道記者の走り使いをやらされていたときだ。

「テレビ東日と番外地は、広告料がすべて八掛けだったんじゃなかったかな」

「えらそうに。広告会社の若造にしては生意気言うじゃないか」

「世界四位、日本トップの電光にテレビ東日ごときが刃向えるわけがねぇだろう」

藤井はワインをぶっかけたくなるのを抑制するのに往生した。


田中百造は、一九八五（昭和六〇）年の暑い盛りに入院中の鈴木久彦を電光ラ・テ局長の五十嵐英雄を従えて急襲した。

魁偉な容貌《かお》だけでも迫力充分だが、ドスの利いた胴間声が丁寧なので、圧力が倍加した。

「〝鈴久〟先生。寝込んでいる場合じゃあ、ありませんよ。テレビ東日がどうなってもよろしいのですか」

田中はいきなり力まかせに掛け布団を引っ剝がした。

「頭の回転の早さと舌のなめらかさで当代一の久保信を摑まえましたので、夜一〇時のニュース番組はＮＨＫに勝ったも同然ですよ。受けは堤杏子さんに担当していただくのがよろしいと思います。小柄で可憐ですし、超有名大学出の頭の良さで民放アナウンサーのナンバー・ワンですから久保信とのコンビで公共放送のＮＨＫにガツンと一発くらわせて、勝利することは間違いありません」

「ニュースでＮＨＫに勝てるわけがねぇだろう。あんた、なに考えてんだ。冗談も休み休み言えや」

鈴木久彦は哮《たけ》り立った。

「ニュース番組なんかにスポンサーがつく筈がねぇだろう。な、なにが久保信だ。な、なにが堤杏子だ。お、俺を虚仮《こけ》にしようってのか。ふざけやがって、電光のラ・テ局長になにが分かるってんだ。あ、あいつがスポンサーをずらっと揃えられるのか。ラ・テ局長ぐらいで俺を取り込もうとしてもそうは問屋が卸さねぇぞ」

ここまで言われて、キレなかった田中百造は立派だった。〝鈴久〟は突然親分を失ってショックを受け、狼狽《ろうばい》しているのだ。〝岡憲〟あっての〝鈴久〟だ。がらっぱちの〝鈴久〟をいっぱしの大物プロデューサーにまで引き上げたのは〝岡憲〟である。今わの際に間に合わなかった悔しさもあるに相違ない。

感極まって、鈴木は慟哭《どうこく》した。病院の特別室とはいえ、ナースが駆けつけてきたら大事《おおごと》だ。

田中は靴を脱いでベッドに上がり、中腰で鈴木の背中を撫でた。

「鈴木先生のお気持ちは痛いほどよく分かります」

「お、俺はほんと絶対安静なんだ。不整脈にはなるわ、寝汗はかくわ……。頼むから静かに寝かせてくれよ」

「わたくしも岡田先生の急逝はショックでした。眠れぬほど応えました。しかし、だからこそ鈴木先生に岡田先生の分まで頑張っていただきたいんです」

「俺だって眠れねぇんだ。お高く止まってる東日新聞社に〝岡憲〟さんみたいな人情家がおったなんて信じられんよ」

しゃくりあげながら、鈴木が続けた。

「俺は〝岡憲〟さんに殉《じゅん》じてテレビ東日を辞めたいと思ってるくらいなんだ」

「ご冗談を。岡田先生の分まで頑張ることが恩返しっていうものでしょう」

「うん。そうかも知れねぇ」

田中は、鈴木の気持ちが劇的に落ち着いてきたのを見てとって、廊下の長椅子で待機している五十嵐英雄を呼んできた。

田中も五十嵐も申し合せたようにストライプの濃紺のスリーピースで決め、金のネックレスをしていたが、鈴木に見えたのはブレスレットだけだ。

「ご無沙汰しております。ご不快とお聞きして、なにはともあれ駆けつけました」

「こちらこそご無沙汰致しております。岡田の急逝で、いろいろご迷惑をおかけしています」

鈴木の口調ががらりと変った。しかもガウンを羽織ってベッドに正座しているではないか。

「お加減はいかがですか」

「お陰さまで、だいぶよくなりました」

「それはなによりです」

鈴木が荒れ狂ったのは、逃げ込み先の病院をいともたやすく突き止められた腹癒せもあったと見て取れる。

「久保信さんが提案されたコンセプトはアピールすると思います」

鈴木が怪訝《けげん》そうに田中を見た。

「例の〝子供にも分かるニュース〟のことですよ」

「うんうん。そのことですか」

初耳だが、その場を取り繕う度量はある。その点は岡田以上だ。役者が違うと言いたいくらいだ。

田中と五十嵐が折りたたみ椅子に腰を下した。だが、五十嵐はさかんに時計を気にしている。

「五十嵐局長は次の予定がおありなので、お引き取りくださって結構ですよ」

「まことに申し訳ございません。それでは失礼させていただきます。思ったよりお元気そうなお顔を拝見して安心しました」

にこやかに調子よくのたまって、五十嵐はそそくさと特別室から退出した。

田中が後を追った。無理矢理誘ったのだから、せめてエレベーターホールまで見送るのが礼儀というものだ。

4

田中が特別室に戻って来るなり、鈴木がごろんと横たわったが、すぐにがばっと上体を起こした。

枕元の大きな果物籠に気づいたからだ。

「なんだ！　これは」

「〝御見舞い〟の下に〝電光ラ・テ局〟って書いてあるんじゃないですか」

田中が用意してきたのだから、これほど確かなことは無い。

「ふうーん。やるもんだなぁ」

鈴木がにやりと相好を崩して、田中に視線を移した。

田中が顔を背ける前から、鈴木はすべてを呑み込んでいた。

「ありがたいことだ。感謝せんとなぁ。電光にしては気が利くじゃねぇか」

「大プロジェクトを立ち上げれば、電光のメリットも半端じゃないですから」

田中は白々しいと思いながらも、そらっとぼけて損はないと読んだ。

「俺はニュース番組なんかのプロジェクトに乗るつもりはねぇぞ。なにが〝子供にも分かるニュース〟だ。そんなものにスポンサーが付いてたまるかってんだ。テレビ屋の百造ちゃんが、そんなこともわきまえておらんとは信じられねぇよ」

田中はやおら起ち上がって、背後の黒革のカバンの前にしゃがみ込んだ。

そしてステンレス製の保温ボトルを取り出して、カップ代りの蓋に、茶色の液体を注いだ。

「ダージリンの紅茶です。まだ熱いですよ。気持ちが鎮《しず》まるんじゃないですか。五十嵐さんは偉そうに二〇分しか時間が無いなんて言うので、出さなかったんです」

鈴木は美味そうに一気飲みし、カップを突き出して二杯目を要求した。

「百造ちゃんは相変らず気が利くなぁ」

「〝鈴久〟先生のためなら、火の中へでも飛び込みますよ」

「おだてたって、ダメなものはダメだ。天下のオフィスAの〝田中天皇〟にしては分かってねぇよなぁ。テレビ屋なら皆んな知ってるが、編成、制作のやつらから、ニュース番組のことをカネ食い虫と言われてバカにされてんだぞ」

田中は声をひそめて静かに返した。

「親分の〝岡憲〟さんが急逝して、弱気になられていることは分からないでもありませんが、〝鈴久〟先生ほどのお方が、親亀こけたら子亀までこけるサンプルみたいな超弱気になってはいけません」

鈴木はしかめっ面で言い返した。

「まったく分かってねぇなぁ。強気とか弱気とかの問題じゃねぇだろう。ペイするかどうかの問題なんじゃないのかね。田中百造大先生ほどのテレビ屋さんが、そんなたわけたことを言いに、果物籠ぶらさげてのこのこ見舞いに来るなんて信じられねぇよ。俺にはとち狂ったとしか思えん。天才の頭の中はどうなってるんだ」

田中は静かに静かに返した。こうも喚《わめ》かれては傍《はた》迷惑もいいところだ。偽患者だと分かっていても、〝鈴久〟の濁声《だみごえ》が室外に届いていない筈はない。

「失礼してちょっとトイレに……」

「俺もツレションで行くとするか」

鈴木は背筋もしゃきっとしていた。

放尿しながら、田中が言った。

「こんな素敵な病院をよくぞ見つけたものですねぇ。先生の人脈の広さにはいつもながら脱帽ですよ」

「なにをぬかすか。〝田中天皇〟だけのことはあるって、感心してるのはこっちだよ。絶対秘密の筈があっという間にバレちゃったもんな。いったい全体誰から聞いたんだ」

「どなただったですかねぇ。忘れましたよ」

「あんたの地獄耳は百も承知だが、今回がいっとう参ったな」

「先生のショックの度合いは、ちょっとやそっとのものではないと心配してました」

トイレから特別室までも二人は話し続けた。

「奥さまはどうされましたか」

「一時間ほど前までおったんだ。ワイフのチェックが厳しいのが応える。病院にぶち込まれたら、動きがとれねぇものなぁ」

「誰しも一緒ですよ。病院の特別室は奥さまのアイデアですか」

「まあな。仮病にはもってこいとかぬかしおったが、カミさん孝行もたまにはしょうがねぇか」

語るに落ちるとはこのことだが、田中は無表情を装って聞き流した。

「岡田先生もそうでしたが、鈴木先生も働き過ぎです」

「人のことが言えた義理じゃねぇだろう。コッチのほうも含めてだが」

「否定しません」

「認めたわけだな」

「はい」

二人とも右手の小指を立てながら話していた。

鈴木が掛け布団の上にごろんと横たわった。

「〝田中天皇〟にしては、話が大雑把で分かりにくいよなぁ。公共放送のNHKにニュース番組で民放は勝てっこねぇ。刃向えば返り血を浴びるだけだろうや。〝岡憲〟がOKしたってのも、電光のラ・テ局長が現れたのも、はったりとしか俺には思えんのだが」

「おいおい、きちんとご報告させていただきます」

「朝刊が一番先にどこから読まれるのか知らねぇわけねぇだろう」

「もちろん承知してますよ。人によりけりですが、最終面のテレビ欄から見る読者が圧倒的に多いと思います。それもドラマなどの囲み記事からで、一面の小難しいコラムは二の次、三の次でしょう。読まない人のほうが多いかもしれませんよ。少なくともわたしは読みません」

「それが分かってて、ニュース番組はねぇだろうぜ」

鈴木のいかつい顔が急に翳《かげ》りを帯びた。岡田憲治の顔がふいに大きく胸に迫ってきたからだ。目頭が熱くなった。〝岡憲〟は俺にとって、神様、仏様以上の存在だった。〝岡憲〟なくして今日の俺は無い――。

鈴木は持ち上げた頭をひと振りしてから、涙目に右手の甲を運んだ。

「〝岡憲〟親分が羨ましいよ。その真っ最中に心臓麻痺で極楽に行けたんだから。俺もあやかりたいくれえだ。下におったほうは敵わんけどなぁ」

「話を逸らさないでください」

田中が上体をベッドのほうへ寄せた。

「岡田先生は死んでも死に切れなかったのと違いますか」

「どういう意味だ」

「従来のニュース番組ではなく、ニュースショーをやろうって、二人でコンセンサスが得られて、ほどなく亡くなられてしまったのですから」

「俺は聞いてねぇぞ」

「そりゃあそうでしょう。岡田先生と話がついたのと、ほとんど同時に鈴木先生は入院されちゃったじゃないですか。なにを気にされてるかは存じませんけど」

「コレに決まってるだろう」

鈴木に右手の小指を突き出されて、田中はのけ反った。

「俺も嫌いじゃやねぇからなぁ。繰り返すが、ワイフに強制的にここへぶち込まれたんだよ。ただし寝汗も不整脈も事実だからな。ワイフはさっきまでここにおったんだ」

「岡田先生は膝を叩いて『やろう』と言ってくださいました。さっそく〝鈴久〟に話しておこうとも」

鈴木にギョロ目を剝《む》かれたが、田中は睨み返して続けた。

「ニュース番組じゃなくて、ニュースショーなんです。その昔、アメリカのテレビ業界を勉強したくて渡米しましたが、ホテルのロビーでテレビを見てて、ニュースはショーでもあると、ひらめいたんです。これだ！　これっきゃない！　恥も外聞もなく大声で叫びましたよ。日本語ですから恥をかいたことにはなりませんが……。しかし、日本にはキャスターがおらんのです。アメリカではアナウンサーじゃなくてキャスターなんです。しかし、一人おりました。久保信ですよ」

「その話は聞いた覚えがあるぞ。久保信は俺にはBSTではいくら視聴率を取っても面白い番組を作っても、社長賞を貰うのが関の山だし、上層部やスポンサーに頼まれて結婚式の司会や、太鼓持ち、男芸者みたいなことばっかしやらされて身が持たない、もうくたくただって。だから、田中百造のスカウトに乗ったんだと。俺にはそう話してたぞ」

「それも事実です。しかし、ニュースショーに重大な関心を寄せていたことも、日本初のキャスターに夢を託していたことも事実です。〝子供にも分かるニュース〟なんて言い出しましたが、久保信の頭の良さの表れで、たいした玉ですよ」

小さなカップなので紅茶が三杯目になった。

「たいした玉の二乗みたいのが目の前におるじゃねぇか」

「それはお互いさまでしょう。先生にはさすがのわたくしも勝てません」

「なにを吐《ぬ》かすか」

鈴木も田中も破顔した。だが、田中が真顔に戻るのは早かった。

「テレビ東日も挙げて対応してください。プロジェクトチームを一日でもいや一秒でも早く立ち上げるのがよろしいと思います。わたくしの見たところ、失礼ながら瀬島プロデューサーは使えるお一人でしょうか。頭脳の明晰さや人当たりの良さでは木戸プロデューサーのほうが勝っていると思いますが、押し出しの良さでは瀬島さんのほうが上ですけど、どうなんでしょうか」

「総挙げって言ってんだから、両方使ったらいいだろうや。プロジェクトチームを大急ぎでこさえようや」

勝負あった。これでいけると田中は内心ほくそ笑んだ。

帰りがけに、田中は部厚い封筒をさりげなくベッドの枕許に置いた。一本はある。

「ほんのお見舞いです。療養費の足しにしてください」

「ちょ、ちょっと待て！　こ、こんなもの受け取れるか」

「これも電光ラ・テ局からなんじゃないですか」

「こんな大層な物を貰ういわれはねぇぞ」

「じゃあ、お大事に。いや、可及的速やかに退院してください」

田中は言いざま起ち上がり、背中を鈴木に見せていた。田中百造の一人芝居には勝てないと鈴木久彦は心底そう思った。

5

二〇〇八年一月四日の午後一時過ぎに、テレビ東日経営企画部副部長待遇の藤井靖夫は、担当常務の木戸光太郎に誘われて、赤坂の日枝《ひえ》神社に参拝した。

新年会の途中で、藤井は二時間近くも木戸の懐旧談に耳を傾けたことになる。興趣が尽きなかった。

しかし、初詣《はつもう》では予想だにしなかったし、違和感を覚えた。

「二〇年以上もテレビ東日にいて、初詣でを知らなかったとは驚いたなぁ」

この日、東京地方は快晴の穏やかな日和で、二人ともスーツ姿だった。

「新米社員のときも、ここへは来なかったのかね」

「はい。意地悪なデスクに取材を命じられたり、報道記者の卵たちは誰も初詣でどころではなかったと思います。仕事を覚えることに夢中でしたから」

境内は相当な人出だった。神殿の前に辿り着くまでに結構時間を要した。

賽銭は木戸は千円札、藤井は百円硬貨だった。

「新年会のセレモニーのあとで幹部は必ず参拝する仕来たりになってるんだ。覚えておくことだな」

「承りました」

藤井は殊勝に返したが、初詣でで御利益《りやく》を望む気持ちなど無かった。安心感を願う思いも皆無に近いバチ当たりだ。

そんなことより、十数人の常勤役員で一人だけ別行動を取るのはいかがなものか。また、セレモニーの司会役の堤杏子も参拝したのだろうか——などと要らぬことに思いを致していた。

「十万円は包むんだろうな。予約制で奥まった神殿まで入れて貰えるんだ。一同は座布団に正座して、宮司の祝詞《のりと》をありがたくお聞きする。神子《みこ》が舞うのを観るのも良い

んでしょうか」

「社長の年頭挨拶にありましたが、〝三強一弱〟は、霊験《れいげん》あらたかということになるものだよ」

藤井は心ここに在らずだったが、口は達者だった。

「日枝神社の宮司のうしろに座れるように、藤井も頑張ることだな」

平目《ひらめ》人間になれと言われているに等しい。大ゴマ擂り集団を破壊したい旨祈願すればよかったと藤井は思ったが、もう遅い。

人混みの中を抜け出すのに苦労したが、ひと息ついたところで、木戸が足を止めた。

「同じ〝赤坂村〟にBSTの本社ビルもあるが、〝一弱〟から脱出できないのは、参拝してないせいかも知らんぞ。いや、そんな筈はないと思うが」

「BSTには大学のクラスメートがおりますので入れ知恵しておきます」

「BSTが去年六月の定時株主総会で買収防衛策の導入を承認しながら、九月に第三者委員会の勧告を受け入れて白紙に返したのも、日枝神社の祟りかねぇ……」

木戸は笑いながら「冗談冗談」と右手を振った。

「〝久保信ニュースショー〟にまつわる話は面白かったろう」

「はい。そのお陰で〝鈴久〟さんが生き返ったと申しますか、〝天皇〟になったことは、聞き及んでおりましたが、オフィスAの〝百造〟さんが仕切り役とは知りませんでした」

「〝百造〟さんは天才中の天才だし、利益追求ぶりの激しさは並外れてたなぁ。あんなに凄い人は二人とは現れんのじゃないかな」

「BSTが弱体化したのは、大株主の毎朝新聞がずっこけたことと、昭和の時代にトップの座にあって驕《おご》っていたからではないでしょうか。ダイナミズムの乏しさにかけては四局の中でも突出してるような気もします」

「それと、トップが税理士だか会計士だか知らんが、重箱の隅を楊枝でほじくるような人で、全体像が見えてないような気がするなぁ」

「お言葉を返すようですが、その点は当社も同じなんじゃないでしょうか。それとゴマ擂り集団では一体感は出ないと思います」

聞こえなかったとは思えないが、木戸が突然話題を変えた。

テレビ東日の本社ビルまで歩きながら聞いた〝久保信ニュースショー〟立ち上げと成功に至る懐旧談も藤井にとって興味津々だった。

大手プロダクションのオフィスAには、放送作家としてスタートした塚田浩二、岡山陽太郎、石田哲夫、沢井敏《さとし》、森英雄らの優秀なスタッフが存在し、オーナー社長の田中を支えていた。塚田、岡山、石田は役員でもある。

もう一人、忘れてならないのは、副社長の林征太郎だ。林は体育会系の辣腕家《らつわんか》で、傍若無人ながら、汚れ役を買って出る豪気さを備えていた。

塚田は当代一の売れっ子脚本家である。

田中が必ず「塚田先生」と呼ぶのも故無しとしない。なぜか岡山も「先生」だったが、石田以下は社内では「君」か呼び捨てだった。

田中は一時期、寝ても覚めても〝久保信ニュースショー〟プロジェクトを立ち上げるために、全身全霊を傾けた。

テレビ東日の役員に、映画会社の東栄出身者が存在するのは株主の利益代表として当然だが、田中は当該役員を介在させて、東栄の内部事情に精通していた。弱点を衝《つ》くのも田中ならではだ。

どこを押せば味方につけられるかを知悉《ちしつ》していたのである。

一方、株式上場前の電光には言いたい放題、やりたい放題の野武士的人物も少なからず存在した。

「おめえら。広告なんてものは売り物と思うな。おめえらは企業の応援団なんだ。スポンサーの企業は神さまでもある。企業のエライさんの社葬は電光がボランティアになったつもりで仕切るぐらいのことをやれ！」

局長クラスで部下にこんな檄《げき》を飛ばす凄いのもいた。

部長クラスで新橋の芸者を孕《はら》ませ、出産後認知して、自ら吹聴する変わり種もいた。このことを酒の肴《さかな》にするのだからもの凄い。電光のダイナミズムになっていたとも言える。

スポンサー企業を自家薬籠中の物にする術を心得た兵《つわもの》が田中の周囲に蝟集《いしゅう》していたことになる。

「必ずＮＨＫをぎゃふんと言わせてご覧にいれます」は田中の殺し文句だ。

田中がテレビ局に自ら出入りすることを極端に避けたのは、「テレビ屋とは格が違う」と思い込んでいたせいかも知れない。

まだ部長待遇に過ぎない鈴木久彦をその気にさせ、〝鈴久〟バックアップ体制を構築するために、東栄などの関係者と赤坂の料亭で頻繁に会食したのも、テレビ局通いが厭だったからだ。もっともお茶屋遊びはもともと好きなほうである。

田中はプロジェクトチームの面々と会食する際、オフィスＡのプロデューサーの石田を同行させることが多かった。提案力は劣るが、弁舌さわやかだったからだ。おまえらとは格が違うとの見栄も手伝って、「きみから説明したまえ。分かりやすくやりなさい」と、石田に振る。石田は正座して、滔々《とうとう》としかも静かに話す。抜きん出た説得力、説明力を備えていた。「口ばっかり」だと非難する人も少なくなかったが。

田中が関係者を〝久保信ニュースショー〟にのめり込ませるために手立ての限りを尽くしたのは、成功間違い無しの確信があったからに相違無い。

鈴木も懸命に、テレビ局内の根回しに駆けずり回った。成功は覚束無いとの思いが頭の中をちらちらしたのに、田中に尻を叩かれると払拭できたから不思議である。

夜一〇時から七〇分の時間帯で、〝久保信ニュースショー〟がスタートしたのは一九八六（昭和六一）年四月だ。

スタジオのリハーサルで、久保独りだけが、出演者たちの凍りついたような緊張感をほぐすために、けらけら、げらげら、からから笑っていた。

東日新聞編集委員の大林善行《よしゆき》も比較的リラックスしていた。柔和な面立ちと、優しい語り口が印象的な東日新聞サイドの初代キャスターである。

堤杏子たち女性アナウンサーは、躰は硬直し、顔が引き攣《つ》っている。彼女たちが本番直前にトイレに駆け込んだのは語り草になっているほどだ。

鳴り物入りでスタートし、久保と鈴木が番宣（番組宣伝）で記者会見までしていた。鈴木の肩書は、〝番組担当部長〟だった。田中に煽られ、おだてられて、〝久保信ニュースショー〟の責任者にさせられたことになる。

鈴木を含めた瀬島、木戸たち局側、石田、沢井たちオフィスAの各プロデューサー、ディレクター、放送作家たち約五〇人ほどの制作側は全員、固唾《かたず》を呑んでリハーサルを見守った。

〝久保信ニュースショー〟が放送開始当初苦戦した理由について、沢井敏が物の本に上手くまとめている。


〝テレビ局・制作会社・放送作家の三者は番組に対する考え方もスタンスも全く異なっているため、組織が円滑に機能するには時間がかかった。

久保信が提唱した「子供にも分かるニュース」というコンセプトを、番組にどのように具現化していくかについて、報道マンにイメージしろということ自体が無理だった。

日々変動している総裁選の動きを映像で子供たちにも分かりやすく見せるための小道具として、派閥の人数を積木で表すことが発案された。

それは久保信の卓越した話術によって密室の茶番劇が正に、映像化された瞬間であった。

一気にニュース番組の認知度を上げ始めた時期に、この積木による総裁選の解説が話題となり、高視聴率を稼ぎだし、番組の完成度も上がってきた。〟

沢井はこの中で、〝ニュースショー〟にも放送作家が必要不可欠な存在だと力説したことにもなるが、二〇〇五年に久保が降板し、メインキャスターが交代してから、この傾向はいっそう明確になった。〝ニュースショー〟から〝ニュースイブニング〟にタイトルが変ったが、久保信のキレ味の鋭さを後継者に求めるのは酷かも知れない。

「NHKがしゃかりきになってねぇ。夜九時台のニュース番組を二〇分延長したりして、〝久保信ニュースショー〟に立ち向かってきたが、問題にならなかった」

木戸が嬉しそうに話したので、藤井は「NHKのプロデューサーやディレクターはさぞや歯ぎしりして、久保信さんの夢で魘《うなさ》れたことでしょうねぇ」と応じた。

二人は木戸の個室に戻り、再びブランデーをちびちびやり始めた。

こんな愉快な想いに浸れたのは何年ぶりだろうか。木戸が上に向かっていく人であることは間違い無い。日枝神社への、ぞろぞろ組をパスして青二才を連れて別行動を取っただけでもよく分かる。

上司を選べないサラリーマンが、優しい上司に恵まれたときの幸福感は冥利《みょうり》に尽きる。だが、テレビ東日では、望むべくもない。

ゴマ擂りしか伸《の》して行けない仕組みになっている。とてもじゃないが人前に出せない不逞の輩《やから》がのさばっているテレビ東日に明日はあるのだろうか――。

「きみがわたしと日枝神社に行ったことは、山崎も清水も〝先刻承知の助〟だろう。秘書に口止めしておかなかったからな」

藤井は現実に引き戻されて、膝がガクッとなりそうになった。ひそめた眉を木戸は見逃さなかった。

「だからって、どうってことがないのがきみの取り柄なんだろうな」

「蚤《のみ》の心臓です」

「口の減らない奴だ。だがなぁ、ギスギスするのはよくない。身のためにならんことは、自覚してもらいたいねぇ。どうしても現場志向だってきかんのなら、考えんでもないが、それにしても二年は辛抱してもらわんと、わたしの立つ瀬がない」

「常務のご恩は忘れません」

藤井は起立して最敬礼した。


〝久保信ニュースショー〟が軌道に乗り、高視聴率を確保していた一九八九（平成元）年二月頃のことだ。

田中と鈴木が赤坂の料亭〝滝川〟で人払いをして会食していた。

二人がサシで会食するのは、むろん初めてではなかった。

日本酒を差しつ差されつで、銚子を三本あけたところで、鈴木が居ずまいを正した。

「田中社長のお陰で、わたしも男をあげることが出来た。改めて感謝申し上げる」

「なにをおっしゃいますか。わたくしは黒子です。鈴木先生が、亡くなられた〝岡憲〟先生の衣鉢《いはつ》を継がれて、〝岡憲〟先生以上に頑張られたからこそ、結果が出せたんです。電光や東栄の連中は、鈴木先生のことを〝鈴久天皇〟と崇めております」

「〝天皇〟は百造先生のことでしょう。わたしなどの下っ端は、こうして拝眉の機会を与えていただけるだけで、光栄至極ですよ」

「そんなもの言いは先生らしくありません。わたくしは、先生にせめてテレビ東日で取締役になっていただきたいと願っております。わたくしなりに微力を尽くして、要路の根回しはさせていただく所存です」

とっちゃん坊や面の鈴木の顔が、急に引き締まった。

「取締役……。考えたこともなかったが」

「〝ニュースショー〟のお陰で、テレビ東日は二弱から抜け出せたのと違いますか」

「それは〝百造天皇〟の書いたシナリオに、俺が乗っかっただけのことだろう」

「違います。先生が局で受け手になってくださらなければ、〝ニュースショー〟はあり得ませんでした」

思案顔で田中の酌を受ける鈴木の右手が小刻みにふるえていた。鈴木は猪口《ちょこ》に左手を添えなければならなかった。

こんなに緊張している〝鈴久〟に接した記憶は無い。テレビ東日の取締役ぐらいで、これほどまでに——。

「〝岡憲〟親分がおったらなぁ」

声までうわずっている。

「先生。しっかりしてください。〝鈴久天皇〟と言われてるんですよ。〝岡憲〟さんを超えたんです。〝鈴久天皇〟の時代が到来したんです。取締役ぐらいは黙ってても、向こうから転がり込んで来ますよ」

「お高く止まってる東日新聞のやつらが四の五の言うんじゃねぇのか。俺は東日出身でもねぇしなぁ。〝百造天皇〟の友情はありがたくて涙がちょちょぎれるが」

鈴木はネクタイを緩めながら吐息をついた。そして、割り箸で造りの伊勢海老をつつき始めた。

「俺を役員にしない手は無い、ぐらいのことはおっしゃられると思っていたのですが、取締役になりたくないのですか」

「組織っていうのは、そんないい加減なものでもねぇだろう」

「テレビ業界も芸能業界も似たようなものです。人気のある人、パワーのある人、結果を出した人が上に立つのは、ごくごく当然のことです。お里が知れていると思う輩には、思わせておけばよろしいじゃないですか。本質的な問題ではありません。オフィスAは、テレビ東日を支えていると自負しております。東日新聞も含めた第四権力を下支えしているのが、われわれ制作会社、プロダクションだと言ったら言い過ぎになりますか」

「いや、理屈は通ってるよ。テレビ局もプロダクションも第四権力には違いねぇものな」

田中が手酌で猪口を満たした。

「じゃあ改めて乾杯しましょう。〝鈴久天皇〟の誕生を祝しまして、乾杯！」

「ううーん」

鈴木は、こわばった顔で持ち上げた猪口を口へ運んだ。

「わたくしは前面に出ることは致しません」

猪口を朱塗りのテーブルに戻して、田中が続けた。

「東栄、電光など然るべき要路に周到に手を打って、今年の六月にも鈴木取締役が誕生するように一肌脱がせていただきます。〝ニュースショー〟のスポンサーが行列して待ってることはご存じのとおりですが、わがオフィスAもその恩恵に浴させていただいております」

「オフィスAは取り過ぎなんじゃねぇのか」

田中は険のある目を流したが、すぐに笑顔をこしらえた。

「その道筋を作ってくださったのが、誰あろう〝鈴久天皇〟じゃございませんか。先生は、わたくしの、いやオフィスAの大恩人なのですから、テレビ東日の取締役になってくださらないと、わたくしの立場がありません」

田中は急いで二つの猪口に白磁の銚子を傾けた。

「今度のは取締役就任の前祝いといきましょう」

三度目の乾杯で、鈴木はいくらか平静になっていた。

6

この年一月七日に昭和天皇が崩御《ほうぎょ》、民放テレビ各局は午前八時前から翌八日深夜までCM抜きの特別番組を編成した。

二月一三日にはコスモ事件で江頭《えがしら》前会長らが逮捕された。

そして六月四日には中国で天安門事件が勃発、同月一日に開始されたNHKの衛星放送を通じて、リアルタイムで大惨劇が多くの人々の眼底に焼きつけられた。

中国が共産党政権を死守するためにあえて世界に発信したとも見て取れるが、世界史に一ページを刻む大事件であったことは否定できない。しかし、大半の日本国民は対岸の火事と見て、バブル景気に浮かれていた。

六月三〇日の夜、赤坂の料亭〝滝川〟の広間に、鈴木の取締役就任を祝して、田中が一席設けた。

顔ぶれは、オフィスAが田中のほか久保、林、塚田、石田。そして電光から専務に昇格していた五十嵐とテレビ局長の中野靖《やすし》ら四人。総勢一〇人の大宴会だ。塚田、久保の超有名人が出席したのだから、宴会は弥《いや》が上にも盛り上がった。田中は名うての奇麗所も揃えた。

久保は九時にはスタジオ入りしなければならない。

シャンパンの乾杯だけはつきあったが、いつになく口数の少ない久保に、塚田は疲労困憊なのだろうと思わずにはいられなかった。

〝ニュースショー〟を仕切っているのは久保にほかならない。ゲストやアナウンサーに対する気配りも見事だ。ミーティングのときにも、集中力が途切れることはない、と塚田はオフィスAのプロデューサーや放送作家から聞いていた。

しかし、久保の働き過ぎは気の毒としか言いようが無い。塚田は自分のことは棚に上げてそう思わずにはいられなかった。

脚本家として、あるいは作家として超売れ筋でありながら、塚田には驕ったところが欠けらも無かった。上下左右に関係なく塚田ほど気配りする男はいないことを、宴席の誰もが熟知していた。

威風あたりを払うとも、泰然自若とも異なる。塚田ならではの独特の雰囲気を漂わせている。

この夜の宴席で、「先生」で通るのは塚田ただ独りで、〝鈴久天皇〟も〝百造天皇〟も霞《かす》んでしまうのは仕方が無かった。

宴の後半が乱れがちになるのはいつもながらで、鈴木が芸者を押しのけて塚田の隣りに割り込んだ。

「〝尾道行進曲〟があの文学賞を受賞できなかったなんて信じられませんよ。先生は超のつく有名人ですから、選考委員の作家たちに嫉妬されたとしか思えません」

塚田は杯洗《はいせん》で濯《すす》いだ猪口を鈴木に戻して返杯した。

「もうひと昔も前のことです。忘れましたよ」

「でも、先生は映画化で、江戸の敵《かたき》を長崎ならぬ尾道で討《う》ったのと違いますか」

「それも、五年前のことですね」

塚田が当惑気味に苦笑しているのを見て取って、右隣の田中が割って入った。

「オフィスA挙げて、仇《あだ》討ちしたんですよ。製作者も監督も超一流です。要するにオフィスAの総合力がものを言ったんですよ。わたくしは〝企画〟に名前を連ねさせていただきました。結構物入りでしたが、製作費を回収して、かなりお釣がきました」

「テレビ東日が出資しなかったことが悔やまれます。あれだけ大ヒットしたのですから、〝配給〟した東京ヘラルドがいっとう儲けたんじゃないですか」

石田までが口出しした。

「出演者の顔ぶれも豪華でしたね。脇の名優たちの演技も輝いていました」

皆んなの視線が塚田に集中した。

芸者の中にも映画を観ていた者がいたため、誰それがよかったわとか、誰それの演技に泣かされたなど座が盛り上がった。

田中がしみじみとした口調で言った。

「塚田先生は黙っていても、先生の人柄に惚れて人々が寄ってくるんです。余人には真似ができません。やっかみたくなるくらいです」

「塚田夫人の内助の功も大きいのと違いますか。優しい方ですねぇ」

「それは間違いありません。僕は女房で持っているようなものです」と塚田が真顔で林に返したので、どっとなった。

塚田はアルコールには強い。土日月の三日間は網代《あじろ》の自宅で過ごし、オフィスAに出勤するのは火水木金の四日間だが、ほぼ毎夜飲んでいた。

どんなに酩酊していても、深夜であっても、A4判のノートに日記を書き続けたという。世の行く末を見つめる確かな目に、オフィスAの後輩たちはどれほど勇気づけられたか分からない。

久保に気を遣って、午後六時から始まった宴席が八時五〇分でおひらきとなった。鈴木が田中に目で合図して、二人はさりげなく小部屋に移動した。

「本日は、ほんとうにありがとうございました。厚くお礼を申し上げます」

田中も正座して、鈴木の挨拶を受けた。

「恐れ入ります。ささやかな一夕でしたが、わたくしも大変たのしゅうございました」

二人は笑いながら肩を叩き合った。

「とっくに裃《かみしも》脱がせてもらってますが、〝百造天皇〟のお陰で、塚田先生にまで祝っていただき、感謝感謝感謝感謝ですよ」

「東栄やらなんやら、先生のお祝いの会が続くと思いますが、わたくしを一番先に立ててくださって、感謝しなければならないのはわたくしのほうですよ」

仲居が三〇年もののバランタインのボトルと、水割りの用意をしてあたりめなどの摘《つまみ》と一緒に運んできた。田中があらかじめ命じておいたのだ。

グラスを触れ合せて、田中が話をつなげた。

「昨日の総会で東日新聞出身者が社長に就くのが常態化したようですが、わたくしに言わせればどいつもこいつもお飾りに過ぎません。テレビ東日で上層部を振り回して仕事をしているのは鈴木先生です。〝鈴久天皇〟と称される所以です。先生がしゃかりきになって頑張っているからこそ、きょうのテレビ東日があるんです」

「とんでもない。〝ニュースショー〟の仕掛人の百造さんの慧眼には、ただただ頭を下げるだけですよ」

「すべては久保信という立て役者があってのことなんです。初めに久保信ありきですが、先生がテレビ東日を動かしてくれたんです。役者が揃ったからこそ、ＮＨＫをノックアウト出来たのです」

「俺ほどツイてるのも、おらんかもなぁ」

「ツキも実力のうちです」

「百造さんは優しい人だねぇ」

鈴木が二つのグラスにボトルを傾けながら田中に目を流した。

「両雄並び立たずとか言うらしいが、どっちをＣＰにするか悩んでるんだ。百造さんの意見を聞かせてもらえんか」

「瀬島さんと木戸さんのことですね」

「俺に下駄を預けられたが、ＣＰの座は一つしかないからなぁ」

田中は腕組みして、一〇秒ほど気難しい顔をいっそうしかめた。

さらに一〇秒ほど両手で毛髪をかきむしっていた。

「仕切れるのは〝鈴久天皇〟しかおりませんよ」

「頼む。このとおりだ」

鈴木は拝む仕種をして続けた。

「〝ニュースショー〟生みの親に決めてもらうしかないんじゃねぇのか」

「一晩か二晩考えたい難問題ですが、いま……」

田中は右手の人差し指を鈴木との間でせわしなく往復させた。

「先生とわたくしで決めるしかありませんね」

「そう思う。悩み出したら切りが無いものなぁ」

「サイコロで決めるわけにも行きませんが、どっちの目が出ても問題はありませんけどねぇ」

「木戸で行くほうが収まりはいいような気がせんでもないが」

「手堅い木戸さんも悪くないと思いますが、でかくて存在感があるのは瀬島さんでしょう」

「瀬島は親分肌でもあるしなぁ。ただ、あいつは俺と同じで悪さが過ぎるんじゃねぇのか」

鈴木は小指を突き出した。

「甲斐性があるっていうだけのことでしょう。木戸さんのほうがCPとして優秀だとも思いますし、ウチの石田や林たちも木戸さんを推していますが、わたくしは瀬島さんを買います。親父さんが県議会の重鎮というだけのことはありますよ。大物政治家の推薦で入社したんじゃなかったですか」

「うん。清濁併せ呑めることだけは確かだな。濁のほうがちょっと心配だが、よし、瀬島で決まりだ。木戸はいったん九州の放送局にでも出して、現場で経験を積ませてテレビ東日に戻せば、どこへ持ってっても使えるだろう」

瀬島は田中にとって使い勝手がよかった。

頭がキレて、目配りを忘れない木戸よりも猪突猛進型の瀬島のほうがいくらか増しだろうという程度の軽い気持ちで、田中は瀬島を採った。後年、瀬島と木戸の間で、途方もない差がついたのは、田中百造の推薦がものを言ったことは厳粛なる事実だ。

株式会社オフィスAのオーナー社長、田中百造が、株式の店頭公開へ向けて動き出したのは、一九八八(昭和六三)年秋頃のことだ。

ただし、社内で田中から相談を受けた者は一人もいなかった。

払込資本金も、株主も売上高も、社員の誰一人把握していなかったし、関心も無かったと言ってもいいような企業体質だったからだ。

世間一般に知られていることはテレビ番組の制作会社、タレントやコメンテイターのマネジメントを行う大手プロダクション、〝久保信ニュースショー〟で大ホームランをカッ飛ばし、その相乗効果によって最大手のプロダクションへ急成長したという程度だろう。

経営の全権を田中百造が掌握していた結果である。株主は田中と家族のみで、社員は約一八〇人、年間売上高は約二百億円、経常利益約五十億と察せられるが、社員の賃金も制作会社の中では比較的高い。

副社長の林に至っては、個人的に金融業のアルバイトに手を出していたと見る向きさえあったが、田中は鷹揚なのか、咎め立てしなかった。

〝ニュースショー〟でオフィスAの知名度を躍進させた久保の年収は数億円と推察されるが、かれの稼ぎぶり、働きぶりを考えれば、疑問を挟《さしはさ》む余地は無い。

田中の個人資産は膨らむ一方だが、社員たちは力量に見合うと受け留めていたと思える。田中がこのことを隠し立てしようとしていなかったと考えられるのは繰り返すが一時期、オフィスA株式の店頭公開に意欲的だったことに示されている。

株式を公開するには、企業の透明度を向上させる必要がある。同業他社で店頭公開なり上場なりしているところもある。

リーディングカンパニーを自負している立場上も、創業者利益を取得できる立場上も、店頭公開に気持ちが傾斜しないほうが不自然とも言える。

田中は独断で株式の公開を決意し、シンクタンクのトップにアプローチした。

しかし、「田中百造以外にオフィスAを経営できる人がいません。あなたに万一のことがあったら、会社は空中分解してしまいます。店頭公開は限りなく不可能に近いと思います」のひと言で、断念せざるを得なかった。

テレビ通販に目をつけて、通販業者のテレビCMでひと儲けしたのも、田中百造率いるオフィスAだ。

利益の二分の一をオフィスA、テレビ東日と電光が四分の一ずつ取得する条件だから、なんともぼろい。

だがテレビ東日、電光が条件改定を強硬に主張したため、二～三年で三分の一ずつに改められた。

通販に着目した時点で、田中は再び店頭公開を考えた節があるが、諦めるのも早かった。

一方、テレビ東日の取締役に就任した鈴木久彦も、〝天皇〟ぶりをいかんなく発揮し、プロデューサーやディレクターを怒鳴りまくり、尻を叩き続けた。

7

藤井靖夫が赤坂の焼肉屋に駆けつけたのは二〇〇八年一月四日午後六時過ぎのことだ。

同期の新年会だが、幹事が気心の知れた辻本浩一だったので出席したまでだ。

出席者は一二名だった。同期の四分の一程度に過ぎない。紅一点はいなかった。

報道局の現場の社員が一一名で、管理部門は藤井一人だけだった。藤井は肩身が狭いとは思わなかった。「日枝神社に参拝した奴はいるのか」と訊きたいくらいだが、それはない。

個室で、暖房も効いているのでむんむんするほど暑かった。

「よし。藤井が来たので揃ったな。とりあえず生ビールで乾杯しようや」

ジョッキが運ばれてくるまでのスピード感は、唸りたくなるほどだ。

「明けましておめでとうございますは、もういいだろう。きょう一〇回以上、言ってるぞ。おまえたちもそうなんだろう」

「幹事の立場を考えろよ」

報道局経済部デスクの西田健《けん》にいちゃもんをつけられて、「分かった分かった。やればいいんだろう」と辻本は言いざま、ジョッキを握って起立した。

一一人も従わざるを得ない。

「明けましておめでとうございます。乾杯！」

「乾杯！」「乾杯！」「乾杯！」

酒豪揃いだが、誰も一気飲みは出来なかった。

全員がすぐに着席した。

「おい、西健《にしけん》。おまえ副幹事なんだから、ひと言挨拶しろよ」

辻本と同じ社会部デスクの北岡健二も出席していた。二人が一緒のときに限って、呼び名が北健《きたけん》、西健になるのは、入社後いつもながらだ。

辻本が、さらに注文をつけた。

「手短かに頼むぞ。西健は話が長くなる悪い癖があるからな」

「ひと言、いや二言多いんじゃないのか」

西田はやり返して、起立した。

「今年もよろしくお願いします。われわれは〝花の八五年組〟を自任してますが、自他共に認められるように今年も目一杯頑張りましょう。ここに来る前の辻本情報によると今度も東日新聞社から社長が天下ってくるそうです。ついでながら、これまた辻本情報によれば、藤井は、天上りの間違いだと指摘したそうです。その言やよしです。隣の辻本が顔をしかめているので、心が残りますが、以上をもちまして、わたしのご挨拶に替えさせてもらいます」

拍手が五秒ほどで終ったことが、西田は不満そうだった。

藤井は、たまたま辻本の隣席だった。

「〃訂正記事〃の件を話したいんじゃないのか」

「冗談よせよ。おまえと俺以外は、瀬島派と考えたら、そうもいかん」

「分かった」

辻本が藤井とのひそひそ話を素早く打ち切って政治部デスクの後藤勉《つとむ》に振った。

「後藤ちゃん。〃ニュースイブニング〃の看板はどうなの?」

「良い筈が無いよねぇ。パワーは久保信の十分の一っていうところだろうな。口が回るっていうだけのことで、頭の切れ味の悪さはひどいもんだな。放送作家なり、CPが振り付けたとおりに、ただしゃべくってるだけだものなぁ。久保信が懐かしいよ」

「あいつ、そんなにバカなのか」

「辻本だってそう思ってるんじゃないのか」

「否定しない。ゲストに迎合するだけだもの。東日新聞のキャスターは与《くみ》しやすいから得してるかも知れねぇけど。だいたい、久保信のお陰で代表取締役専務にまで上り詰めた瀬島が、東日新聞の言いなりになって久保斬りに動いたんじゃねぇのか。決断したのは社長の渡邉だが。井上晋一郎をメインキャスターにピックアップしたのも、瀬島だって聞いてるぞ。オフィスAからプロデューサーやらディレクターやら、放送作家と井上を看板に抱えてるプロダクションの社長がごそっと引き抜いたらしいけど、井上晋一郎で視聴率が取れるっていうんだから、テレビ業界は甘ちょろいって新聞屋さんにバカにされるんじゃねぇのか」

　辻本は露悪趣味が過ぎると藤井は思った。

「相当な広長舌だな。俺には短くなって言いやがったくせに」

　西田に茶々を入れられたが、辻本は動じなかった。

「バカ野郎。挨拶と情報を一緒にする奴があるか」

「ちょっと待った」

　藤井が挙手をしてから発言した。

「〝久保信ニュースショー〟が時代を画す番組であることを否定する者はテレビ業界に誰一人いないんじゃないですか……」

　誰かが「ですかときたか」と半畳《はんじょう》を入れたが、藤井は構わず続けた。

「久保信効果は、民放テレビ局全体に及んだとも言える。政財官のトライアングルを向こうに回して、斬り結んだ久保信さんはいくら評価されてもされ過ぎることはないでしょう。久保信さんをキャスター一号に導いたオフィスAの田中百造さんは、見上げたものですよ」

「田中百造については、一将功なりて万骨枯るとも言われてるよな。一説によると個人資産は二百億円、いや東銀座一帯の大地主だって噂が事実だとしたら、そんなもんじゃ済まねぇだろう」

藤井は右へ首をねじって、辻本に目を流したが、反論できる材料を持ち合せなかった。

「いずれにしても田中百造さんが大富豪であることは間違いないんですかねぇ」

「あたぼうよ。それと、辞めたプロデューサーに対する陰湿なイジメもひどいものらしいぞ」

「その話なら聞いてるぞ。元ヤクザのDNAかねぇ。元ヤクザかどうかは定かではないけど」

西田が辻本に同調した。

焼き肉を食べながら、西田が一席ぶった。

「たしか、俺たちが入社して六、七年後だから九一年か九二年頃だったと思うが、〝久保信ニュースショー〟の特集コーナーで農業用活性液が商品化された話を採り上げたんだ。オフィスAの森なんとかいうプロデューサーで、反響が大きかったので四、五回にわたって放送したと思う。森プロデューサーは、田中百造さんとソリが合わなかったらしく、オフィスＡを辞めて、取材したディレクターたちと組んで活性液の販売会社を立ち上げようとしたんじゃなかったかな」

「テレビ業界では結構知られた話だよな」

「頼むからもう少し話をさせてくれよ」

西田が手を挙げて、辻本を制した。

辻本がふくれっ面でうなずいた。

「噂では久保さんさえもが出資したいと言い出したらしいが、それは措くとして、収録用のテープを放送後もオフィスＡに返却しないのは著作権侵害になると田中百造が怒り心頭に発し、民事告訴したわけよ。むろん濡れ衣だったが、いちばん悪質なのはＴＰＡなんじゃねぇか」

ＴＰＡとは、社団法人全日本テレビ製作者連合会のことだ。

「ＴＰＡの時の理事長はオフィスＡに匹敵するプロダクションの社長だが、田中百造の恫喝だか説得だかを容《い》れて、〝著作権侵害に関する報告書の配布について〟なる文書を会員全社に郵送したことが問題視されて当然だと俺は思うな。いわば民事訴訟の公文書をばら撒いたってことになるわけだ。しかも黒白がついていない係争中にだぞ」

「森さんはどう対応したの？」

藤井の質問に西田が「グッド・クエッション」と返した。

「騒ぎ立てないほうが無難だとテレビ東日の幹部に抑えられたらしい。裁判の結果はもちろん、森側のシロだ。泣き寝入りっていうことだな」

辻本が西田に上体を寄せた。

「その幹部は瀬島なのか」

「違うと思うけど」

藤井が腕組みして、のたまった。

「プロダクションなり制作会社は人の出入りが激しいから、田中百造としては見せしめ的っていうか、一罰百戒のつもりで強い行動に出たんだろうな。つまり森プロデューサーは仕事の出来る人で、裏切られたと思ったんじゃないですか」

「TPAの対応の不味さは責められて然るべきだろう」

辻本は、口へ放りかけたロースの焼き肉を取り皿に叩きつけるように戻した。

誰かが「正月早々つまんねぇ話は勘弁してくれよ」と大声を放った途端にあっちこっちで私語が交わされ始めた。

藤井と辻本が躰を寄せ合った。

「面白い話をしようか。瀬島専務は〝訂正記事〟を読んでたそうだよ。またしても名誉毀損で訴えるとかほざいたそうだが、ポーズにもほどがあるよなぁ」

「あんなのがプロパーのトップだっていうんだから泣けてくるな」

「大昔、その道筋をつけたのは二人の〝天皇〟だってさ」

「二人の〝天皇〟？」

「田中百造さんと鈴木久彦さんだ」

藤井は三分間ほどで、ことの顛末《てんまつ》を辻本に話した。

「あいつ、ラッキーラッキーの連続じゃねぇか。親分の〝鈴久〟が失脚したのとは対照的だな」

「取締役は二期四年を全《まっと》うしたんだから、失脚とは言えないだろう。顧問も一年やってる。あえて言えば、東日新聞に嫌われたんだろうな。ただ、ＢＳの社長もやってるから、テレビ東日のボードは〝鈴久天皇〟をそれなりに立てたんじゃないのか」

「話は飛ぶが、ここに政治部のデスクがいるが、政治家という政治家がテレビに出たがる妙な時代になったのも、嘆かわしいよなぁ」

「政治家が芸能人並みに低レベルになったたっていうだけのことだろう。政治部は要らねえんじゃねぇかって後藤に言ってやりてぇよ」

「それは天に唾することにならないか。ニュースは全て新聞社に任せろなんて言われかねない。報道局三〇〇人もの大所帯の温存を優先するのが筋だろう」

「まあな」

辻本が二杯目のビールを飲みながら、わざとらしくのけ反った。

「おまえ、相当きこしめしてるんじゃねぇか。熟柿臭いったらなかったぞ」

「お互いさまだろう。違うのは、俺のほうはとびきりの高級酒っていうことだろうな」

藤井の目に浮かんだのは、婀娜《あだ》っぽい堤杏子の姿態だけだった。

「ふざけやがって。俺は〝はらぺこ〟の安ワインが最高だ。フラストレーションが溜まるのを高級酒で誤魔化そうっていう魂胆なんだろうが、心身症にならないようにせいぜい気をつけることだな」

「会社の全体像が見渡せる経営企画部も悪くないぞ。上に平目が二匹もいるけどな」

「おまえも三匹目にならないように気張れよな」

「口の減らない奴だ」

藤井は、木戸の温容を目に浮かべて胸が熱くなった。

第三章　活字コンプレックス

1

「もしもし、堤ですが、藤井君ですか」

「は、はい」

「ずいぶん、ご無沙汰じゃないの。電話を心待ちにしてたのに……」

藤井は杏子からの突然の電話にうろたえた。

きょうは二〇〇八（平成二〇）年一月二六日土曜日、時刻は午後一〇時二〇分。ついさっき恋人の松田美智子が帰宅したばかりで、あやういタイミングだ。

美智子は昨夜遅い時間にやってきた。日曜日は女子大時代の友達四人でコンサートを聴きに行くようなことを話していた。

「遅い時間にごめんね」

「まだ宵《よい》の口ですよ」

「急に思いついたんだけど、あした高尾山《たかおさん》に行かない？　デートの約束があるんなら諦めるけど」

「高尾山ですか」

「初詣でにどうかと思ったの。ちょっと遅い初詣でだけど」

杏子が日枝神社をパスしたことは分かった。

「おつきあいします。初詣ではしましたけど」

「日枝神社に行ったのね」

「ええ。役員たちのぞろぞろ組とは違います。木戸常務と二人だけで、四日の午後に行きました」

「ふうーん。そうだったんだ。わたしも渡邉社長から誘われたけど、仕事を理由に断わった。瀬島専務と一緒に御祓いを受ける気になれなかったの」

「ひょっとすると木戸常務も、局長と同じ気持ちだったんじゃないですか」

五秒ほど返事が無かった。

「もしもし……」

「ちょっと違うと思う。きみがあの日、木戸常務にねぎらわれていたことは知ってたけど」

「…………」

「そんなことより、高尾山つきあってくれるのね。嬉しいなぁ。あしたの予報は晴れなの。高尾山口駅の改札口で一一時に落ち合うことに決めましょう」

「承知しました。高尾山は小学校の遠足で行って以来ですが、ウォーキングシューズで大丈夫ですよね」

「もちろん。わたしも登山靴なんて持ってないわ。風が冷たいと思うのでダウンジャケットは着てくるほうがいいでしょう。わたしも三〇年ぶりかなぁ」

「分かりました」

「じゃあ、楽しみにしてる。おやすみなさい」

電話が切れた。

携帯電話機を握り締めていた藤井の左手が汗ばんでいる。胸のドキドキも続いていた。

それにしても、一一月三〇日の出逢い以来、音沙汰無しを俺のせいにする神経は不可解だ。

「心待ちにしてた」も首をかしげざるを得ない。相互の立場に思いを致せば、杏子から連絡してくるのが筋というものだ。

遅ればせながら電話をかけてきて、出し抜けに高尾山はいかがなものか。

だが、そう思いながらも、藤井は胸のときめきを覚えずにはいられなかった。

なんとジャージ姿でいそいそと部屋の掃除をしているではないか。美智子の残り香がかすかに漂うシーツも取り替えるとは、どういう料簡だろうか。

「バカもきわまれりだな」

藤井はひとりごちて、笑い出していた。

2

背中を叩かれるまで、藤井は堤杏子だと気付かなかった。

ニット帽を被っていることもあるが、黒縁の眼鏡《めがね》を掛けただけで、かつての有名人だと分かるのは一人もいないかも知れないと藤井は思った。

「おはようございます」

「おはよう。同じ電車だったのね。高尾山口駅のホームで先を歩いている藤井君は、大きいからすぐ分かったのに」

「そんな気がしたので、電車の中をうろうろして探したんですけど」

「本を読んでいたから」

「眼鏡を掛けると、人が違うみたいです。本を読んでなくても、多分素通りしたと思いますけど」

「わたしのほうが気づくでしょう。見上げると顎が痛くなるくらいの大男なんだから。ただ、眼鏡を掛ければ化けられることが分かったのはよかったわね」

改札口に近い駅構内の二人の立ち話を聞いている者は、誰もいなかった。結構な人出だから、それも当然だ。

杏子もタートルネックのセーターにダウンジャケット。黒のコーデュロイのパンツにウォーキングシューズ。なにが入っているのか、リュックサックを背負っていた。

藤井は手ぶらで、ダウンジャケットのポケットの中にタオル地のハンカチを二枚入れてある。

「さあ、行くわよ。往復とも歩くから覚悟して」

大股の藤井のほうが一〇分ほど歩いただけで、音をあげていた。

「ひと休みしましょうよ」

「水を飲むだけよ。これ、きみの分」

杏子はペットボトルごと藤井に手渡して、自分は別のボトルの水をラッパ飲みした。

「わたしは休み無しで頂上まで行けるような気がする。泥濘《ぬかるみ》があるから滑らないように気をつけてね」

「いい眺めですねぇ。関東三山で、唯一都内にあるのは高尾山です。京王電鉄のドル箱ですね」

「関東三山の残り二つはどこ？」

「川崎大師と成田山新勝寺でしたかねぇ」

杏子はにこっと笑いかけてから、歩き始めた。

ペットボトルはポケットに収まった。二人ともダウンジャケットを脱いで、腰に巻いた。

帰りの人たちとの山道の譲り合いだけで、心が和《なご》むから不思議だ。

『五十四歳のおばさんにしては、凄げえなぁ』と思いながら、藤井は必死に杏子の後に続いた。

『鍛え方が違う。あの歩き方はワンダーフォーゲルで通る』

たとえ見失っても、山頂で逢える。藤井はそのあと三度も小憩を取った。

「そこの大きい人」

途中の道端にしゃがみ込んで待っていてくれた杏子は、汗もかいていなかった。

待っている間に、乾いたのか、拭いたのかも知れない。

「もう、あと二〇分ぐらいですって。下山の人に聞いたの」

「どのぐらい歩いたんですか」

「約四〇分。一時間半コースだから、ま、合格っていうとこかな」

頂上付近の見晴し台で眺望した景色は、見事だった。もっとも人が多すぎて、案内プレートに辿り着くのに難儀した。

小柄な杏子は躰をよじりながら、プレートへ近づくのが速かった。藤井は途中で杏子を見失ったが、プレートの前で名前を呼ばれた。

「藤井君、肩で息しているけど、もうアップアップなの？」

「とんでもない。迷子にならないでよかったです」

「ここで迷子はないでしょう」

杏子が案内プレートで位置を確かめてから遠くのほうを指差した。

「富士山は雲がかかっていて頂上が見えないのは残念ねぇ。でも、もう少し待てば、見えるのかなぁ」

「あの雲は晴れそうにもありませんよ」

「でも、もう少し待ちましょうよ」

「うしろがつかえてます。諦めましょう」

「そうね。お腹すかない」

「ええ」

山頂の〝大見晴亭〟は行列が出来ていたが、相当なスペースなので、一〇分ほどでテーブルにありつけた。

「とろろそばが美味しいって誰かに聞いたけど、わたしは山菜そばにする」

「僕はかけそばでいいです。その前にビールもお願いします」

「ずるい。じゃあわたしもつきあう。それとおつまみにおでんを食べようか」

ビールは缶ビールだった。

「改めて、おめでとうございます。乾杯！」

「新年おめでとうございます。乾杯！」

藤井は、コップを触れ合せ一気に飲んだ。

「美味しい。やっぱり水の比じゃないですね」

「でもアルコールは応えると思う」

「復路はケーブルカーにしませんか。歩くのも簡単ですけど、景色が楽しめそうです」

「ケーブルカーねぇ。そうしようか」

二缶目のビールを飲みながら、藤井が杏子をまっすぐとらえた。

「お尋ねしたいことがたくさんあるんですが、まず瀬島専務とことを構えてる存念のほどを教えてください」

「木戸常務はなんて話したの」

「なにも分かってないんじゃないですか」

「そんな筈はないと思う。大逆転の可能性を探ってるんじゃないかなぁ」

「っていうことは、木戸常務を応援してるつもりなんですか」

「東日新聞側を味方に付けられれば、大逆転は可能なんじゃないの。テレビ東日が天下に恥を晒していいわけないものね」

「カードは誰が持ってるんですか」

杏子は含み笑いをしただけで、応えなかった。

「それより、経営企画部で、ひと仕事してみる気はないの？」

「どういう意味ですか」

「テレビ東日のあるべき姿論で、リポートを書くとか、いろいろ考えられるんじゃないかなぁ」

「平目人間の包囲網の中で、無い物ねだりに等しいんじゃないですか」

「藤井靖夫君を経営企画部にピックアップするんじゃなかった」

「意味不明です」

そばが運ばれてきたので、食べながらの話になった。

「きみをピックアップしたのが、わたしだって分からなかったとしたら、鈍感だと思う」

藤井は割箸に力が入り過ぎて、あわてて丼に左手をそえた。

「木戸常務の立場できみの存在に気づくと思うのは、勘違いにもほどがあるんじゃないの」

言い方は優しいが、ずざっと藤井の胸に突き刺さった。

「わたしは〝ニュースショー〟の初期に、きみと仕事を一緒にした仲ですよ。きみの仕事ぶりは見てるから、出来る人だと分かってたわ。だから、木戸常務に進言したんじゃない」

「目矩違いだったとおっしゃりたいわけですね」

「それは僻目《ひがめ》もいい所よ。〝訂正記事〟にしても、立派だったと思う」

「僕がいい気になってたことは認めます。ただ、どうなんですか。木戸常務が堤局長のことを隠してたのが解せませんが」

「口止めをお願いしたのは、このわたし。でもそんなの意味ないことが分かったの。一線を越えた仲でもあることだし……」

藤井はドキッとした。

そばを食べる間、話が中断したが、杏子は箸を置いて水を飲んだ。

「あなたはすべて呑み込んでると思ってた。確かにわたしが間に入ってるなんて気づく筈ないかもねぇ。わたしが言い過ぎました。忘れてください」

「そんな。お辞儀をされたら、僕はどうしていいか分からなくなりますよ。木戸常務ほどの人に目をかけられてると思い込んでた自分のバカさ加減に呆れてます」

「ほんとよ。気にしないで。言わずもがなでした」

再び頭を下げられて、藤井は右手を激しく振った。

「四日の新年会のあとで若造の僕に言いたい放題言わせてくれた木戸常務は相当なもんですね」

「上玉も上玉。見上げた人ですよ。〝鈴久〟に九州の放送局に飛ばされたのに、あの立場まで這い上がってきたんだから凄い人よ」

「しかもゴマ擂りでも、ダーティでもないですよねぇ」

「説明能力っていうのかしら、上に対する意見の仕方も実に上手だと思う。S氏がむきになって、木戸常務に当たってるのを見ると、ほんとこのバカがと思う」

「堤局長が木戸常務に加勢してるので、余計むきになってるんじゃないでしょうか」

杏子が上体をぐっと乗り出した。

「お願いだから、局長は止めて。いまからお互いにサンづけにしましょう」

「恐縮です」

「他人行儀なんだから」

杏子のきつい横目に、藤井は「どうも」と小さく頭を下げた。

「木戸常務が、贔屓の引き倒しだみたいなことを、冗談ともなくおっしゃってましたよ」

「わたしも言われた。だけど、藤井さんにどう話そうと、わたしには『ありがたいことだ』とも言ってくれたのよ。つまり、口にするほど気にかけてないってことなんじゃないのかなぁ」

「さあ、どうなんでしょうか。渡邉社長の態度もよく分かりません」

「あの人はどっちつかずでしょ。東日新聞の言いなりなんじゃないの」

「ううーん。どうなんでしょうか。やっぱりオプティミストなんでしょうね」

「ほんとうは、ほかの人がウチにくる筈だったのに、その人が急逝したために降って涌いたようなことになったんでしょ。あんなラッキーな人はそうそういるとは思えないわ」

「おっしゃるとおりです」

杏子が外へ目を流しながら、左手で丼を持ち上げた。

「おそば片づけちゃいましょう。まだ行列が出来てるわ」

「そうですね」

二人はしばしそばに集中した。

〝大見晴亭〟で料金を支払ったのは、堤杏子だった。藤井靖夫がトイレから戻ったときには済ませていた。

店から外へ出るなり、杏子が頬をふくらませた。

「物資の運送費を考えれば、リーズナブルと言えないこともないけど、レシートも無いのよ」

「レシートが必要なんですか」

「家計簿を付けてるから」

杏子がリュックから取り出した小さな手帳に数字を書き込んだので、なるほどなと藤井は思った。

「ごちそうさまでした」

「どういたしまして。集客は相当なものでしょう。消費税はどうなってるのか、気を回したくなるわね」

山頂からケーブルカーの高尾山駅までの間に、目指す薬王院がある。神殿前へ辿り着くまでの二〇分ほどの間、二人の歩きながらの話が弾んだ。

「堤さんは反S氏色を鮮明にしたわけですけど、報復を恐れないのはどうしてなんですか」

「恐れてないと言えば嘘になるわ。地方に飛ばされるぐらいのことは、覚悟しないとね」

「それは無いと思います。人事権者はS氏ではありませんから」

「甘い甘い。って言うより考えが浅いなぁ。生え抜きトップのパワーはあなどれないと思う。木戸常務から、蟷螂《とうろう》の斧《おの》みたいな真似をするなって注意されたわ」

「堤さんはどうレスポンスしたんですか」

「さっきも言ったように、大逆転の可能性がある限り、そうは思えないって言ったら、限り無くゼロに近いって言い返された。ニヤニヤしてたから、ご本人がそう考えてるかどうか分からないし、まず今年六月のトップ人事がターニングポイントになるような気がする。最悪のシナリオは木戸常務が子会社へ出されることでしょうね」

「盟友っていうか、二人三脚で東日新聞社に立ち向かって来た人を外へ出しますかねぇ」

「それも甘いなぁ。S氏は自分の身を守ることしか考えてない人でしょう。盟友を裏切るなんて平気の平左なんじゃないの。盟友なんて思ってないかも。木戸常務にどれだけ支えてもらったか分からないのにねぇ」

「〝ダーティS〟って社内雀にさえずられたときも、鉄面皮を押し通しましたねぇ。〝伊藤事件〟を不問にしたのも、S氏の判断にトップが追従したからでしょう」

「ただ、図体の割りには気が小さいことは確かよ」

一月四日の夜、辻本浩一とそんな話をしたことを思い出して、藤井はにやっとなった。

「具体的なエビデンスでもあるんですか」

「S氏の忠犬ハチ公みたいなCPに〝訂正記事〟を見せたら、『コピーしていいですか』と言うから、『どうぞ』って渡したの」

その時の杏子と某CPとのやりとりはこうだ。

「コピーしてどうするの」

「当然、瀬島専務に見せますよ。広報局長が直接だと厭みになりますよねぇ。専務は未だに名誉毀損で告訴できないというトップの判断はおかしいって怒ってるんです」

「なるほどねぇ。きみの気持ちはよく分かるわ」

「そのCPを特定してくださいよ」

「まだ内緒。遠からず焙り出されてくると思う」

「報道局じゃないことは間違いないですね」

「編成制作局に決まってる。S氏は自分が社長になったら、そのCPを役員に抜擢するつもりなんじゃないかしら」

「やがては社長にするんでしょうか。そして自分は会長になって院政を敷く」

「わたしの見方と同じね。長期間独裁者であり続ける」

「他局のトップに前例があるから、S氏もそれを狙ってるんでしょうね」

「なんとか阻止できないかなぁ。あんなみっともないのが社長なんて、ほんとやってられないもの」

やっと順番がきた。煙を躰にふりかけてから神殿に向かう。藤井は賽銭の五百円硬貨まで杏子に手渡されて恐縮した。

3

ケーブルカーの行列も、もの凄かった。

「薬王院の売りは〝交通安全〟みたいだけど、藤井さんはなにを祈願したの」

「車は学生時代で卒業しました。ペーパードライバーですから、それはありません。〝家内安全〟だの〝商売繁盛〟だの〝身体健全〟だのざっと数えたら二〇ぐらいありましたが、強いて言えば〝厄除〟です」

「わたしも似たようなものよ。厄介払いしたいじゃん」

「はい。二人で千円も奮発したんですから、薬王院の神様が胸を叩いてくれると嬉しいんですが」

「日枝神社では何をお願いしたの」

「正直なんにも考えませんでした。ただただ日枝神社の立派なたたずまいに圧倒されました。長い石段を歩いてるときも常務が一緒ですから、無我夢中っていう感じです。印象的だったのは、日本中の銘酒の薦被りが二五個ずつ三列も納められていたことでしょうか」

「日本酒も好きなのね」

「大好きです。辛口はワインより美味しいと思うほどです」

「それはどうかな。質問したいこと一杯あるとか言わなかった？」

「はい。テレビ東日を見限るおつもりになってませんか。S氏への絡み方が突出してるように思えるんです」

「その質問、矛盾してないかなぁ。〝厄除〟を祈願したのよ」

政治家志望は頭の片隅にも無いのだろうか。厄介払い出来る確率は低い——。

「祈願したのと、見限るのは別の問題ですよ。堤さんの人脈なら、代議士候補の声がかかっても不思議はないと思いますが」

「ふうーん。そんな風に見てたんだ」

「否定になってませんよねぇ」

「選択肢の一つかも。元キャスターだかアナウンサーで厚化粧の女が政治家に転向したけど、なんの見識も無ければ、使命感も無いと思う。ああいう先輩を見ていると、わたしのほうが少しは増しかなと思わないでもないけど、陣笠で終るのが分かっていて、多分そんな気にはなれないでしょうね」

「遠まわしに否定したわけですか。でも、人の気持ちはうつろい易いですから」

「本音はS氏退治でもう少し頑張ってみたいっていうことかなぁ。テレビ東日を辞めさせられるなり辞めるなりしたら、ルポライターになりたいな。活字コンプレックスを入社した時からずっと引き摺ってるの。新聞社を二つ受けて落された悔しさもあるのかなぁ。藤井さんはどうなの」

「活字コンプレックスはあります。映像のほうが遥かにパワーがあると思いたい所ですし、事実アピール力もありますが、活字は残りますし、頭に入り易いことも確かです。報道記者のほうが上位だと思い込みたいのは山々ですが、ニュースでさえもスポンサーを常に意識しなければならないのは辛いですよねぇ」

握り締めていた片道四百七十円の切符がぐしゃぐしゃになっているのに気付いて、藤井は伸ばしながら右手に持ち替えた。

列が五列目まで進んだ。

「報道記者と新聞記者は似て非なるものかもねぇ。ただ第四権力として考えたら、どっちがどうなんだろう。政治屋さんがやたらテレビに出たがるのはテレビの影響力が大きいからに決まってるわよねぇ」

「否定しません。ただ、そのお陰で政治部の報道記者は仕事が減って、泣いてますよ。報道局でなんとか存在感を保っているのは社会部だけでしょう。新聞のベタ記事を映像ならトップで扱うことも可能です。要はキャラが立っているかどうかですが、報道記者のほとんどがデジカメを携帯してますし、新聞には無いメリットがあることも確かです」

「東日新聞と記者の交流をやっているけど」

「ええ。一人か二人ですよね。ウチは若手のエース級を出してますが、新聞から来るのはバカばっかしでした。あいつら、テレビを舐めてるんですよ。食み出し記者で、ちょうどいいぐらいに考えてるんじゃないですか」

「仲良くしてる東日新聞の記者さんが、わたしに話したことで忘れられないのは、『新聞は公器だが、テレビはエンターテイメントだけ』だったかな」

「しかし第四権力の雄《ゆう》が公器としてチェック機能を果たしているんでしょうか。官房機密費を拒否できなかったくせに、偉そうに……」

「報道記者も対象外ではないでしょう。それと拒否組はいると思うな。要はプライドの問題なんじゃないかしら。記者魂の問題とも言えるわね」

『言ってくれるじゃないの。このおばさん』と思いながら、藤井はチケットを係員に手渡して、杏子に続いてホームへ入った。

三〇度以上の急傾斜を下降するケーブルカーは超満員だったが、二人とも運良く向かって右側の窓側に座れた。

「ツイてますね」

「紅葉の頃は燃えるような景色かもね。高尾山に来てよかった。藤井君につきあってもらえたし」

「こちらこそ。何から何までお世話になりました」

「情報交換が出来てよかったわね」

「ええ。活字コンプレックスには参りましたけど」

「参った？　嘘でしょう」

「辻本と話した時にも報道記者が新聞記者に負けてるような感じは無くもないとかって……。全体のレベルの問題をあえて言えばですが」

時計を見ていたわけではないが、六分ほどで清滝駅に到着した。あっという間とはこのことを言うのだろう。藤井は、片道四百七十円、往復だと九百円が割高とは思わなかった。

一六時九分発新宿行準特急電車の中で、堤杏子が暖かい紅茶をプラスチック製の小さなコップに入れてくれた。

「どうぞ」

「ありがとうございます」

ひと口飲んで、藤井は再び頭を下げた。

「美味しいです」

「うん。おしゃべりして、喉が渇いてたからでしょ。まだ、質問がありそうな顔してるわねぇ」

「はい。さっき厚化粧の先輩政治家の話が出ましたが、堤さんは、あの人より断然優位性があると思うんです。選択肢の一つともおっしゃいましたよねぇ」

「あんなに、こすっからくなれる自信はないから、『選択肢の一つ』は忘れて」

杏子は首をねじって、窓外に目を向けた。

「おしゃべりついでに言っちゃいますが、木戸常務も、勘繰ってる節がありますよ」

「ふうーん。そうなんだ」

「人の気持ちはうつろい易いことでもありますから、無理に忘れる必要はないと思いますが」

「そうかも知れない」

やっと窓外から顔が戻った。

「あなたはわたしの味方だと思うから申し上げますけど、すべて白紙です。何かあったら、ご報告させていただきます」

「ご報告なんて。冗談きついですよ」

藤井はごくりと紅茶を飲んで、コップを杏子に返した。

「ありがとうございました」

「どう致しまして。高尾山行きをお誘いしたのは〝訂正記事〟のお礼もあるの。こんな程度じゃご不満でしょ。新宿でディナーをご馳走させて」

「…………」

「ありがた迷惑かしら」

「とんでもない。お言葉に甘えてよろしいんですか」

「うれしい」

笑顔の輝きが、藤井には眩しかった。

「新宿パークハイアットの四〇階に美味しい和食のお店があるの。ご存じかしら」

「いいえ」

「〝梢〟。枝のこずえで一字よ。人気店なのでブッキングしといたわ。藤井さんがアウトなら、誰を誘うか悩むところだったわねぇ」

「とにかくきょうはラッキーでした。話は飛びますが、ＮＨＫビルの中に放送記者会があるのをご存じですか」

「ええ」

「記者会のメンバーから、民放テレビ局が除外されていることはどうですか」

「広報局長の立場で知らないなんて考えられないでしょう」

「失礼しました。民放テレビ局は当社を含めて放送記者会に入れてもらえないんですよね」

「だから社長が月一回定例記者会見をしてるわけ」

「テレビ欄担当の学芸部なり文化部の新聞記者がテレビ東日の会議室に来てくれるわけですが、記事になることはほとんど無いから形骸化してるとも言えます。社長が記者会に足を運べば済むのに、放送記者会を権威化しているのか、妙な感じ、厭な感じがしますよ」

「新聞の中で、テレビ欄が最も読まれているとはよく言われることだけど、両者が書いていただいている、書かせていただいているって一歩引いて考えないと、おかしなことになるわね」

「現実はその逆なんじゃないですか」

「そうかなぁ。持ちつ持たれつでしょう」

「どうなんでしょうか。双方ともライバル視してるんじゃないですか。新聞社が親会社風を吹かしていることは間違いないと思います。このことは生え抜き社長待望論がテレビ東日の最大の課題だっていう点に示されているんじゃないですか」

眼鏡をかけているので杏子が目を瞑《つむ》ったのは分からなかったが、藤井の右肩が重くなっていた。『眠り姫』と言われたことを思い出して、藤井は上体を屈《かが》めて杏子の頭を優しく受けた。

4

〝梢〟のフルコースの和食は、藤井にとって未知の分野だった。オーバーではない。まず器が凝っていた。

テーブルには織部《おりべ》と黒楽《くろらく》の茶碗がそれぞれセットされていた。

砕氷に載せた〝お造り〟など豪華で美味な和食は初体験だった。

モンラッシェの白ワインが料理とぴったり合致している。

「美味しい食事をしているときが、いちばん楽しいし、喜ばしいんじゃないですか。相手にもよりますが、こんなに幸福な気持ちになったことがあったかどうか」

「藤井さんは、くすぐりどころを心得てるね。人たらしとか老人キラーとか言うのかなぁ」

「そんなふうに言われたのは初めてです。口の減らない奴とか、生意気とか、厭な奴とか言われたり、思われたりすることは、しょっちゅうありますけど。老人キラーは、堤さんにそのままお返しします」

ナプキンで口のまわりを拭き、杏子は微笑みながら藤井を見上げた。

「わたしも憎まれ口をきくほうだから、老人キラーはあり得ないと思う。特に社内に限って言えば」

藤井もナプキンを口に当てた。そしてゆっくりとワイングラスを口へ運んだ。

「具体的に反証しましょう。某常務が『食べちゃいたくなるほど可愛い』とかおっしゃいましたよ」

「まさか。木戸常務がそんなふうに言うわけないと思う。万一、言ったとしても前後の脈絡が違うんじゃないの」

「脈絡までは覚えてません。ただ、堤さんを広報局長に強く推したのが木戸常務であることは間違い無いですよねぇ。瀬島専務ももちろん賛成だったわけですけど」

ダイニングルームは満席だった。テーブル席の空間がゆったりしているので、話し声は聞こえなかった。

「局長なんか受けるんじゃなかった。しんどいったらないわ。週刊誌に書かれるくらいはまだ我慢できるけど、同僚のジェラシーは半端じゃないから」

「活字社会への逃避を考えたのは、そのためもあるんですか」

「そうねぇ。わたしの夢でもあるので、訓練のために読書日記と日誌は書いてる」

「立派な心がけですね」

「藤井さんは現場にいた時も筆力は相当ハイレベルだったわね。それにまとめるスピードにも驚いた覚えがあるわ。もたもたしてるのが多かったから目立つわけよ。口もよく回ったし、説明能力も抜群だった」

「豪華なディナーをいただきながら、こんなに褒められたら、バチが当たりますよ」

「今夜は大丈夫。薬王院でお参りしてきたから」

「舌の回転の滑らかさについては、プロとアマの差は歴然としてますよ。説得力を含めて僕は堤さんの十分の一です」

「そういう所が藤井さんがセクシーと思われる所以《ゆえん》なんでしょうね。この場合のセクシーは魅力的という意味合いです。念のため」

「それをおっしゃるんなら、堤さんのほうが十倍セクシーです。『食べちゃいたくなる』は言い得て妙なんじゃないですか」

「お互いハイな状態にあるとしても、褒め合ってたら世話ないわね。でも、人はおしなべて、けなされるより褒められるほうが成長するんじゃないかしら。子供も大人もないと思う」

「同感です。ただ、話は違いますが、S氏に限って、褒めようがありますか。取る所がある。プラスの面があるんなら、ぜひ教えていただきたいです」

　杏子は眼鏡の中央部を右手の中指で持ち上げてから、さかんに首をひねった。

「思い出されるのは負の面ばっかしで、正の部分がなかなか出てこない。気が小さいくせに声が大きくて、図体がでかいから、目立ってるだけで威圧感を周辺に覚えさせているのかなぁ」

「押し出しが良いってことになるんでしょうか。S氏とK氏を並べてみたらどうでしょうか」

　杏子は腕組みして、五秒ほど目を瞑った。

「比較するほうが無理よ。それこそ十倍はK氏が上でしょう。S氏の目付の悪さはちょっとやそっとのものじゃないじゃない」

「押し出しの良さとは、見栄えの良さとか風采が上がるとかの問題ですから、ヤクザっぽいS氏には無縁のボキャブラリーですね。つまり、人前にも出せないような人の立ち位置がプロパー・トップという点に問題があるわけです。S氏を引き上げた人の罪は、それこそちょっとやそっとのものではないと思うんです」

「おっしゃるとおりよ」

　杏子は馴染まない眼鏡を両手で動かしてから、こっくりした。

　白ワインが二本目になった。

ソムリエではないが、着物姿の若い女性がグラスにワインを注いでくれた。

藤井がグラスを目の高さに掲げて、香りを嗅《か》いでから、口に含んだ。

「これも凄く美味しいワインです」

「ワイン通でもあるのね」

杏子もゆっくりと賞味し、「いける」と呟いた。

「思い出すのもおぞましくて、やりきれなくなりますけど、三年前に〝伊藤事件〟が発覚した時に懲戒解雇だけで、臭い物に蓋をしてしまったことがテレビ東日の悪しき体質を表していると思うんです。徹底的に膿《うみ》を出し切っていれば、〝ダーティS氏〟は潰れてた筈です」

「おっしゃるとおりよ。K氏はまだ平取だったけど、強硬に主張すれば流れを変えるチャンスはゼロではなかったし、刺し違える手もあったようなことを話してくれたわ。東日新聞が筆頭株主として、パワーを発揮してくれることも期待したみたいよ」

「無いものねだりですよ。東日新聞のトップがこれまたダーティだから、首を突っ込む気は無かったんじゃないですか。ヤブヘビもいいところでしょう」

「それも、そのとおりよ。だから、自浄作用しか無かったわけだけど、K氏は自分のクリーン度を強調する結果になるから、帰する所、踏み切れなかったんだと思う」

「サラリーマン根性っていうやつですかねぇ」

「ちょっと違うんじゃないかなぁ。良い子ぶるのが厭だったのか、たとえS氏であれ、プロパー社長を実現することに専念する方途を選択したんだと思う」

「ちょっと待ってください。まだS氏がトップになると決まったわけじゃないし、K氏がバンザイしたわけでもないんじゃなかったですか。堤さんは確率は低いけど、可能性に賭けてみたいとおっしゃいましたよ」

「否定しない。でも蟷螂の斧みたいな真似をするなとK氏から釘を刺されたことも事実なのよ」

「風車に立ち向かうドン・キホーテを演じる価値はまだあると思いますけど」

藤井がワインを飲んで、グラスをテーブルに戻した。

「ま、勝ち目は無いんでしょうね。〝伊藤事件〟を特別背任で立件しようとしなかったボードは、すべてグル、アンダー・ザ・テーブルで繋がっていたと解釈するしかないんじゃないですか。闘わなかったK氏も含めて、皆んなで手を繋いでしまったんです」

杏子がキッとした顔でグラスを呷った。

「そこまで言ったらK氏が可哀想なんじゃないの。わたしに強く出ているのは、傷つけたくないと思っているだけのことでしょう。大逆転の可能性はゼロではありません」

「大逆転は夢物語に終るんじゃないですか。それともなにかカードがあるんですか。カードをちらちらされた覚えもありますが」

「あなたの頭の回転の早さも、舌の滑らかさも半端じゃないね。久保信さん並み。キャスターになれますよ」

藤井もがぶっとワインを飲んだ。

「カードについて、ぜひともディスクローズ願えませんでしょうか」

「あなたに強要されてカードを明かしてしまった瞬間、カードじゃなくなっちゃうぐらいのことは、いくらわたしがおバカさんでも分かります」

にこやかな顔で、ぴしゃりと言い返すあたりは、往年の名女性キャスターを髣髴《ほうふつ》とさせた。

「さすがスターは違いますね」

「あなたも相当なものよ」

「月とスッポンです。堤さんに勝てるなんて、夢にも思ってませんが、K氏はカードのことをご存じなのでしょうか」

「さあ。どうなのかしら。少なくとも、わたしは話してないわ」

「僕はボケナスですけど、多少察しはついてます。ただし、口にするつもりはありませんが」

「気を引いてるつもりなら、口車に乗るつもりはありません」

「よく分かりました。カードについては忘れます」

藤井は口をひき結んで、一揖した。

5

デザートになった。時刻は午後八時二〇分。

杏子が周囲を見回しながら、劇的に話題を変えた。

「いつかも話したけど、藤井さんは最後の全員コネ入社だったわね」

「はい。八六年からコネ以外の入社組もいます。総じて八六年以降はレベルが上がっていると思いますが」

「通信社や出版ジャーナリズムから中途入社を採用しているけど、かれらは出来るのが多いんじゃないの？」

「そう思います。報道局は特にその傾向が明確なんじゃないですか。プロパーと比較して目の色が違うような気がします」

「そんな感じは〝ニュースショー〟で久保信さんの横に並べてもらった時にもあったわ」

杏子は遠くを見る目で続けた。

「ところが、どう考えてもウチはコネ入社組を優先していると思う。テレビ東日の文化、企業風土と割り切っていいのか考えちゃうな」

「その点、上層部はいずこも同じでしょう。東日新聞は腐っても鯛《たい》ですが、縁故入社は一切無いみたいですよ。大学のクラスメートで東日新聞の記者になったのがいますが、コネばっかりのテレビ東日とは雲泥の差があると自慢してました。東日新聞の記者がウチの報道記者を見下《みくだ》していることは間違いないと思います」

「ウチがコネ採用をゼロにするのはあり得ないけど、せめて二、三割に抑えるくらいのことがないとダイナミズムが失われるかも」

「同感です。仕事が出来るからこそ中途入社が叶《かな》ったわけです。ところが逆にハンディになっている。おかしいと思いますよ」

「コネ採用は同業他社はどうなってるんだろう」

「度合いの問題でしょう。ウチほど酷《ひど》いところは無いと思います」

「藤井さんはコネ入社でもトップクラスなんだから、いじける必要は無いでしょう」

「でもコンプレックスはありますよ」

「それは、わたしにもある。皆んなそうだと思う。無いのはS氏ぐらいのものでしょう。それこそ総理総裁にだってなれるくらいに思ってたんじゃないの。テレビ東日の社長なんて役不足だと思ってるかも」

「そこまで増長してますかねぇ。〝ダーティS〟と言われてることを気にしている小心者なことは、証明済みじゃないですか」

杏子がわずかに首をかしげた。

「そうかもねぇ。出版社を訴えろだの、わたしを呼びつけて、怒鳴りつけたのも、小心なるが故よねぇ」

「そのとおりです。〝ダーティS〟がプロパーのトップなんて、世間体が悪すぎます。テレビ東日のイメージダウンもいいところですよ。ましてや、いずれ社長に就くことが今から確実視されてるなんて冗談としか思えません」

杏子がコーヒーカップをテーブルに戻した。

「話を戻すけど、入社制度の改革について、藤井さんならリポートを書けるんじゃないの。お茶の子さいさいでしょう」

「どうせはみ出し社員だから、仰せに従えって、おっしゃりたいわけですね。総じてテレビ局は人材難です。特に上層部はどこもかしこも同じでしょう。一流企業と言えるのかどうか怪しいものですよ。新聞社に比べてボードや組織力が弱いことも確かです。ただし、映像の影響力はあなどれません」

藤井は首をすぼめてから、思案顔でコーヒーカップに手を伸ばした。

「経営企画部一年生には無理な注文です。今のはたわごとで、撤回します。買い被るにもほどがありますよ。僕の現場志向はK氏にも見抜かれてます。それを打ち砕いたのが今対面《トイメン》にいる方だと気付かなかったのは、迂闊《うかつ》でしたが。ただし恨み節を語るつもりはありません」

「わたしの活字コンプレックス、活字志向と一脈通じるのかしら」

「さあ、どうなんでしょう。報道局は、編成制作局からカネ食い虫なんて見られてますし、僕にも活字コンプレックスはありますが、この歳で東日新聞の記者になるのは不可能に近いと思います。繰り返しますが、東日新聞は腐っても鯛です。トップは腐ってますが、記者の質、レベルが高いことは新聞を読んで実感できますよ」

「新聞は何紙読んでるの」

「自宅では二紙ですが、会社で全国紙には一応、目を通してます」

「わたしも立場上、全紙読んでるわ。ブロック紙や有力地方紙にも出来る限り目を通すようにしている」

広報局長の立場より、活字コンプレックスの成せるわざではないかと藤井は思った。

「トイレに行かせて」

中腰になった杏子が真顔で続けた。

「バランタインが残ったままですけど、よろしかったら、二次会をどうですか。戻ってくるまでに考えてください」

意外だった。今夜はこれでおしまいと思っていたからだ。

『喜んで』と応えるしかないと思いながら、「俺も好きだなぁ」と独りごちて、藤井は少しく自己嫌悪感を覚えていた。

第四章　トップ人事

1

二月一九日の午後二時過ぎに、藤井靖夫は突然清水弘に肩を叩かれた。

「部長がお呼びだぞ」

「はい」

藤井は急いでデスクの上を片づけ、背広を着ながら清水に続いた。

山崎は経営企画部と同じ一七階フロアの役員応接室で待機していた。

「立ってないで座れよ」

「失礼します」

清水はソファに腰を下した。藤井も会釈して並んで座った。

「今まで木戸常務と話してたんだが、きみたち二人には伝えておけと言われたので来てもらったんだ」

「常務会でなにかあったのですね」

清水が上体を乗り出した。

テレビ東日の常務会は毎週火曜日の午前一〇時に行われる。出席者は役職役員の八人。代表権を持っているのは渡邉社長と瀬島専務二人だけだが、筆頭格の木戸を含めて六人の常務がいる。常勤取締役は一〇人。

社員は約一三〇〇人なので、頭でっかちなボードと言えなくもない。山崎は書記役で常務会に出席している立場だ。

「渡邉社長が取相に退くそうだ」

「えっ！」と二人が同時に奇声を発した。

「代表取締役会長じゃないって言うんだから、サプライズもいい所だが、東日新聞の小田島義雄《よしお》専務がいきなり社長で天下りするそうだ。こっちのほうがサプライズの度合いが大きいな」

過去何代も東日新聞出身の社長が続いているが、いきなり社長就任は初めてだ。顧問、副社長を経て一年後に社長に昇格していた。

「新聞社で放送事業を担当して、生え抜きの瀬島専務や木戸常務とも昵懇《じっこん》の仲だから問題はなかろうっていうことだったらしい。一期二年で会長になる。二年後にプロパーの社長が誕生すると確約するって……」

山崎は興奮さめやらず、やたら喉が渇くと見え、ペットボトルの水をラッパ飲みした。

水を用意してくれればよかったと思ったのは清水も藤井も同様だった。

「予定調和、根回しめいたことは無かったのでしょうか」

固唾を呑んで質問した藤井を見上げながら、山崎がボトルをセンターテーブルに置いた。

「常務会じゃない。常務会終了後、木戸常務に声をかけられたんだ。昨夜、渡邉社長、瀬島専務、木戸常務の三人で会食した時に出た話だから根回しが始まったということだろう」

赤坂の中華料理店の個室で赤ワインを飲みながら渡邉が切り出した。

「お二方に、お願いの儀があってねぇ」

「なにごとですか」

瀬島はがぶっとワイングラスを呷った。

「わたしは社長定年制を自分で決めて、自分で破った前科一犯がある。厚顔、鉄面皮とお叱りを受けても、おっしゃるとおりとしか言いようがない。ただ、東日新聞に適任者がおらんかった。東日新聞の都合もこれありで、三年オーバーしてしまったが、東日新聞のトップから、もう一人だけ頼むと頭を下げられたので呑む気になった」

瀬島が不服そうに頰を膨らませたのを黙殺して、渡邉は木戸に笑いかけながら、グラスを円卓に戻した。

「例の小田島君なんだが一期二年だけ、社長をやらせて、会長にするっていうことでどうだろうか。わたしは、六月に取相に退くつもりだ。さすがにもうくたびれたよ。楽をさせてもらいたいと思ってねぇ」

渡邉は瀬島にちらっと目を流して続けた。

「小田島君なら、放送事業を担当していたのできみたち二人とは気心も知れている。東日新聞で社長になってもおかしくない人物だが、テレビ東日の社長になりたくてなりたくてしょうがないそうだから、きみたち二人が輔弼《ほひつ》してくれれば、わたし以上にやるんじゃないのかな。いや、二年は勤まるだろうし、会長になっても、生え抜きの社長を立てて頑張るだろう。木戸君、不満そうだが、異論があれば、なんなりと言ってくれていいぞ」

「ご冗談を」

木戸はにこやかに返した。

「瀬島君はどうなんだ」

「一期二年で済むんでしょうか」

「そういう約束なんだ。念書を取ってきてやってもいいぞ」

「社長は会長じゃなくてよろしいんですか」

「瀬島君にしては優しいねぇ。会長の分を三年やったと思ってるんじゃないのかね」

「とんでもない」

瀬島は右手を大きく振った。〝ダーティ瀬島〟と有力週刊誌に書かれたことを思い出して、下手《したて》に出たに過ぎない。〝伊藤事件〟の借りもある。プロパーで代表権を持っているのは俺だけだ、とわが胸に言いきかせるのを忘れなかったのも、瀬島ならではだ。


清水がネクタイのゆるみを整えながら、背筋を伸ばして、山崎をまっすぐとらえた。

「木戸常務が専務に、山崎取締役が常務に昇格する——。そういう話は出なかったのでしょうか」

「それは無い無い」

山崎は真顔で右手を振った。

藤井は、『このゴマ擂りが』とは思わなかった。清水に先を越された感じだった。

「三者会談で話が出たとしても、木戸常務がおっしゃるとは思えませんが、あり得る話かも知れませんね」

「わたしも藤井の意見に与します」

「きみたち、余計なことを話すんじゃないぞ。トップ人事についても秘中の秘だからな。ここだけの話であることを忘れたら只《ただ》じゃすまんぞ」

山崎は叱りつけるような言い方だが、目は薄く笑っていた。

木戸が「二人には伝えておけ」と何故、山崎に話したのだろうか。トップシークレットである。経営企画部とはいえ、副部長クラスに伝える事柄とは思えない——。藤井はもうひと押し踏み込む気になった。

「三強入り確実の天下のテレビ東日に代表権を持つ役員が二人でよろしいのでしょうか。木戸常務が代表取締役専務に昇格しないのは不自然な気がしてなりませんが」

「そうなることを願わずにはいられません。山崎常務が確実になります」

「さあ、どうなるのかねぇ。蓋《ふた》を開けてみなければ分からんよ」

「蓋を開けるタイミングはいつになるんでしょうか」

山崎は清水を見返してから腕組みした。

「分からん。三月中に発表するかもなぁ。もう一度念を押しておくが、はっきりしているのは渡邉社長が取相に退くことと、社長に小田島さんが就任するっていうことだけだからな」

「〝伊藤事件〟と〝ダーティS〟が東日新聞に借りを作ったことになるんでしょうか」

「藤井はそう思ってるのかね」

山崎に見据えられて、藤井は視線を外した。

「ええ。〝瀬島社長〟が融けて消えてしまったのではないでしょうか」

言い過ぎたかもしれない。フライングもいいところだと思う反面、山崎と清水がどう出るか見ものだとも。

山崎が手にしたペットボトルを口に咥《くわ》えて、藤井にジロッとした目をくれた。

「融けて消えるわけがないだろう。二つとも渡邉社長は目を瞑ったんだ。不問に付したっていうことは、プロパーのエース格と考えているからだろう。どけるつもりなら、二年以上前にそうしてたよ」

清水がすかさず山崎をフォローした。

「なんだかんだ言っても、瀬島専務の存在感は抜群です。二つの事件の責任を取る人がいるとしたら、渡邉社長しかいませんよ」

「なるほど。代表取締役会長として院政を敷くと思っていた渡邉社長が取相に退くっていうことは、遅ればせながら責任を取ったことになるのかもな」

二人共なにも分かっちゃいない。とんちんかんにもほどがあると思いながら、藤井は口を噤《つぐ》むしかなかった。

山崎が空っぽになったペットボトルをセンターテーブルに戻した。

「この際だから言っておくが、われわれの立場は経営トップをサポートするの一語に尽きる。厭な奴だと思いながらも、渡邉社長にもそうしてきた。小田島社長になったら、全力でサポートする。願わくば一期二年を厳守してもらいたいとは思うがね」

山崎が腰をあげた。

空のペットボトルを摑んだのは清水だった。

2

二月二九日金曜日の正午を過ぎた頃、藤井のズボンのポケットで携帯電話が振動した。画面を見ると報道局情報センター社会部デスクの辻本の携帯電話だった。

「はい。藤井ですが」

「辻本だけど、いま大丈夫か」

藤井は四周を見回しながら、「どうぞ」と応えた。

山崎も清水も席を外していた。

「おまえ、俺になにか隠してないか」

「なんのことだ」

「〝ダーティ〟が副社長に昇格するそうじゃねぇか」

「初耳だ。経営企画部は情報センターとは違って、社内情報には疎《うと》いからな。いつかもそんなことがあった。警視総監の話だったっけか」

藤井は、辻本がなにを言わんとしているのか分からないので、そらっとぼけるしかなかった。瀬島専務の副社長昇格が初耳は事実でもある。

「ふざけんなよ。東日新聞からいきなり社長が〝天上り〟するんだろう」

「ふうーん。後者については匂わされてるが。前者が事実なら辻本さんの地獄耳に頭を下げるしかありませんね」

「おまえ、俺をおちょくってるのか」

「とんでもない。辻本さんをご尊敬申し上げてますよ」

「そういうのをおちょくるって言うんだろう」

「電話じゃなんだから、昼食を一緒にどう。社員食堂は混んでるので、どこか別のところを指定してもらおうか」

「Nビル一階のティールームなら空いてるだろう。一五分後に会おうや」

電話が切れた。

ティールームも混んでいたが、二人用空席が一つあった。

藤井が先着し、その二分後に辻本がやってきた。辻本は、藤井がミルクティとミックスサンドを注文したのを聞いて「コーヒーとミックスサンドをお願いします」とオーダーした。

「僕が〝天上り〟を匂わされたのは一〇日前だ。オフレコを厳命されたが、伝わり方が速いなぁ」

「俺は編成制作局の荻原から聞いた。昨夜の遅い時間だ」

「わざわざ伝えにきたのか」

「同期同窓の誼《よし》みでおまえには教えてやるが、オフレコだぞとか言ってたなぁ」

荻原道正は編成制作局のプロデューサーで副部長待遇だ。『なるほど、そうだったのか』との思いで、藤井は膝を打ちたくなった。

木戸常務から聞いた瀬島が目をかけているチーフ・プロデューサーとは、荻原の親分格の野田潔《きよし》だと、藤井は今頃になって合点がいった。

野田は名うての猛烈CPで聞こえている。バラエティを担当する制作二部のトップで、部長待遇だ。朝八時出勤を励行している。

人の口に戸は立てられない。瀬島から野田に、そして荻原を経て辻本に伝わったことが瞬時にして読めた。

「現場と管理部門の違いだろうか。オフレコをあっさり破る人がいたっていうことだな。渡邉、瀬島、木戸の三者会談があったのは一〇日ほど前だ。そこで、渡邉社長は六月で取相に退くことと、一期二年の条件で小田島社長を了承して欲しいと両者に求め、合意した──。僕はそう聞いている。瀬島副社長はほんと初耳なんだ。ただ、そうなる可能性は否定できない。いや、確率は高いと思うよ」

　藤井の相好が崩れたのは、木戸の専務昇格も決定的になったと判断したからだ。

「一期二年が守られる保証はねぇけど、瀬島が副社長になれば、次の次が瀬島だと内外への明確なメッセージになるな」

「人事権者の小田島氏が、どう判断するかまだ分からんだろう。取相に退くとはいえ渡邉氏が影響力を温存することもあり得る。諦めるのはまだ早いんじゃないか。〝ダーティS氏〟が、テレビ東日の顔でいいとは思えない。あってはならないんじゃないのか」

「同感だけど、瀬島の野郎の穢《きたな》さ、こすっからさには驚かされるよなぁ。編成制作局長時代に年間五百億円もの予算を握って、周到に布石を打ってきた。荻原のバカがわざわざ俺に電話連絡してきたくらいだから、勝負はついてるんじゃねぇか。〝木戸社長〟の目はねぇと俺は悲観的だ」

「さに非ずだ。木戸常務が専務に昇格し、代表権を持つことになればどうなると思う」

　むすっとしていた辻本の表情が少し和んだ。

「代表権を持つ役員が二人っていうのも、どうかと思うよな。渡邉と小田島が、瀬島と木戸を競わせて、様子を見るっていうシナリオはゼロではないかもな」

「七対三から、イーブンまで持っていくには、木戸さんが相当頑張らないとなぁ。われわれが黄色い嘴《くちばし》で四の五の言っても始まらないよ」


小さなテーブルに、ミルクティーとコーヒー、ミックスサンドが二つ並んだ。ティールームの店内は混雑していた。藤井と辻本は上体を寄せ合って話を続けた。

「七対三は木戸への身贔屓がすぎるんじゃねぇのか。せいぜい九対一だろう。逆転にはウルトラCが必要だな」

藤井はミックスサンドを咥えながら堤杏子が話していた〝カード〟について思いを致した。

杏子とはひと月以上逢っていなかった。逢瀬がどうでもいいとまでは思わないが、それ以上に情報交換したいとの思いが募った。

「瀬島の副社長昇格は確実なのかなぁ」

「繰り返すが三者会談でそんな話は出なかったと聞いている。しかし、瀬島さんは口が軽いよなぁ。まだ、常務会でオーソライズされてないのにねぇ。渡邉社長に聞こえたら、逆効果になることだってあり得るだろう」

「そこが奴のこすい所じゃねぇのか。逆効果を狙ってる節もある。だいたい、どんなに悪さをしても、プロパー社長は自分しかいないと思ってるんだから、もの凄え奴だよ。神経のず太さも半端じゃねぇな」

「〝岡憲〟とか〝鈴久〟とかいう伝説の大物テレビ屋さんたちが甘やかし放題だったのがそもそもの始まりかもな」

「おまえみたいにでけぇから目立つし、声も大きい。〝ニュースショー〟を独りで立ち上げたみてぇなことを吹聴してるらしいしな」

「〝ニュースショー〟の初代プロデューサーは事実だ。このことを囃《はや》し立ててるのは子分たちだろう。今や瀬島さんの子分だと名乗りたくてしょうがない人たちがゴマンといるんじゃないかな」

辻本がミックスサンドをコーヒーと一緒に飲み込んで、カップをテーブルに戻した。

「大バカ者の平目たちは報道局にも一杯いるよ。〝ダーティ〟が週刊誌にスクープされた時はしゅんとなったが、人の噂も七十五日が立証されたな」

「辻本と話していると気が滅入る。前向きな話をしようよ」

「藤井だって、木戸さんの勝ち目は無いと思ってるんじゃねぇのか」

辻本も冗談っぽく返して続けた。

「特におまえは管理部門だから、どっちつかずで始末が悪いよな」

「現場を外されたと言ってくれよ。遠からず復帰させてもらえるかも知れない」

藤井はまたしても、杏子の顔を目に浮かべた。

「たとえばの話、木戸さんが代表権を持った専務になったら、さしもの平目たちも右往左往するんじゃないかなぁ」

「うん。それはあるかもな。いや、期待できる」

辻本がわが胸に言い聞かせるように表情を引き締めた。

「悲願のプロパー社長が実現するまで二年以上もあるんだから、いろんなことが考えられるだろう。要は木戸さんが闘う気持ちになれるかどうかなんじゃないか」

「おまえの立場で進言しにくいよなぁ」

「それに近いことはご本人に言ったつもりだが、残念ながらそんな気配は微塵《みじん》も無かった。そんな風に装っていたと考えて考えられないこともないけど、どうなんだろうなぁ」

「常務全員が瀬島に叛旗をひるがえすぐらいのことが無いと勝ち目はねぇな」

「なんでもありみたいな人を社長にしたら、テレビ東日の看板が泣く。二年間の猶予期間はありがたいと思うことにしようよ」

藤井は無理に笑顔をこしらえた。

3

辻本と別れたのは午後一時過ぎだが、藤井は思い切って、堤杏子の携帯電話を呼び出した。

三度目のコールで杏子の低音が聞こえた。

「はーい。あら、藤井さんじゃない」

「いま、よろしいですか」

「どうぞ」

「三〇分ほどお時間、いただけませんでしょうか」

「結構よ。すぐいらして」

「ありがとうございます。五分後に伺います」

広報局は一六階フロアにある。

杏子は広報局の応接室で藤井を迎えた。

「藤井さんからの連絡を心待ちにしてたのよ。いつも、わたしの一方通行でしょ」

「恐れ入ります」

「白昼堂々は、きみらしくて良いわね。用向きは何かを考えてみたんだけど、矢野恵理さんに逢いに来たわけないわよねぇ。間もなくコーヒーを運んでくると思うけど」

藤井はバツが悪そうに頬を撫でた。矢野恵理のことなどカウントするわけがない。

「おっしゃるとおりです」

「二人が偶然居合せたのも、袖振り合うも多生の縁かなとちょっと気を回したんだけど」

「ご容赦ください」

「冗談よ。でも眺めても損はないでしょう」

「光栄には思います」

ノックの音が聞こえ、ドアが開いた。

『なるほど。見栄えのする娘《こ》だ。すらっとしているし、清々しさがある。ショートヘアーも悪くない』と藤井は思った。

「紹介するわ。憧れの藤井靖夫さん」

藤井はソファから腰を上げた。

「初めまして。藤井です。よろしくお願いします」

「矢野恵理と申します。不束者《ふつつかもの》ですが、どうぞよろしくお願いいたします」

恵理は一礼してから、藤井を見上げてにこっと微笑んだ。そして、コーヒーカップを一つずつセンターテーブルに並べた。多少は緊張しているのだろう。わずかだが、手がふるえている。コーヒーカップがかすかに音を立てた。

「失礼いたしました」

「どうも」

恵理が退出したのを見届けてから、杏子が小声で言った。

「気の強い娘なんだけど、相当緊張してたね」

「不束者なんていうボキャブラリー忘れてました。いまどきの女性であんなに礼儀正しい人はいませんよ」

「それは、親の躾《しつけ》の問題でしょう」

「局長の躾もあるんじゃないですか」

「気持ちが動いたの？」

「いいえ。局長には遠く及びません。素敵なお嬢さんとは思いますけど。お断りしましたよねぇ」

「伝えたわよ。恵理ちゃんはまだ諦めてないのかも」

「さっそくですが、その諦めてない、が局長をお訪ねしたテーマです」

「木戸常務のことなのね」

「はい」

藤井は辻本の名前を伏せて、〝三者会談〟と〝瀬島副社長〟〝木戸専務〟の件を手短かに話した。

「驚いたわねぇ。広報局長失格ね。わたしはなんにも聞いてない。水臭いにもほどがあるわ」

「わたしも驚きましたが、水臭いとは木戸常務のことをおっしゃってるのですね」

「もちろん」

杏子は思案顔で腕組みし、一〇秒ほどしてからコーヒーカップに手を伸ばした。さらに二〇秒ほどしてから、やっと口を開いた。

「闘う前からタオルを投げるほどやわな人とは思いたくないけど、権力闘争、人事抗争にしたくないと考えていることだけは確かなんでしょうね」

「権力闘争なんていう大それたレベルの問題なんでしょうか。トップが〝ダーティ〟を採るか〝クリーン〟を採るかの問題だと思いますが」

「そんなに簡単な問題なのかしら。違うと思う。瀬島さんは、木戸さんが代表権を与えられたとしたら逆ギレして、騒動になると思う。一番たちが悪いのは渡邉さんでしょう。わたしに言わせれば、取相も会長も重しとしては似たようなもので、世間体だけの話よ。東日新聞対テレビ東日の図式で考えるべき事柄だと思う」

「一枚岩でなければ東日新聞に歯が立たないと解釈しろっていうわけですね」

「少なくとも、木戸さんはそう考えてるんでしょうね」

「渡邉さんが、たちが悪いという意味が良く分かりませんが」

杏子が再び腕組みした。

「二枚舌とも違うのかなぁ。木戸常務には、瀬島さんと抱き合い心中してもいいぞなんて、ほのめかした事実があるの。一方で、瀬島さんには、プロパー社長はきみしかいないとか話してるんじゃないのかなぁ」

藤井がごくごくっとコーヒーを飲んだ。

「時系列的には、三者会談の後になるんでしょうか」

「わたしの推量だけど、前でしょう。それにしても、口惜しいなぁ。木戸さんの気が知れない」

杏子はいかにも悔しそうに下唇を噛んだ。

きっとした杏子の顔に、思わず見惚れたほどだが、藤井は頭をひと振りして、それどころではないと気合いを入れ直した。

「〝木戸代表取締役専務〟の可能性については、いかがお考えですか」

杏子は返事をしないで、時計に目を落した。

「いま一時四五分だけど、これから予定はどうなってるの？」

「二時から会議があります」

「夜の予定は？」

「飲み会がありますが、断れます」

「じゃあ断ってちょうだい」

「承りました。いつでも携帯電話を鳴らしていただいて構いません」

「わたしもキャンセルする。こうしてはいられないもの。切迫してきたわね」

杏子はつとソファから起ち上がった。

4

堤杏子から藤井靖夫の携帯に電話がかかってきたのは午後六時二五分だ。

藤井は自席で新聞を読んでいた。

「お待たせしてごめんなさい。すぐ出られるの」

「ええ」

「それでは二〇分後にニューオータニの〝ほり川〟で会いましょう」

「承知しました」

ごく事務的なやりとりだった。

「今夜は打ち合せだから、交際費を使わせてもらうわ。控えめに飲んでね。なにを飲もうか」

「生ビールをいただきます」

杏子のほうがひと足先に来ていた。

広報局の応接室でも感じたことだが、スーツ姿が似合う。高尾山の時と同じで、黒縁の眼鏡をかけていた。

「あれ以来、外出時はこれで通しているの」

「コンタクトレンズだったんですか」

「そうよ」

着物姿の若い女性従業員がビールと突き出しのあん肝豆腐を運んできた。

ビールをひと口飲んで、杏子はグラスをテーブルに戻した。

「あれから、渡邉社長に会いました。誰から聞いたのかってしつこく訊かれたので、瀬島専務の周辺ですと応えたわ。間違ってないと思うけど」

杏子に凝視されて、藤井は意気込んで返した。

「いつか、話に出たCPが誰だか分かりました。猛烈社員で、仕事の鬼とか」

「それだけならまだしも、部下に厳し過ぎるのはどうかと思うわね。それ以上に瀬島さんと近過ぎるのも厭な感じがする」

「それに対して、社長のレスポンスはどんな風でした」

「口が軽いって、顔をひん曲げてた。とりあえず社長内定の発表を急ぐ必要があるが、どう思うか、とも訊かれたわ」

「なんと応えたんですか」

「東日新聞だけにベタ記事で書いてもらう手はどうでしょうかって探りを入れたら、厭な顔をされた。当然よね」

「そう思います。まさか一期二年を持ち出したわけはないですよね」

「もちろん、そこまで言おうものなら、わたしのクビが飛ぶわ」

『その覚悟がおありなんじゃないですか』という言葉を呑み込んで、藤井は生ビールを飲んだ。なんともほろにがい。ビールを味わって飲んだのは初経験のような気さえした。

「〝副社長〟〝専務〟の件はどうなりました」

「一笑に付していた。『それは瀬島君が決めることなのかね』と反問されたので、『失礼しました。あり得ません』って応えといた」

藤井がグラスをテーブルに戻した。

「そうするつもりだって、顔に書いてありませんでしたか」

「狸爺《たぬきじじい》が顔に出すわけ無いでしょ」

「ダーティなうえに、口の軽い人が次の次の社長になるんでしょうか」

「藤井さんはどう考えてるの」

「友達と話した時にも言いましたが、〝木戸代表取締役専務〟が実現したら、イーブンに持っていけると思うんです」

杏子はビールを飲み乾して、グラスを両手でもてあそんだ。黙りこくっている時間がやけに長く感じられた。

しびれを切らした藤井が念を押した。

「さっき局長は瀬島さんが逆ギレするとかおっしゃいましたが、男を下げるだけですよね。でしたら逆ギレさせたらよろしいと思いますが。プロパー・トップを安泰だと決め込んでいる人のほうがおかしいんです。イーブン以上になるチャンスが出てくるんじゃないでしょうか。〝ダーティS氏〟は自爆してずっこけるかもしれませんよ」

堤杏子がワインリストを見ながら「白ワインでも飲みましょうか。ディナーのコースは一番安いのにしたから」と言った。

藤井靖夫は、はぐらかされたような気がして、返事をしなかった。

吸い物、造りなどの料理を運んできた若い女性に白ワインをオーダーしてから、藤井を見上げた。

「木戸さんが、藤井さんに〝三者会談〟を明かした意味だか狙いについて考えたことはないの？」

だ。

「彼は付け足しでしょう。軽挙妄動するなっていう木戸常務のメッセージだと、わたしは思う。さっきも話したけど、権力闘争、人事抗争は絶対に避けたいっていうのが木戸さんのスタンスなの。きょう、木戸さんと二時間近くも話し込んだのよ」

杏子が渡邉社長と話したあと、木戸常務の個室に出向いたのは午後四時過ぎのこと

恨み節を含めた杏子の話を聞いていて、木戸の温容が渋面《じゅうめん》に変った。

「広報局長には、瀬島専務から伝わると思ったんだが……」

「瀬島専務は、わたしが煙たいようです。繰り返しますが、藤井君から話を聞いた時はショックでした」

「他意はない。藤井が面倒を起こさないように先手を打っただけのことだし、経営企画部から伝わる筈はないとの読みもあった。話は飛ぶが、専務昇格はありがたく拝受するが、代表はあり得んぞ」

「常務が催促なさらないことは分かりましたが、代表権を持てと命じられたらどうなさるんですか」

「それもあり得んな」

「東日新聞側がどうしてもと言ってくる可能性も否定されるのですか」

木戸はいっそう顔をしかめた。

「以前にも話したかも知れないが、『抱き合い心中を考えぬでもないぞ』と、はっきり言われたのは二月一五日だ。つまり三者会談の前だが、取相に退くと聞いて、半分本気かも知れぬと思わぬでもなかった。しかし、違うだろうな。わたしの気を引いたか、鎌を掛けただけで、迂闊に乗ったら騒ぎになる。えらいことだ」

「大新聞社で、政治部出身者と経済部出身者との間で、トップの座をめぐって、大変な権力闘争があったことをご存じでしょうか」

「大昔、そんな事件があったねぇ。座布団は一枚しか無いからな」

「勝負がついたあとは、お二人ともそんなことがあったとは、つゆ知らぬ顔で無二の親友で通しています。犬猿の仲で終ることもあるでしょうし、双方が顔も見たくない、エレベーターも別々にするなどというケースも知り得ていますが、利害得失を考えれば、昔の敵は今日の友になる確率のほうが高いような気がしないでもありません」

木戸が思案顔で緑茶を飲んだ。

「きみが何を言わんとしているか、分かっているが、大新聞社の件は、敗れたほうが系列下のテレビ局のトップになる選択肢があった。その人物が手を付けた秘書の女性を女帝にのさばらせたことが有力週刊誌にスクープされ、いったん身を引いたか、失脚したんだったっけ？」

「おっしゃるとおりです。大新聞社にも、テレビ局にも友達がおりますので、最近、詳しく取材しました。ほとぼりの冷めるのを待って、身を引いた方を強力に推して元の鞘《さや》におさめたのは新聞社のトップです。厚い友情もあったのでしょうが、経営力を買ったからで、事実、女帝問題を糧《かて》にして、テレビ局の経営で手腕を発揮したそうです」

「〝長期政権〟で批判もあるが、功罪相半ばするんじゃないのかね。どのテレビ局のトップも、ありがたいサンプルと考えるだろう」

「人によりけり、パワーのいかんによると思います。当節テレビ局には〝長期政権〟のメリットのほうを評価する人たちが圧倒的に多いと友人は話してました。テレビ局のいわゆるキャリア組の給与が高過ぎることを問題視して、給与体系の見直しについてアプローチしているとも聞きましたが、『あの人のことだから、トップの給与を劇的に下げると思う』とも聞きました」

「うーん。他山の石の逆として一考に値するかもなぁ」

「話を元に戻します。常務は瀬島専務をフォローし続けてきたのですから、発想を転換されたらいかがでしょうか。大逆転があったとしてもお二方の間で友情が蘇《よみがえ》ることは考えられませんか」

木戸が首を左右に振った。

「〝ダーティ〟さんがテレビ東日の看板でよろしいと思いますか」

「ダーティのイメージを払拭するように、皆んなで頑張るしか選択肢は無いだろう。どんなにけしかけられても、わたしは一枚の座布団を取りに行くつもりは無い。規制に保護されてるテレビ局で、騒動を起こすほうが、よっぽどイメージダウンだ」

杏子がトイレに立ったので、藤井はしばし食事に集中した。テーブルが料理で溢れていた。

席に戻った杏子も、おしゃべりを止めた。

だが、それも長くは続かなかった。

「来週の常務会が待ち遠しいわね」

「広報局長がひと暴れしたんですから、当然でしょう」

「きみも言うねぇ」

「口が減らないのはお互いさまですよ」

馴《な》れが出ているとの自覚はあったが、ここはホテルの和食店なのだ。これくらいは許されるだろうと藤井は思った。

「言っておきますけど、ひと暴れさせたのは、わたしの前に座っている人だということを忘れないでね。それと、軽挙妄動は分かったの」

「若造の軽挙妄動を気にされるのも、いかがなものでしょうか」

「木戸常務に言いつけてあげようか」

「いつぞや、僕をピックアップしたとかおっしゃいましたが、現場に留めておけば、そんな心配をなさらずに済みましたね」

「憎たらしい。憎まれ口までできくのね。だけど、わたしは藤井さんを経営企画部に異動させて結果オーライだったと思ってる。木戸常務もそうなんじゃないかなぁ」

「身に余る光栄と言いたい所ですが、ミスマッチですよ」

「でも、木戸常務への思い入れが、深まったんじゃないの？」

「新年会の一月四日に初めて身近に感じたことは認めざるを得ません」

「だったら文句の言いようがないでしょ」

藤井は不承不承うなずいて、ワイングラスに手を伸ばした。

「それはそうと、ここだけの話が絶対に無いことを痛感させられたわね。あなたとわたしに限っては例外だけど、ここだけの話という前置きは逆にアクセントを付けてるようなものでしょう。口に出した瞬間、拡散すると考えるのが当たっているんじゃないかなぁ」

『あなた』はむず痒《がゆ》かったが、藤井は「おっしゃるとおりです」としか言いようがなかった。

「一期二年が二期四年になれば、〝瀬島社長〟が自然消滅するっていうことは考えられますよねぇ」

「考えられるけど、その確率は低いでしょうね」

「最前、局長は木戸常務は根性無しみたいなことをおっしゃいましたが、瀬島専務に弱みでも握られてるんでしょうか」

「その逆はあっても、逆の逆は無いと思う。だから社長になったら、木戸さんに代表権を持たせるつもりだったんでしょ」

「そんなの、ありますかねぇ。弱みを握られているっていうことは、いちばん煙ったい存在なんですよ。斬りに行くんじゃないでしょうか」

「さあ、どうかな。社長が輔弼《ほひつ》なんていう難しい語彙《ごい》を使ったらしいけど、それこそ〝補佐官〟として必要不可欠な人なんじゃないかしら。わたしはナンバー2として遇すると思う」

「疑問符が付きますね。瀬島さんは感情論を先行させる人ですよ。それこそ、代表権を持った専務になって、闘う姿勢を見せるんならともかく、端からそれが無いなんて、幻滅もきわまれりです」

杏子は小首をかしげながら、頰をさすった。

「〝ダーティ〟さんがトップになったら、テレビ東日の明日は無いかもねぇ」

「そう思います。ところで〝カード〟の話をしてよろしいですか」

「ストップ！　その話は今夜はしないで」

杏子はにべもなかった。

5

三月四日の常務会で、渡邉社長は開口一番トップ人事に触れた。

「諸君は先刻承知のことと思いますが、六月の定時株主総会を待たずに、わたしは取締役相談役に退かせてもらいます。一期二年に限定して小田島義雄君を社長に迎えたいからでもありますが、プロパーからトップを出す潮時が二年後の二〇一〇年、平成二二年が妥当だと考えたこともこれありです。わたしの社長退任時期は四月に入ってからと思わぬでもなかったが、きょうでもあしたでも構わない……」

渡邉は、ちらっと瀬島に目を流した。

「瀬島君、きみの意見を聞かせてもらおうか」

「特にありません」

瀬島はぶっきらぼうに応えた。

「それでは退任の時期については、来週の常務会までに決めておこう。新社長内定の発表のタイミングをどうするかも、併せて決めるとしましょう」

木戸が挙手をした。

「どうぞ」

渡邉に手で示されて、木戸が発言した。

「社長の退任も新任社長の内定も、取締役会マターですので、最速ですと一〇日の取締役会ということになります」

「ふうーん」

渡邉は腕と脚を組んで、のけぞった。長考は一分ほどに及び、その間、役員会議室は静まりかえった。そして、大きくうなずいて、腕組みをほどいた。

「こうしましょう。わたしの退任時期は本日付でよろしい。一〇日の取締役会で、トップ人事をお諮《はか》りし、承認を取りつける。せわしないが、そういうことで要路の挨拶回りをさせてもらう。至急アポイントメントを取ってもらおうか。木戸常務にお願いする」

木戸が怪訝な顔でわずかに首を傾げていると、編成制作局長の中尾正孝が挙手をした。

「トップ人事の中に瀬島専務の副社長昇格を含めて、発表したらいかがでしょうか。

社員のモチベーションも上がると思いますが」

渡邉は中尾を強く見返してから、一同を見回した。

「トップ人事については皆さんに承認していただけたわけですな」

応答なしは承認を意味する。

渡邉が大きな咳払いを放った。

「瀬島豪君の副社長昇格をご承認願えますかな」

即座に発声があった。

「異議なしです」

「賛成します」

瀬島がにたっと不敵な笑みを浮かべた。

木戸が再び挙手をした。

「もっと早く気づくべきでした。申し訳ありません。渡邉社長の退任も六月の総会後のほうがよろしいと思いますが。三ヵ月以上、社長不在の空白期間が生じてしまいます」

「早く辞めたい一心で、そこまで考えなかったとは、わたしもボケたものだな。四月一日付で小田島君には顧問で来てもらおう。社長執務室に机を二つ並べてもらおうか。そうなると、副社長を含めたトップ人事は総会後の取締役会で正式に決めることになるわけだな。お騒がせして申し訳ありませんでした」

渡邉は楕円形のテーブルに両手を突いて、深々と頭を下げた。

『俺が社長に就任するんなら、きょうでもあしたでもよかったのに。小田島を無理矢理嵌め込もうとするから、こういう茶番劇、失態を演じることになるんだ』

瀬島は仏頂面でそう思っていたに相違ない。


取締役会が開催された三月一〇日の当日、広報局広報部員が記者クラブにプレスリリースを届け、一一日付各紙朝刊の経済欄のベタ記事で報じられた。小田島と瀬島の雁首写真を掲載したのは東日新聞一紙だけだ。

同日午前八時前に、辻本が藤井の自宅マンションに電話をかけてきた。

「おはよう」

「結局、木戸は専務に昇格しなかったんだな」

「六月二六日の総会後の取締役会で専務に昇格する。ただし代表権は持たない」

「二年後の〝瀬島社長〟が決定的になったわけだな」

「副社長は社長含みを明確にしたことになるんだろうが、危なっかしい人だから、事件を起こさないとも限らんだろう」

「小田島とかいうのを押しのけるぐらいのパワーがあるから、おまえは瀬島のフライングを期待しているのか」

「瀬島さんで大丈夫だろうかと危ぶんでいる人は大勢いる。僕もその一人だし、きみもそうだろう。墓穴を掘るような何かがあるかも知れないし、東日新聞がほんとうに小田島氏の一期二年で甘受するのかどうか。不確定要素はあるんじゃないのか」

「小田島は一期二年で会長になるっていうことなんだろうが、瀬島がずっこけない限り遵守されるんじゃないか。だからこそ渡邉は取相に退いて会長を空席にしておくんだろう。二頭政治にならなければいいが。東日新聞は瀬島のことだからほっといても馬脚を現すと思っているかもな」

「…………」

「〝ダーティS〟の悪名は、週刊誌に書かれて、結構鳴り響いてるから、おまえが言うように瀬島がずっこける可能性がゼロじゃないことは確かだな」

「きのうは〝ニュースイブニング〟の担当デスクだったの？」

「うん」

「ボツにしたんだねぇ」

「CPにディレクターたちと強硬に主張したんだ。テレビ東日が自社のトップ人事を報道する必要は、たとえ瀬島が社長になっても無いんじゃないかな。じゃあ」

6

四月三日の夕刻、渡邉社長から木戸常務に呼び出しがかかった。

木戸が社長執務室に入ると、渡邉はソファで小田島顧問と額《ひたい》を寄せ合うようにして話し込んでいた。

小田島は小柄で痩身だ。精悍《せいかん》な面立ちである。

「たった今、石川《いしかわ》女史から電話でお叱りを受けた所です」

小田島に手でソファをすすめられた木戸は緊張した面持ちで渡邉の右側に腰をおろした。向かい側に身を乗り出すように座っている小田島がいっそう小さく見えた。

石川女史とは、東日新聞社、筆頭株主の石川恵津子《えつこ》のことだ。年齢は喜寿をとうに過ぎた。八十一か二の筈だ。木戸は面識が無かった。

「石川の婆さんが、六月に社長になる小田島君にわざわざ電話をかけてくるとは、よくよくのことだ。それも、テレビ東日の人事に口出しするなんて、考えられんよ」

「石川女史は、将来の生え抜き初の社長がいわくありげな妙な男でよろしゅうおますか、と言ってきたのです。週刊誌なんか読む人とは思えないから、誰かが入れ知恵したんですかねぇ」

「小田島君は瀬島君の濡れ衣、冤罪を強調したが、京都にまで聞こえてくるほどだから看過できないとおかんむりだったそうだ」

「瀬島さんの人望が厚いことと過去の実績、功績をるる言い立てたのですが、驚いたことに〝伊藤事件〟まで持ち出されてねぇ」

「さらに、びっくり仰天したのは、木戸君の名前を出して、〝クリーン〟なお人がよろしおますとかのたまったそうだ。きみ、なにか身に覚えはないのかね」

木戸は顔が引き攣って、なかなか声を押し出せなかった。カッと頭に血液が逆流し、木戸は三度も深呼吸した。

「社長も顧問も、わたしが石川恵津子さんに入れ知恵したとでも、おっしゃりたいのですか」

「そんなことは言っておらん。わたしが口が酸っぱくなるほど瀬島排除のチャンスだと言ったのに、きみは乗ってこなかったものな。今も、小田島君とそんな話をしてた所なんだ」

「しかし、身に覚えはないかとまでおっしゃられたのですよ」

「まあまあ、お互いに冷静になりましょう。相手は強欲な人なんです。東日新聞社の筆頭株主イコールテレビ局の筆頭株主ぐらいに思っているかも知れません。無視する手もあります。われわれが振り回されるいわれはありませんよ」

渡邉が顔色を変えた。

「絶対に無視は出来ない」

「それにしても釈然としませんねぇ。一度もお目にかかったことの無いわたしごときの名前を知ってるわけがありませんもの」

「それどころか、瀬島君の名前だって覚えてるとは思えんよ。当節、怪文書ばやりだが、怪文書を京都の婆さんに飛ばしたバカがおるんだろうか」

木戸と小田島は顔を見合せながらも、反応しなかった。

「無視するわけにはいかんだろうな。極端な言い方になるが、瀬島君にとって二年間は執行猶予みたいなものだ。世間の目もある。行儀をよくしていなければならない。本人も重々承知とは思うがね。それと、折角の婆さんのおぼしめしでもあることだから、木戸君に代表権を持ってもらって、瀬島君に決まったわけでは無い、対抗馬がいる、二人を競わせていると婆さん向けのアナウンスをするぐらいのことは考えないといかんだろう」

「代表権を持つ役員が二名というのは少ないとも考えられます。名案じゃないですか」

「これで決まりだな」

渡邉に見据えられて、木戸は横を向いた。

「過去に代表三人は何例もある。固辞する理由は無いだろう」

「気持ちの整理がつきません。お受けするのがいいのか、ひっかかります。いや、瀬島さんは面白くないと思いますよ」

「わたしは代表取締役会長にならずに、取相に退くんだ。そのぐらいのことはやらせてもらっても、瀬島君に四の五の言われる覚えは無い」

「石川女史の話は瀬島さんには出さないほうがよろしいと思いますが」

「小田島君、おっしゃるとおりだ。〝木戸代表取締役専務〟のことは、両者の意見が一致し、木戸君を強引に説得したでいいじゃないか。八日の取締役会で正式決定。それで行こう」

木戸は、なおも渋面をあらぬほうに向けて腕組みしていた。考え過ぎ、忖度《そんたく》し過ぎだろうか。しかし、副社長と専務の差は歴然としている。プロパー・トップの地位を脅かされると瀬島が思う道理が無い——。

7

翌日午前一〇時に、渡邉は瀬島を社長執務室に呼んだ。小田島は私用で出社していなかった。

「折り入って、瀬島さんにお願いの儀があってねぇ。きのう小田島君と話したんだが、代表権を持つのが二名より三名のほうがベターではないかということで二人の意見が一致した。ついては木戸常務を代表取締役専務に昇格させたいということなんです」

「二名で不都合がありますか」

あからさまに厭な顔をされて、渡邉はむかっとしたが、つくり笑いをして、強く瀬島を見返した。

「反対なのかね」

「いや。そこまでは」

瀬島も薄ら笑いを浮かべた。

「小田島君を支える体制をより強力にしたいというだけのことだ」

「木戸君は受けたんですか」

「きみに反対されたら受けんだろうな。反対する理由があるとも思えんが」

「分かりました。人事権者は渡邉社長なのですから、仰せに従います」

「小田島君のたっての希望でもあるんだ。その辺の所はわきまえてもらいたいな。去って行くわたしの立場より、トップになる小田島君の立場を優先したつもりなんだが」

「木戸君の担当はどういうことになるんですか」

「人事、総務、経理などの管理部門全般を担当してもらうのがいいんじゃないのかな」

「僭越とは思いますが、取締役経営企画部長の山崎君を常務に昇格させて、経営企画部を局に格上げし、経営企画局長にするというのはどうでしょうか」

渡邉はしかめた顔を天井に向けた。

「そこまでやるのは、いかがなものかねぇ。わたしの僭越が過ぎる。小田島君の仕事だろう」

「木戸君の代表取締役専務も、山崎君の常務昇格も、渡邉社長がおやりになって、なんら問題はないと思いますが。ついでながら具申させてもらいますが、経営企画部門は今後重要度が増しますので、副社長のわたしに担当させてもらいましょうか」

「気が早いねぇ。きみの副社長も、木戸君の専務も六月の定時株主総会後なんじゃないのかね。もっとも、プロパー・トップのきみは今現在も副社長も同然だが」

瀬島はにたっとして、小さくうなずいた。

皮肉と思わないのは、瀬島ならではだ。

「〝経営企画局〟も、六月二六日付でいいんじゃないかな。とりあえず、きょうの所は木戸君が代表権を持つことで両者の合意が得られた。そういうことでよろしいかな」

　ソファから腰を浮かしかけた渡邉を、瀬島の胴間声が押しとどめた。

「木戸君に話す前に、プロパー・トップのわたしに相談してもらいたかったですねえ。わたしから、木戸君に伝えるのが筋だと思いますが」

「ふうーん。それは失礼したが、きみはわたしに含むところでもあるのかね」

「そんなものはありませんよ」

「宿酔《ふつかよい》なのか。絡まれてるように聞こえんでもないが」

「とんでもない」

「きみは二年後にはトップになる人なんだから、言動には気をつけてもらいたいな。品行方正を旨に、しっかり頼む」

　言いざま渡邉はソファから腰をあげ、デスクに向かった。

「失礼しました」のひと言がなかったら、そこらの物を投げつけていたかも知れない。

8

　四月八日午後七時過ぎに藤井は堤杏子とホテルオークラの〝さざんか〟で会食し

た。

　鉄板焼ステーキで世界的に知られている店だが、むろん藤井は初めてだ。

「本館の最上階、たしか一一階だったと思う。わたしも二度目なの。サーロインステーキ、とっても美味しいわよ」

　夕方携帯に電話をかけてきた杏子の声が弾んでいた。

　長方形の大きな鉄板をコの字形に三方から囲む仕組みで、二人は長い正面に並んで座った。

「〝オーパスワン〟を張り込みましょう」

　ソムリエに豪華なワインリストを返し、杏子が上体をねじって藤井を見上げた。

「ホワイトハウスで要人が飲んでいると言われているナパの最高級品なのよ」

「今夜はなんのお祝いですか」

「なんだったっけ。あなたから聞きたいわ。当ててご覧なさい」

「切ったカードの効験あらたかだった記念日ですかねぇ」

「そのとおりよ。いつ分かったの」

「取締役会が終った直後です。午後二時過ぎでした」

「わたしも同じよ」

〝オーパスワン〟が運ばれてきた。

中年のソムリエがうやうやしく少量の赤ワインをグラスに注いだ。

杏子はゆっくりと香りを楽しんでから、口に含んだ。

「ビューティフル！」

テイスティングのセレモニーが終った。

グラスを触れ合せたあと、藤井も時間をかけて、初めのひと口を味わった。

「なるほど。ビューティフルですねぇ。こんな美味しいワインを飲んだ記憶はありません」

「今夜は格別だと思う。ひとしおとか言うんでしょう」

「はい」

「そんなにキョロキョロしなくても大丈夫よ。ここへウチの会社のエライさんがくる心配はないから。仮にあったとしても、どうっていうことはないわ。二人で個室は勿体無いからダイニングルームにしたの」

「豪華過ぎて、場違いな感じです」

なおも四周を気にしている藤井を、杏子が右肘でつついた。

「カードのこと、知ってるような感じを匂わせたことがあったわねぇ」

「株の問題だとは思いました。局長が……」

「局長じゃないわ。堤さん」

「すみません。堤さんが、石川さんとかいうお婆さんのお気に入りとは気づいていました」

「会社で噂になるほど広まってるの？」

「いいえ。経営企画部では、僕だけだと思います」

「よかった。内緒の筈なのに。京都のお屋敷におよばれしたのは三度かなぁ。四度目の今回は押しかけたんだけど」

〝低音の魅力〟がうわずっている。首尾よくことが運んで、杏子は嬉しくて嬉しくてしょうがない風情だ。

「でも、ある種の賭けでしたよね。K氏が受けない可能性のほうが大きかったと思いましたけど。それと、新聞社のインサイダー情報の不祥事にはあのお婆さん、反応しませんでしたよねぇ。よくぞ説得できたと感嘆しました」

「京都のお婆ちゃまが経営や人事に介入したのは今度が初めてなんじゃないかなぁ。大の株好きでもあるのよ」

「K氏も、堤さんとお婆さんの関係はご存じないと思いますか」

「わたしには分からない。さっき、経営企画部では僕だけだとか言わなかった？」

「K氏は別格です」

「あなたはどうして知り得たの？」

「あてずっぽうです。なんとなくそう思ったわけです。堤さんのファンなんじゃないかなぁって」

「きょうのきょうで、ディナーによくつき合ってくれたわね」

「予感がしたんです。というよりてぐすねひいて電話をお待ちしてました」

「先約は？」

「キャンセルしました。まっすぐ帰宅するのは沽券《こけん》にかかわると思ってるのがウチには一杯いますから、ただの飲み会です」

背後に控えていたソムリエが二つのグラスに〝オーパスワン〟のボトルを傾けた。

二人が同時にグラスを手にした。

「Sさんの求心力が低下するのを祈って、乾杯！」

「K氏の闘争心に火がつくことを祈って」

藤井は目の高さにグラスを掲げて、「乾杯！」に応じた。

「代表権を固辞しなかったのは、Kさんがその気になったっていうことかもよ」

「そうあって欲しいですよ。S氏がトップになれば独裁者になることは確実でしょう。ゴマ擂りばっかり重用して、ろくなことはないと思います」

「東日新聞社がK氏に味方する可能性は高まったような気がする」

「そう思います。それこそ、堤さんの大功績なんじゃないですか。京都のお婆さんが所有している東日新聞社の株式をウチに押しつけたがっていることは確実です。それをうまく処理できるのはS氏よりK氏でしょう」

「社長が会長にならずに取相に退くのも、その伏線だと分かったわ」

「社長がおっしゃった抱き合い心中も本気だった公算大ですね」

はしゃぎ過ぎかも知れない。藤井は『代表権を持って、やっと七対三』と辻本に言ったことを思い出して、眉をひそめた。

第五章　〝民放のＮＨＫ〟

1

　七月九日の夜、藤井靖夫はＢＳＴのチーフ・ディレクターの荒川洋次《あらかわようじ》と赤坂二丁目のイタリアン・レストラン〝マガーリ〟で会食した。

　一週間前に藤井が電話でアポを取った。〝マガーリ〟を指定したのは荒川だ。

　宮城県石巻市の漁師から魚介類を取り寄せている小さな店だ。

「信じられないくらいリーズナブルで旨《うま》い店だぞ。ポケットマネーで飲み食いできる」と荒川が電話で言っていただけのことはあった。

　前菜のイワシのバルサミコ酢漬けに舌鼓《したつづみ》を打った。

　荒川は学生時代から、ぎょろ目の四角張った顔に似合わず、面倒見の良い男だった。藤井の異動を聞きつけて、ゼミの仲間五人で〝藤井を励ます会〟の幹事役を買ってくれたのも荒川だ。もっとも、サシで飲むのは今夜が初めてだ。

　BSTはテレビ会社の中で、コネ入社を極力絞って、入社試験を実施してきた。荒川も厳正なテストに合格した一人である。

「現場から離れて落ち込んでたけど、元気そうじゃない。譬《たと》えはちょっと違うが、住めば都っていうことなのか。それともなにか良いことがあったのか」

　藤井の頬がゆるんだのは、堤杏子の顔を目に浮かべたからだ。

「ま、気持ちの問題なんだろうな。多少は会社のためにお役に立っている。いや、会社を動かしてるぐらいの誇大妄想的な気持ちにならないと、やってられないと思ってる面はあるかもな」

「要するに藤井なりに頑張ってる。負けちゃいられないって思ってるわけだな。それはそうと、テレビ東日さんの今度のトップ層の人事はどういうことなんだ。東日新聞社離れが出来ないことは分かったけど、渡邉取相には驚いたよ」

「東日新聞が強引に新社長を押しつけてきたんだから、取相は当然だと思うよ。新味があるとすれば、木戸代表取締役専務だろうな」

「だけど、プロパーでは〝ダーティ瀬島〟の勢力は絶大だって言われてるよなぁ。テレビ会社は治外法権で、どんな悪さをしても許されるっていうわけか」

「週刊誌の記事がいまだに祟っているのかねぇ。清濁あわせのめる人っていうだけのことでしょう。BSTさんの上原社長にしたって、ダーティな面が無いなんて思えないけど」

「そうかもなぁ。だけど瀬島副社長ほど悪質とは思えないが」

赤ワインのグラスをテーブルに戻しながら、藤井がさりげなく店内を見回した。来客はＯＬ風の三人連れの一組だけだが、こっちを気にしている目は無かった。われ先に夢中でしゃべっている。時計を見ると、午後七時二〇分だった。六時三〇分に来店したのだから小一時間経っている。

「失礼ながらお尋ねしますが、ＢＳＴさんの高給ぶりはつとに知られているけど、貰い過ぎだと思ったことは無いんですか」

荒川は一瞬ぽかんとした顔になった。

「高給はお互いさまだろう。テレビ東日もＢＳＴも変らないと思うけど。おまえはどう思ってるんだ」

「仕事量に見合ってない。ＢＳＴさんには、われわれと同じ年齢で共稼ぎがけっこういるよね。二人合せて約四千万円は凄いっていうか羨《うらや》ましい限りだ」

「だけど突然、なんでそういう話になるんだ？」

「給与体系について見直す必要があると思ってるんだ。報道局時代から常々思っていたのは、情報センターのカメラマンたちは質量共に素晴らしく良い仕事をしているのに、正社員じゃないために、給与がわれわれの半分だったのはおかしいということだ。それと、メジャーのプロダクションに比べると、中小のプロダクションいじめが過ぎることだ。『超』のつく有名人の、〝冠《かんむり》事務所〟への厚遇も目に余る。局の人事に口出しするバカもいるよね」

「だけど、テレビ東日さんも財団やら何やらに相当プールしてるんじゃないのか」

「やりようのあるうちに危機感を持たないと。全日本テレビが給与体系の見直しについてアプローチを始めたと聞いたので、遅ればせながらウチもと考えたんだが、まず良識派のきみの意見を聞きたいと思ってねぇ」

「それで会いたいって電話かけてきたわけか。ずっこけたBSTのトップが何を考えてたのか、さっぱり分からんよ。昔日の栄光が忘れられない、脱皮できない、給与体系の見直しなど、これっぽっちも考えていない、それがBSTの現実なんだろうな。特に、上層部の危機感の欠如は救い難い」

荒川は投げやりに言って、トイレへ行った。

トイレから戻った荒川がワインを飲んで、手酌でグラスにボトルを傾けた。

「用を足しながら考えたんだが、テレビの影響力は新聞の比じゃないだろう。規制に守られてるから競争原理が働いているとは思えない。視聴率だけが全てだという歪《ゆが》んだ世界だよなぁ」

「視聴率争いは競争原理が働いていると言えないのかねぇ……」

　藤井はワインを飲みながら反論した。

「トップから、われわれ下々まで視聴率のいかんに一喜一憂しているのが現実だろう。かつて長期間一強を誇ったＢＳＴさんが何故凋落《ちょうらく》したのか、旧世代の人たちは不思議でならないようだ。ＢＳＴさんのトップだって視聴率を気にしてない筈が無いと思うけど」

「それは気にしてるに決まってるが、一弱に成り下がっても潰れる心配は無い。芙蓉テレビのように〝軽チャー〟になるのはプライドが許さないと上層部は皆んな思ってる。落ち目の〝民放のＮＨＫ〟が復活する可能性は、限り無くゼロに近いと思わざるを得んよ」

　荒川はふてくされて、足をテーブルの下に投げ出した。

「四局中万年最下位だった芙蓉テレビがキャッチフレーズを〝親子で見る芙蓉テレビ〟から〝テレビなら面白くなきゃ〟に変えたのは、いつ頃だったっけか」

「われわれが入社する前だろう。八一年か二年じゃなかったかなぁ。一方では同時期に〝北国便り〟なんていう名作ドラマを制作してもいたが、〝北国便り〟は不朽の名作だし、何度見ても泣かされる。時代をきちっと切り取ってもいるが、脚本家と監督のパワーが局側を捩《ね》じ伏せた結果なんだろう。テレビ東日には絶対に真似が出来ない」

「テレビ東日さんは刑事もの、警察もののドラマで結果を出してるじゃないの。〝北国便り〟路線に固執し続けているのがBSTなんだよ。KY、時代の空気、時代の変化が読めなかったわけよ。極論かも知れないけど。視聴者の好みがお笑い系番組一色みたいになったのも芙蓉テレビのお陰だが、BSTの矜持《きょうじ》がそれを許さなかった。その行き着く先が一強と一弱の逆転で、芙蓉テレビが視聴率競争を制したってことになるんじゃないのか」

荒川が上体を起こして、ワイングラスを握り締めた。

「トップが替らない限りBSTの明日は無いと思うな。まだ三期六年にしかならないが、会長になっても人事権者であり続けようとしている節がある。目指すは民放協の会長だろう。狙いは叙勲だ。不動産事業が収益の柱なんて言われてる。ほんとお恥ずかしい限りだ」

「度合いの問題はあるだろうが、不動産事業に手を出しているのは、どこもかしこも同じでしょう。同じ赤坂村でウチも同じようなことをしているよ」

「ウチは半端じゃない。度合いが問題なんだよ」

「芙蓉テレビのトップが十六、七年も続けていることに違和感は無いの？」

「しょうがないいんじゃないのか。トップを独走してるんだから。BSTも同じだが、芙蓉テレビは系列の新聞社の影響力が皆無だから、気楽なものだろう。矜持だけは一人前以上だが、経営能力はからっきしのウチのトップはひでえもんだよ」

「ちょっと失礼」

藤井がテーブルを離れた。

トイレからテーブルに戻った藤井が話題を変えた。

「これも十六、七年前だったかなぁ。ＢＳＴさんが二〇人もの大量中途採用をしたことがあったよねぇ」

「うん」

「結果はどうだった？」

「結果オーライだ。ほとんどは活字の世界から来た人たちだ。あの時の経営判断は見事だった。かれらのレベルの高さには、びっくりしたなぁ。生え抜きの俺たちにダイナミズムをもたらし、モチベーション・アップにもなったと思う」

「ふうーん。役員や部長になった人もいるよねぇ」

「もちろん。だから、あの頃は〝民放のＮＨＫ〟で通用してた面もあるんだ。帰するところ、今のトップがなってないっていうことになるわけよ。リーダー次第で会社は変るんだろうね」

「視聴率競争でＢＳＴは転落したけど、番組の質の良さでは負けてないと思うし、ドラマで盛り返すかも」

「繰り返すが、テレビは視聴率がすべてだ。バラエティであろうと低俗番組であろうと視聴率が取れれば勝ちだ」

「そうなると、大昔、著名な評論家が喝破《かっぱ》した〝一億総白痴化〟に向けて、日本のテレビ界はひた走っていることにならないか。テレビの負の影響で、日本の民度が低下していることは事実だろう」

「かも知れない。ＩＴとかでテレビ離れが加速する恐れもある。ＢＳだのなんだのチャンネルが多すぎるのも問題だよなぁ。こないだ先輩のＣＰたちと飲んだ時、再編成が必要だって言ってた人がいたなぁ。それこそ極論だけど、一弱のＢＳＴと一強の芙蓉テレビが合併するぐらいのことがあってもいいなんて意見まで飛び出した。ＤＮＡはＢＳＴのほうが強いから、小が大を呑む構図になるとかいう虫の良い話なわけよ」

　藤井が腕組みした思案顔をうつむけた。

「一笑に付すわけにもいかないが、やっぱり夢物語としか言いようがないなぁ。だいいち、ＢＳＴはそこまで落ちぶれてないよねぇ」

「テレビ、新聞の第四権力だけは埒外《らちがい》だと思っててていいんだろうか」

　藤井が腕組みの姿勢を変えずに返した。

「おっしゃるとおりかも知れない。ただし、第四権力の劣化は酷いことになってるよな。いつだったか役員とそんな話をしたが、テレビ、新聞の検証能力が低下しているのは紛れも無い事実だろう。第四権力なんて死語になるかもな。批判精神、野党精神を保持しているのは週刊誌と夕刊紙だけとも言える。いや、地方紙は頑張っているかねぇ」

「活字コンプレックスっていうやつだな」

藤井がワイングラスに手を伸ばしながら相好を崩した。

「その話も、上司との間で出たよ。活字離れによる民度の低下は、ちょっとやそっとのものじゃないでしょう。新聞を読まない若者が増えているらしいが、この国はどうなっちゃうのかねぇ」

「朝のラッシュアワーで広げられないのは分かるが、空いている電車の中でも、新聞を読んでいる人よりも雑誌か本を読んでいるほうが多いんじゃないのか。新聞は会社と家で読んでるだろうけど」

イタリア産の赤ワインが二本目になった。

二人はしばし食事に集中した。

ナイフとフォークを取り皿に置いて、荒川が藤井を見上げた。

「さっき、給与体系の見直しとか言ってたが、全日本テレビがアプローチを始めたっていうのは事実なのか」

「テレビ界のドンみたいな人が危機感を持ってるっていうことだから、間違い無いと思うけど」

「そうだとすれば、いくらバカ社長でも考えてるかもなぁ。とりあえず前言を撤回し、BSTがどうなってるか調べてみるよ。従業員組合の幹部に訊けば分かるだろう」

「組合へ行くまでに、トップの決断なり、ボードがどう判断するかなどの諸々の手続き論のほうが先だろう。テレビ東日も、まだ経営企画局でテーマとして与えられたに過ぎない」

「だったら、経営戦略部の同期の奴に訊いてみるよ。テレビ東日を特定していいのか」

「ご勘弁願います。全日本テレビを出すのは問題ないと思うけど」

「分かった。契約社員の安月給には、俺もおかしいと思ってたし、制作会社いじめもいかがかと思う。ゴルフにうつつを抜かして、たいして働いてもいないのに部長クラスで二千万円も取ってるなんて許せんよ。テレビ業界のドンの判断が事実だとしたら、その人を見直してもいいよなぁ。老害だとばかり思ってたんだが」

「老害よばわりされるほどの権力者だからこそ出来るっていうことだろう」

「なるほど。鶴の一声っていうわけだな。多分、ウチのトップに危機感は無いと思う。あるのは強権だけだろうな」

「強権ねぇ。国家権力のことだと思うが、規制に保護されてる権力には違いないから、まあ、いいか」

　時計を見ながら、荒川が言い返した。

「強権を圧制と言い直すか。ひどいもんだぞ。批判は一切許さない。聞こえたら即地方か子会社に飛ばされるんじゃないか。サラリーマン社長のくせに、とんでもない食わせ物であることは間違い無い」

「どこのトップも似たようなものだろう。問題は結果を出しているかどうかで、このことはテレビ業界に限らないでしょう」

「長期政権であり過ぎる点ではテレビは突出してるよ」

　藤井は、ゴルフ焼けした瀬島副社長の顔を目に浮かべて背筋がぞくっとなった。

　瀬島がテレビ東日で天下を取れば、そうなることは必然だ。常務取締役に昇格し、経営企画局長に就いた山崎は、瀬島の次期社長を確信し、細大漏らさず案件を報告している。

　代表権を持った木戸専務はまだ鳴かず飛ばずで、〝七対三〞の力関係も怪しい。

　だが、トップ層の新人事が決まって、ひと月にもならないことに思いを致せば、大逆転のチャンスはある――。

2

藤井と荒川が赤坂のイタリアン・レストラン〝マガーリ〟から近くの安バーに移動したのは午後九時四〇分頃だ。

「もう一軒、三〇分つきあってくれよ。徒歩五分ほどの所だ」

藤井は「いいよ。久方ぶりに会えたんだ。もう少し話したいしねぇ」と快く応じた。

二人は歩きながら肩を寄せ合って話し続けた。

「BSTさんのお偉方も仕事始めに日枝神社に参拝するのかなぁ」

「もちろん。俺は行ったこと無いけど。おまえはどうなの」

「今年初めて行かされました。年中行事の一つで上のほうがぞろぞろ初詣でに出かけているなんて知らなかった」

「おまえもその中に入ったのか」

「違う。二人だけです」

「おっ！　もしかしてフィアンセと一緒か。やっとその気になったんだな」

「そんなんじゃない。担当役員のお伴《とも》をしただけのことだって」

「日枝神社で結婚を祈願したわけではないのか」

「そんなつもりはさらさらない。変に気を回さないでもらいたいねぇ」

「去年皆んなで集まった時も、藤井の独身が話題になったよなぁ」

「きみがひやかして、皆んなが囃したただけのことだろう」

「恋人がいるようなことを言ってたよなぁ」

「ええ」

「今でも続いてるのか」

「まあな」

「だったら結婚すればいいじゃないの」

「それはない。仕事を何よりも優先する女性なんだ」

「だったら、そんな女は振って別のを見つけろよ」

「その手はあるかもな。腐れ縁が一〇年以上も続くと鼻についてくるしな」

「別の女性が現れたんだな」

「ご想像に任せるよ」

「っていうことは、そういうことか」

こいつついい勘してるなと思いながらも、藤井は言い直した。

「言い方がまずかった。ご放念ください」

本音を言えば堤杏子に気持ちが傾いていた。だんだん松田美智子が疎ましくなり、鬱陶しくなっていた。

先週の日曜日によそよそしい態度を示した時、「あなたを束縛するつもりは無いからね」と言い放たれ、藤井はいっそう距離を感じた。反比例して杏子への想いが倍加して行く。

瀬島をプロパー・トップから引き摺り降ろすことに夢中な杏子との連帯感が深まるのは、当然の帰結とも言えた。杏子との関係をオープンにすることはあり得ないが、美智子とは終りが近づいていることを藤井は今夜初めて意識したような気がした。

杏子とわりない仲になってから、藤井のほうから美智子をデートに誘ったことは一度も無かった。

「やっぱりおまえ変だぞ。俺だってガキがいなければ離婚したいと思うことはしょっちゅうある。藤井の野郎うまくやってやがるってやっかむ気持ちが無いと言えば嘘になるが、結婚して分身を作るのは男の本能でもあるから、年貢の納め時なんじゃないのか」

「悪事を働いているつもりはない。年貢を納める必要なんて無いでしょう」

「独身貴族を気取るのはやめたらどうかっていうことだよ」

「お心遣いには感謝します」

「話を逸らすな。ほんとの所はどうなんだ」

「片想いっていうのもあるから、まだなんとも言えないな」

藤井は、はぐらかすしか術が無かった。

「思わせぶりなこと言いやがって。うちの奥さんが藤井みたいな好漢を独りにしておくのは勿体無いとか言ってたなぁ。昨夜の話だが、うちの奥さんの親戚にすこぶる付きの良い女がいる。三十か三十一だったかなぁ」

「『うちの奥さん』ねぇ。荒川令夫人のご厚意はありがたく思いますが、とにかくご勘弁願います」

藤井は二人の女性を目に浮かべていた。一人は広報局の矢野恵理だが、杏子の笑顔ですぐに消えた。

バーのカウンターで、藤井と荒川はハイボールを飲みながら話を続けた。

荒川がボトル・キープしている〝山崎〟は半分以上残っていた。

「民放テレビの高給ぶりもさることながらＮＨＫはどうなってるのかしら」

「公務員並みと思っていたが、四十歳を過ぎると急カーブで上昇し、ウチといい勝負になるって聞いたことがあるな。俺たちクラスになるとテレビ東日さんやＢＳＴは目じゃないっていうことになるんじゃないのか。むろんキャリア組の話だけど」

「職員は一万人なんてもんじゃないでしょう」

「ウチの十倍以上だろうな。報道などの現場より管理部門のほうが多いかも。余ってる人、ぶらぶらしてる人たちのほうが多いんじゃないのか。コスト意識の希薄な官僚機構で、キャリア組のエリートたちの増長ぶりは相当なものだろう。全国に張りめぐらされたローカル局のトップは地方の名士でもあるしな」

「ＮＨＫのパワーは、民放のキー局が束になっても敵わないんじゃないか。大型ドラマにかけるカネはとんでもない額だしな。予算はあって無きに等しいかもなぁ」

ナッツを二粒口へ放り込んで、くちゃくちゃ食べながら荒川が続けた。

「ふと思い出したんだが、郵政省が地上デジタル放送の二〇〇〇年中の開始を制度化したのは九七年三月だと記憶している。ＮＨＫは九八年一一月に地デジ放送の実験を開始した。地デジ化は、テレビ東日の〝ニュースショー〟憎し、潰しが動機づけだとする説があるが」

「久保信さんが政官財のトライアングルに勇猛果敢に立ち向かい、公共放送のＮＨＫがニュースで遅れを取ったことは歴史が証明する事実だし、政府も放置できないという気持ちにさせたかも知れないが、そこまでは考え過ぎだろう。地デジ化は民放テレビもクリアすることは間違いない。むしろ、家電業界にエールを送りたかったんじゃないのかなぁ」

荒川がグラスを振って、カタカタ鳴らした。

そしてにやにやしながら続けた。

「俺は時のＮＨＫ会長と政府がつるんで地デジ化を急いだような気がしてならない。極めつけは、大泉政権時代に政治の〝劇場化〟が急進展したことだ。政治家という政治家がわれもわれもとテレビに出たがり、それを許容してしまった。〝ニュースショー〟のパワーは雲散霧消してしまうわけだよ」

「ＮＨＫが巨大な権力機構であることは認めよう。地デジ化が決まった時の会長がふざけたいい加減な奴だったことも認める。ＮＨＫが〝ニュースショー〟に歯ぎしりして悔しがったことも事実でしょう。だが、地デジ化は先進諸国の流れでもあった。その説は違うんじゃないかなぁ。ＮＨＫの在り方が問われていることは確かなんだろうが」

「コネでＮＨＫに入ったのも、結構いるみたいだな。そのほとんどは政治家のコネなんじゃないか」

「どうなのかねぇ。ただ、職員のレベルはテレビ東日の比じゃないと思うよ」

「アメリカみたいに全部民放なら、問題はないんだよなぁ」

「それを言ったら、おしまいだ。ＮＨＫを民営化したら、ＮＨＫの独り勝ちだ。スポンサーをあらかた取られちゃうでしょう」

「そうだったなぁ」

荒川はバツが悪そうに顔をゆがめて、手づかみしたナッツを口へ押し込んだ。グラスを口へ運びかけた藤井の手が止まった。

「NHKが許せないのは、アンダー・ザ・テーブルで企業と繋がっているプロデューサーの存在だろう。たとえば〝フロントラインズ〟のプロデューサーが同じ企業を番組で何度も採り上げ、ビューティフル・ストーリーを創り出す。創業者を二度も三度も出していたが、幾ら貰ったんだって訊きたいくらい見え見えだよなぁ。番組が打ち切られるのは当然だろう」

「件のプロデューサーは事実上クビにされたんじゃなかったか」

「それも当然だろう。悪徳プロデューサーは一人や二人じゃないと思うな」

荒川がにやにやしながら、右手を藤井の肩に置いた。

「〝ダーティなんとか〟は、そんな程度じゃないだろうな」

「そんな証拠は何も無い」

おっしゃるとおりと言いたいところだが、そうはいかない。藤井はしれっと返して続けた。

「〝伊藤事件〟の巻き添えを食っただけのことでしょう。脇の甘さは認めざるを得ないけど」

「脇の甘いのはＢＳＴにもいると思うが、テレビ東日さんの十分の一かねぇ」

「圧制トップの罪の深さはどうなるんだ」

「残念ながら庇い立てする気はないよ。でも、新聞社の縛りが無いのはＢＳＴのメリットだろうな」

「さあどうかな。縛りはデメリットよりメリットのほうが大きいかも知れないじゃない」

「ふうーん。ＢＳＴに限っていえば、そうかも知れない。余計なことを言うんじゃなかったよ」

頭髪を茶色に染めた中年のバーテンダーが二杯目のハイボールをこしらえてくれた。マスターでもあるらしい。ホステスは二人。一人はママだろう。

カウンターの客は二人だけで、ボックスシートも四人連れの一組しかいなかった。

「ＮＨＫの話に戻すが、制作会社いじめは民放と一緒ですかねぇ」

「藤井はどう思ってるんだ」

「コスト意識は低い筈だから、それこそ民放の十分の一ですか」

「ＮＨＫが第四権力かどうかについてはどう考えるんだ」

「官僚機構の最たるものと考えれば、第四権力としてカウントできないんじゃないのか。政治と密接に結びついてもいる」

「ジャーナリズムではあるよなぁ」

「解説委員や報道記者はジャーナリスト中のジャーナリストだとうぬぼれているに相違ないし、世論をリードできる立場でもある。だとすれば第四権力なのかねぇ。もてる放送網からすれば、影響力は断トツでしょう。ただし、第四権力に求められる野党精神はゼロに近い。鵺《ぬえ》的存在で、やっぱり第四権力とは言いかねるよねぇ」

「そもそも第四権力の存在そのものが不可思議、曖昧模糊《あいまいもこ》としてるんじゃないのか」

「スポンサーを第一義的に考える民放テレビ局が第四権力かどうかも怪しいと言えば怪しいよなぁ。だからこそ〝ニュースショー〟は凄かったんでしょう。口が酸っぱくなるほど言っててますが」

　ハイボールをぐっとやって、荒川が返した。

「視聴率に振り回されていることでもあるしなぁ。テレビマンは、あの数字を誰も疑ってないのかねぇ。関東地区でモニター数はたったの六〇〇世帯だったよなぁ」

「ほぼ正確としか言いようがないでしょう。スポンサーがそう受け止めている。しかも半世紀以上も昔からそうなんだ。視聴率がまやかしだったらえらいことになる」

「そうだよなぁ。一パーセントで視聴者ほぼ五〇万人だったっけ」

「視聴率で思い出したが、高校時代の友達が大手企業の宣伝部長をしてる。テレビはエンターテイメント産業で、第四権力なんかじゃないとか言われたことがある。スポット広告のＣＭ料が一秒当たり平均五万五千円から六万五千円だったと思う。ただし例外は山ほどある。出稿量でトップのセントラル自動車のＣＭ料が最も安いそうだ。アジゲンなどトップ10《テン》に入る企業のＣＭ料も相当割安らしい。電光などの広告会社が仕切ってるんだろうが、新興産業ほどＣＭ料が高くつくのは当然だろう。ＩＴなどはＣＭ料をふんだくられる口らしい。こすっからくてすばしっこいサンソフトは宣伝部長を電光からスカウトして、うまく立ち回ってるらしいが、テレビＣＭの効果は絶大だとも言っていた」

「第四権力もへったくれも無いっていう話になってきたなぁ」

「そうかもねぇ。ニュース番組でさえ一分ごとに視聴率を示すグラフが翌日のミーティングで開示される。もちろんパソコンの端末でも分かるが、ＣＭタイムも含めた分析結果がプリントアウトされて、部長やプロデューサーに『視聴率の取れないニュースは流すな』なんてどやされるわけだ。分析結果がスポンサーに開示されるのも当然なんでしょう」

藤井がグラスを呷った。

「視聴率に一喜一憂するのはテレビマンの宿命と諦めるしかないか」

「テレビ東日の番組制作現場は予算のカットで大変なことになってます。だからこそ、今ごろになって給与体系の見直しなんて言い出すわけなの。現場が制作会社いじめに走らなければいいんだが」

「テレビ東日さんがそうだとしたら、ＢＳＴはもっと大変なんだ。くどいようだが、トップの危機感の欠如は救い難い。愚痴を繰り返したってしょうがないが、トップが年俸を半分にすると嘘でも言えば、ＢＳＴは〝民放のＮＨＫ〟として生き残れるかもな」

「大商社の社長で、赤字に転落した時三ヵ月の給与カットなのに一年だと偽って堂々と有力月刊誌に書いた人がいるが、商社マンのずる賢さを示して余りあるとしても、社内に危機感、緊張感を根づかせた効果は大きかったと思うよ。事実、その大商社は生き返った」

「なるほど」

「市場原理主義者がはびこって規制緩和のやり過ぎと、派遣社員を増やし過ぎたこと、日銀がデフレ不況対策を講じなかったことなどが負の相乗効果をもたらして今のリセッションがあるんだろう。だけど規制に手厚く保護されているテレビ界は比較的優位にあることは確かだ。悲観的になるには及ばない。今夜は色々教えてくれてありがとう。ここも割り勘にさせてもらおうか」

「こんな安バーで冗談よせよ」

二人が握手して別れたのは、午後一一時二〇分だった。

3

藤井が堤杏子と五回目のデートをしたのは七月一二日土曜日の夕刻だ。

午前一〇時過ぎに携帯に電話をかけてきたのは杏子のほうだった。

「五時頃来られないかしら。手料理でおもてなしするわ」

「はい。喜んで」

電話でいろんな話をしたが、これが結論だった。

シャワーを浴びながら、そしてベッドでも睦み合ったのは三〇分ほどだろうか。

下ごしらえが出来ていたので、料理の出し方はスピード感があった。たちまちテーブルが一杯になった。

白ワインで乾杯した。藤井は半袖の白いスポーツシャツにジーンズ。杏子は水色のノースリーブのシャツに紺地の花柄のスカートだ。

「中華料理にワインが合うのよ」

「そう思います。ワインも料理も素晴らしいです」

白ワインを飲みながら杏子が訊いた。

「朝食と昼食はどうしたの」

「一〇時半にブランチを食べました。パン、ミルク、チーズ、ヨーグルトの手軽な物ですけど」

「独りで?」

「ちょっと疎遠になっています。終った可能性もあるんじゃないですか」

「わたしの所為《せい》なの?」

「そんな感じは否定できません。『束縛するつもりは無い』なんて言われました」

「罪つくりしちゃったんだ」

「違うと思います。男女の仲で心変りは世の常でしょう。あっちに新しいのが現れて、僕が振られたのかも知れません。人と人の出会いの不可思議さと割り切るしかないと思います」

「わたしにとっては都合の良すぎることだけど、胸が痛むわねぇ」

「都合が良いのはお互いさまです」

「あなたの恋人の名前を聞いてなくて、よかった。あなたとのプライベートな関係は二人限りですからね。話し相手が誰であれ、二人の口から出た瞬間拡散すると考えるべきだと思う」

「よーく分かります。終ったとおぼしき女性は、何かを感じたんだと思います。プライドの高い人なので、二度と僕の前に現れないような気がします」

「プライベートの時は杏子さんと呼んでもらおうかなぁ」

「そうさせてもらいます」

「嬉しいなぁ」

美しい顔が一挙にほころんだ。

「乾杯しましょう」

杏子が二つのグラスに白ワインを注いだ。

金属音がするほど、グラスのぶつけ方が強かった。

二人ともビールでも飲むように、ごくごくと喉を鳴らした。

「わたしもプライドの高さでは人後に落ちないつもりよ……」

「よく存じています」

「最後まで聞いて。ですから、いつあなたに捨てられても平然を装うから、心配しないでね」

「そんなの変ですよ。恋路が始まったばかりじゃないですか」

「そうねぇ。不粋だったかな」

杏子は笑顔で肩をすくめた。

白ワインのボトルがあっという間に空になり、杏子はキッチンの小さなワインセラーから赤ワインのボトルを取り出してきたが、立ったまま思案顔でボトルをテーブルに置いた。

「順序が逆になったけれど、シャンパンを飲もうか。はしゃぎ過ぎかも知れないけど、そんな気分なんだなぁ」

「賛成！　順序なんてどうだっていいですよ。シャンパンいいですねぇ」

「あなたの底無しは相当なものだから。それにお泊まりもいいのかなぁ」

藤井は黙って小さくこっくりした。

シャンパンをあけたのは藤井だった。キルクが宙に飛んだが、グラスに注ぐのも速かった。

「お見事！」

杏子が声をたてて笑いだし、おしぼりで目尻を拭いた。

「どうしてそんなにおかしいんですか」

「思い出しちゃったの。著名な作家先生のお宅にお呼ばれした時、編集者の一人が『わたしがやります』と言って、シャンパンの栓を抜いたのはいいのだけど、どっとあふれた泡にびっくりして、思わずボトルを咥えちゃったの。『それを飲まなければいかんのかね』と大先生に言われてねぇ。べそをかいたような顔まで忘れられない。『わたくしはいただきます』って助け舟を出してあげて、結局みんな大笑いしながらシャンパンを飲んだんだけど、その編集者についたニックネームが〝ラッパの田中〟

だったの。文壇は狭い世界だから、結構伝わってるんじゃないかしら」

「シャンパンの栓を右手の親指一本で宙に飛ばした人の話は聞いたことがありますけど、〝ラッパ〟のほうが断然面白いですね。笑える話ですよ」

藤井も腸がよじれるほど笑いころげた。光景が目に浮かぶ。


ビール並みの飲み方だったので、赤ワインになるのは早かった。

藤井が三日前にＢＳＴの荒川に会った時の話をかいつまんで杏子に明かした。「ふうーん」「なるほどねぇ」と相槌を打ちながら聞いていた杏子が頬杖をやめた。

「〝民放のＮＨＫ〟がお高く止まっていたのは大昔で、今は揶揄《やゆ》的な感じのほうが強いと思う。それと、ＮＨＫは第四権力なんじゃないかなぁ。だって、公共放送局で受信料を徴収しているといっても、司法、行政、立法の三権とはまったく別の存在、立場でしょう。第四権力に入れざるを得ないと思うな。ただ、第四権力なんていうボキャブラリーがあるのかどうか疑問符が付くわね。マスメディアの俗称なんでしょうけど、パワーが減少していることでもあるし、確かに死語になるのかなぁ」

「テレビはエンターテイメント産業とする割り切り方はどうですか」

「スポンサーにそんなふうに思われるのは仕方が無い面はあるんだろうけど、抵抗を覚えるわねぇ。スポンサーサービスが旺盛な広告会社の電光に知恵をつけられたのかもね。スポンサーへの情報開示は相当なものらしくて、ライバル企業のトップシークレットまで筒抜けだなんて聞いた覚えがあるわ」

「電光の情報力はすごいと思います」

「電光で思い出したんだけど、BSTと芙蓉の合併はDNAが違い過ぎてあり得ないと思う。電光が仲立ちして、芙蓉と全日本が急接近し、統合の可能性をさぐってるとか聞いたことがあるなぁ」

「二強が統合したら、それこそ〝民放のNHK〟になれますし、対抗できる勢力になれるかも知れませんよ」

「芙蓉とBSTよりは可能性が多少高いというだけのことで、これまた確率は限り無くゼロに近いんじゃないかしら」

「ただ、芙蓉テレビも全日本テレビもトップのリーダーシップぶりは強力ですよねぇ。限り無くゼロに近いとは思えませんよ。一、二割の可能性はあるんじゃないですか」

「でも、一、二割なら話のタネにはなるっていう程度のことでしょう。それより、給与体系の見直しや、制作会社いじめに歯止めをかけることに本気で取り組むのは大賛成だし、もっと早くそうすべきだったと思うわ。あなたなら、説得力のあるリポートをまとめられるでしょう。期待してる」

藤井が遠慮なく手酌で赤ワインを飲み、話題を変えた。

「木戸専務はお元気なんですか」

「やっとヤル気になってきたような気がする」

「接触してるんですか」

「ええ。これも二人限りのプライベートな話だけど、京都のお婆ちゃまにお会いしたことは木戸さんに話しました」

「ニューオータニの〝ほり川〟でステーキをご馳走になった時にお尋ねしたら、ノーコメントでしたねぇ。その前後関係はどうなんですか」

「前にも後にも意見交換はしてます。お婆ちゃまが小田島社長、まだ顧問でしたけど、に電話をかけてくださった直後に、木戸さんと話し合ったわ。『寝耳に水もいいところだ』とおっしゃってた。『わたくしの努力をムダにしないでください』って念を押したら、なんとも言えない顔をしていたけど、結果が出た後の話は『苦渋の決断』だった。悩んだとは思うけど、ヤルっきゃないでしょう。『専務の出番です』と何度言ったか分からない」

「杏子さんへの瀬島副社長のリアクションはあったんでしょうか」

「わたしの行動なんて夢にも思ってないからある筈ないでしょう。東日新聞側にもキャッチされてないでしょうね」

藤井はがぶっとワインを飲んで、グラスをテーブルに戻した。そして大きな深呼吸を一つして、背筋を伸ばした。

「掌が汗ばんできました。スリリングな話ですねぇ」

「わたしは、瀬島さんがトップになったら、テレビ東日の明日は無いと思い詰めてるの」

「しかしながら、現実はまだ七対三でしょうか。いや、それ以下ですよ。木戸専務に瀬島副社長を押しのけようとする覚悟は無いと思うからです。鳴かず飛ばずと言いたいくらいですよ」

杏子は目を瞑って、腕組みした。その姿勢で言い返した。

「まだファイティング・ポーズは取ってないけど、ヤル気になってきた感じはあると思う。これも繰り返すけど、ヤルっきゃないんじゃないかしら」

「山崎常務は機を見るに敏な人ですが、瀬島一辺倒ですよ」

杏子がグラスに手を伸ばした。

「あの人は〝瀬島命〟みたいな人だからしょうがないでしょう。常務会の雰囲気が変ってきたって聞いてるけど。風見鶏を決め込んでる常務が多いんじゃないかなぁ。なぜなら小田島社長が木戸専務を評価してることは確かだもの」

「そう言い切れますかねぇ」

「〝ダーティ〟に後事を託すとしたら、気が知れないって言われても抗弁できないと思うけど。あなたたちミドルクラスはどう考えてるの」

「飲み会で、面白いことになってきたなんて言ったのがいますが、副社長と専務が同格であるとは思えないというのが常識的な見方で、編成制作、報道などの現場を掌握している人のパワーはあなどれません。しかも、経営企画局まで担当してるんですよ」

「木戸専務のパワーも相当なものだと思う。要はヤル気になるかどうかでしょう」

「木戸専務は、お家騒動は絶対に回避するっていう考えの持ち主ですよねぇ」

「瀬島さんを逆ギレさせないで、黙らせる手はあるんじゃないのかなぁ」

杏子が小さな欠伸を洩らした。

「ここ片づけちゃいましょう」

「眠り姫を大事にしてくれるんだ。優しいのねぇ」

藤井は素早くテーブルの上を片づけた。洗い物は二人がかりなので、あっという間に終った。

第六章　中期経営改革

1

藤井靖夫が『テレビ東日の中期経営改革に関する一考察』のタイトルでA4判二〇ページに及ぶリポートの第一稿をまとめたのは、二〇〇八年（平成二〇）一〇月中旬のことだ。

藤井は堤杏子と辻本浩一に全文をメールし、「まだ叩き台の段階です。至らない点は多々あるかと思われますので、遠慮なくご指摘下さい」旨のチェックを求めた。

杏子からは「ご労作の大論文拝読し、深い感動を覚えました。拝眉の機会を与えていただき、感想を申し述べたいと存じます」と返事がきた。

辻本は電話をかけてきた。

「読ませてもらった。出来映えは見事だが、二、三意見がある。きょうの昼食時間にでも会わないか」

「いいよ。場所と時間をどうぞ」

「〝はらぺこ〟で一時にどうかな」

「了解。じゃあ、その時に」

一時だと〝はらぺこ〟は空いている。

一〇月一六日、地下一階のダイニングルームでランチを食べながら、二人は話した。

「ケチのつけようが無いと言いたいところだが、親友の立場ではそうも参らない。『〝伊藤事件〟の再調査と検証の必要性』は削除したほうが無難だな」

「二、三意見があると電話で言われた時、一つはこれだなと思った。だが、うやむやにしてて、いいと思うか。社員の大半は、〝伊藤事件〟の解明を求めているんじゃないのか。フラストレーションを払拭し、モチベーションを上げるためにも避けて通れない道だと思うが」

「気持ちは分かるが、リスキィであり過ぎる。藤井がボードに歯向かう札付き社員のレッテルを貼られることは見るに忍びんよ。会社が蓋をした〝伊藤事件〟をほじくり返すのは止めたほうがいいな」

「はい分かったとは言い難いが、再考してみるよ」

「この場でドロップすると決めてもらいたいな。藤井が泥をかぶるいわれは無い」

「辻本の意見だか忠告だかは承った。考えておく」

「考えるまでもないと思うけど」

「ほかには？」

「大手都銀の友達と話したんだが、アメリカの投資銀行が世界中に撒き散らしたサブプライムローン、低所得者向け住宅中心のローンによる金融危機の影響は日本では比較的軽微と見られていた。ところがそうでも無いらしいんだ。この点も藤井論文でも触れておいたほうがいいんじゃないのか。友達の銀行員は、アメリカの現況の詳細をメールしてくれると言っていたので一両日中におまえにも転送できると思う。論文に入れる入れないは、おまえの判断にまかせるよ」

藤井がオムレツをスープと一緒に飲み込んで、低頭した。

「ありがたいなぁ。サブプライムローンの帰趨《きすう》は気になっていた。日本が無傷であるとは思えないもの」

「広告の激減は避けられないんじゃねぇか。赤字転落だって、あり得るかもな。夢にも思ってなかったことが現実味を帯びてきた。給与体系の見直しは当然だと思うし、その際、上に厳しく下に優しくも、藤井らしくて良いと思うよ」

辻本がコロッケ定食をがつがつ食べながら藤井を見上げた。そして箸を置いて、緑茶を飲んだ。

「リポートは、藤井が自主的というか、勝手にまとめたものなのか」

「まさか。山崎常務を含めた会議で、僕に作成するよう仕向けて、応じることにした。常務会でオーソライズされるかどうかは、山崎常務の判断いかんだろう」

「念を押しておくが、おまえが〝伊藤事件〟に固執すると、握り潰されることを覚悟するんだな。そんな勿体無いことをするんじゃないぞ」

「カットしろって命じられるかも知れないが、その有無で握り潰されたりはしないと思うけど」

「甘いな。火中の栗を拾うような真似をするなって。瀬島―山崎ラインが〝伊藤事件〟に関与していた可能性は極めて高い。それが分かったから、忠告してるんだ」

「取材したのか。だとしたら、きみこそほじくり返していることにならないか」

「警察は、伊藤元チーフ・プロデューサーから事情聴取している。それを耳にしたまでだ。ウチの警視庁詰めの記者で知らない者は一人もいねぇんじゃないのか」

「なるほど。そういうことなのか」

「そう。そういうことだ。分かったな」

「ふうーん」

藤井がどっちつかずにうなずいたのは、だとしたら、なおさら削除すべきではないと考えぬでもなかったからだ。

2

翌日の夜九時過ぎに藤井は堤杏子のマンションを訪ねた。残業で、食事を済ませていたので、藤井はハイボールを所望した。

藤井が辻本と話したことを明かすと、杏子は「持つべきは友達ね。さすが辻本君は立派よ。あなたのためを思って、そこまで言ってくれたのねぇ」と大いに感心して見せた。

「カットするかどうか迷ってます。伊藤証言で、瀬島―山崎ラインの関与が判明したとしたら、この事実を白日のもとに晒さない手は無いと思いますけど」

「だからこそリスクが大きいのよ。小田島社長がどうなのかは分からないけど、渡邉取相も先刻承知だと思う。だとしたら、渡邉取相から小田島社長にも伝わっていると考えるべきでしょう。それでもなおかつ、表沙汰にしたくない理由があるんじゃないかなぁ。いつだったか、あなたは上層部、ボードは全員グルだとか話したことがあったけど、一大不祥事をオープンにすることのリスクを回避したと理解するしかないと思うわ」

「〝伊藤事件〟の項については削除すべきっていう意見ですね」

「おっしゃるとおりよ。辻本君とわたしの意見が一致したことを重く受け止めて欲しいわ。お願いよ」

杏子は憂い顔で拝むようなポーズを取った。

「意地を張らないで、二人の意見を容《い》れなさい」

藤井は起立して背広を脱ぎ、それをソファに放り投げ、ついでに外したネクタイも丸めて投げつけた。そして、どすんと椅子に腰をおろして、グラスを呷った。

「すごい荒れよう。ご不満なのね」

「ええ。でも、二人に攻められたら降参ですよ」

「よかったぁ」

杏子はクロスさせた両手で胸を押えた。

藤井が手酌のハイボールをぐっとやってから、杏子を見据えた。

「しかし、降参する前に確認してもらいたいことがあります」

「確認？　なにを確認するの」

「木戸専務の意見です。木戸専務も含めてグルだと話した覚えがありますが、気持ちを切り換えた、ヤル気になったという話もありましたよねぇ。代表権を持つことを承諾した時ですから、こっちのほうが後の話だと思いますが」

「そのとおりだけど、わたしは確認するまでもないと思う。筋の違う話でしょう」

「いや。そう言い切れますかねぇ。ヤル気が強くなれば気持ちも変るんじゃないですか。東日新聞社の断トツの筆頭株主が木戸専務を支持してるんですから、確認する意味はあると思います。案外、木戸専務はゴーかも知れませんよ。いや、ファイティング・ポーズを示すまたと無いチャンスとも言えるんじゃないですか」

杏子がハイボールを飲んで、グラスをテーブルに戻し、思案顔で天井を仰いだ。そして数秒後に天井から戻した顔を藤井に向けた。

「リポートはいつ提出するの？」

「二〇日の月曜日です」

「そうなると、きょうしか時間が無いわね」

二人が同時に時計に目を落とした。午後九時四五分。

「一〇時前なら失礼にならないわよねぇ」

「そう思います。木戸専務に電話をかけてもらえるんですね」

「そう考えたんだけど、あなたもそう思ったのね」

「はい」

「ご自宅に電話かけてみようか」

杏子が棚のコードドレスの受話器とアドレス帳を持ってテーブルの前に座り直し、深呼吸を一つした。

「緊張するなぁ。その前にトイレに行ってくる」

トイレで水を流す音がかすかに聞こえたが、杏子はすぐには戻らなかった。

「鏡の中の自分と向き合って、気持ちを引き締めてきたの」

杏子は藤井に笑いかけてから、アドレス帳を見ながらボタンを押した。

「もしもし。広報の堤と申しますが、奥さまでいらっしゃいますか」

「はい。木戸の家内ですが」

「夜分恐縮ですが、木戸専務はご在宅でしょうか」

「はい。帰ってますよ。少々お待ちください」

「もしもし」

木戸の声に替った。

「遅い時間に申し訳ございません」

「どうした？　なにかあったのかね」

「例の藤井君が『テレビ東日の中期経営改革に関する一考察』なるリポートをまとめたのですが、一点気になることがありましたので、専務のご意見を承《うけたまわ》りたいと思ったのです。リポートの中に、『〝伊藤事件〟の再調査と検証の必要性』という項目があったのですが、わたくしは削除したほうがよろしいのではないかと考えました」

読んだのかね」

「ふうーん。〝伊藤事件〟がまだもやもやしているのは事実だが、きみはリポートを
「はい。メールがありましたので」

「悩むところだな。わたしが意見を言うのは今夜じゃなければいけないのかね」

「申し訳ありませんが、リポートの提出が来週の月曜日だと聞いたものですから」

「それにしてもまだ時間はあるじゃないか。ひと晩くらい考えさせてもらいたいなぁ。あしたはゴルフなんだ。四時か五時には帰宅するので、もう一度電話をかけてくれるか。五時なら確実に自宅にいるが、なんなら携帯でも構わんが」

「それではあすの午後五時過ぎに、ご自宅に電話させていただきます」

「藤井のリポートは楽しみではあるな。かれなりにいろいろ勉強したんだろう」

「その一点以外は間然する所がありません」

「そうか。きみが見所があると推しただけのことはあったわけだな」

「はい」

「じゃあ、あした電話を待ってるよ」

「承知しました。夜分失礼いたしました。おやすみなさいませ」

「おやすみ」

電話を切って、杏子は最前よりもっと大きな深呼吸をしてから、グラスを口へ運ん

だ。

「お聞きのとおりよ」

「あしたの五時過ぎにもう一度木戸専務に電話をかけることは分かりましたけど。それと削除すべしに与しなかったことも。どうやら僕に分がありそうですね」

「あなたのリポートが楽しみだともおっしゃってたわ。ひと晩考えたいって。わたしの予想と違ってたことは確かだけど、気を持たせただけのことかも知れない」

「それでしたら、今の電話で話したと思います。きっとヤル気が出てきたんですよ。テレビ東日の将来を考えたら、木戸専務が出番だと考えないほうがおかしいんです」

「あなたの目、きらきら輝いてる。でも期待外れに終ることも頭の隅に入れておいて。わたしは、辻本君の意見が間違ってるとは思わないわ。まっとうと思うべきなんじゃないかなぁ」

藤井がハイボールをごくごくっと飲んだ。

「いずれにしても、あしたの夕方には木戸専務の意見が分かるんです。本件は専務次第っていうことでよろしいじゃないですか。僕は削除しないで一石を投じたいと願っています」

杏子が吐息まじりに返した。

「木戸専務はもやもやしているとも言ってたけど、もやもやを一掃することは難しいと思う。プロパーの誰が社長になっても、引き摺る問題なんじゃないかしら」

「もやもやを一掃しなければ、テレビ東日の明日は無いと考えるべきなんですよ。引き摺る問題にしてはいけないんです」

「もやもやを晴らすっていうことは、覚悟が要るのよ。Sさんが逆ギレする姿が目に見えるようだわ」

「逆ギレしようがしまいが、お引き取り願えばよろしいんです。不動産事業部門を切り離して、責任者にするのはどうですか。あの風貌は不動産会社の社長がぴったりじゃないですか」

「あなた、はしゃぎ過ぎよ。木戸専務に電話するんじゃなかった」

「変だなぁ。なんでそんな風に、うしろ向きになるんですか。杏子さんだって、木戸専務をヤル気にさせることに夢を懸けてたんじゃないんですか」

「おっしゃるとおりよ。だけど、〝伊藤事件〟を蒸し返さなくてもそれは可能だと思う。木戸専務にとっても、得にならない。そのことに気づいてくださるとは思うけど」

藤井がグラスを呷った。

「意味不明です。どうかしてるんじゃないですか」

「今夜はこのまま帰って。とてもそんな気になれないわ」

「いいですよ。僕も同様です」

「辻本さんと、もう一度話してご覧なさいよ」

「仰せに従います。あした、辻本と話してみます。木戸専務の返事の確認はさせてもらえるんですか」

「あしたの夕方電話して」

二人とも仏頂面で、言葉遣いとは裏腹にほとんど喧嘩腰だった。

3

中野の自宅マンションに帰宅した藤井はあすまで待てず、辻本の携帯電話を呼び出した。時刻は午後一一時二〇分。

「いま、大丈夫ですか」

「いいよ。珍しく家で夕飯を食べ終った所だ」

「リポートの件なんだが、〝伊藤事件〟はやっぱり除外すべきという意見なのか」

「まだ迷ってるのか。ドロップしろ。悪いことは言わない。リポート自体の価値が半減するぞ。それどころか、瀬島―山崎は必ず報復するだろうな。得るものは何一つ無いことが、どうして分からないんだ。呆れてものが言えんよ」

「もやもやした空気を晴らすことが、なんでいけないのかねぇ」

「昼食の時にも言ったが、刑事事件にしないで蓋をした会社の判断は瀬島、山崎に累が及ぶことを回避したほうがトータルで深手を負わないと考えたからだろう」

「そんな風には聞いてなかったと思うが」

「二人が関与、連座していたことを当時の渡邉社長は把握してた筈だ。東日新聞OBのバカ役員どもが沈黙しているのも、カウントしたらいいな。ほじくり返して騒動にする意味は無いし、仮に木戸専務におまえのリポートを読ませても、俺の判断と同じだろう」

「なんなら、木戸専務の意見も聞いてみるか。知らない仲でも無いのだから、フライングにはならんだろう」

「やめたほうがいいな。時間のロスだ。木戸専務をわずらわせるのもなんだしなぁ」

すでに矢は放たれたと言いたいところだが、それは無い。藤井は携帯電話を手にしたままベッドに横たわった。

「土日の二日間でリポートを修正しようと思ってるが、確かに〝伊藤事件〟の項目は浮いてるかも知れないなぁ」

藤井は心にも無いことを言ったが、辻本は「そのとおりだ。せっかくの藤井論文が台無しになってしまうぞ」と声高に返してきた。

「アメリカの金融危機を加筆すれば一〇〇点満点、いや一二〇点だ。藤井はボードに褒められることになると思うよ」

「削除する方向で見直すとしましょうか」

これまた心にも無かった。

「それ以外に選択肢は無い。これで決まりだな」

「まあねぇ」

「〝伊藤事件〟の闇は深い。だからこそタブーなんだよ。皆んなが忘れたがってるんだから、そっとしておくしか無い。ほじくり返して傷つくのが、瀬島と山崎だけにとどまらないこともあり得る。ヘタをすると、東日新聞にずっと牛耳られることにもなりかねない。せっかく〝木戸社長〟の芽が出てきたことでもあるしなぁ」

「七対三が変化した気配でもあるのか」

「そんな空気が現場に漂い始めたような感じはあるな。代表権はやっぱり重みがあるんだろう。木戸さんの安定感が徐々に見直されて、瀬島の危うさを凌駕するような気がしてきたよ」

「だとしたら嬉しいなぁ。辻本に電話してよかったと思う」

「勝負はまだまだこれからだけどな。瀬島のパワーはあなどれない。悪知恵にも長けてるが、ちょっと前までは木戸さんが霞んで見えたのに、変ってきたよなぁ」

「〝伊藤事件〟の検証は、木戸専務にエールを送ることになると思うけど」

「逆だよ。足を引っ張るだけのことだ。木戸さんが藤井の背後で糸を引いていると見られて、マイナスに作用することは間違い無い」

「ふうーん」

藤井は唸り声を発しながら、上体を起こした。説得力がある。逆ギレして危機感を持った瀬島がどんな行動を起こすか見当もつかないが、木戸にとってマイナスに作用する可能性に気づかなかった自分の浅薄さを思い知らされたような気分だった。

「修正した藤井論文をメールしてもらえるか」

「もちろん。遅くとも日曜日中にメールさせてもらう。いくら修正されても文句は言わない。言えた義理じゃないよなぁ」

「バカにしおらしくなったたな」

「辻本さんのチェックが貴重だとよーく分かったわけです」

「おまえのリポートが素晴しい出来映えだったんだよ。一点を除けばな」

「ありがとう。じゃあ電話を切るよ。できる限り急いでメールする。チェックのほどよろしくお願いします」

「ああ。楽しみにしてるよ」

4

　堤杏子が木戸光太郎宅に電話をかけたのは一八日午後五時三五分のことだ。

　木戸が直接電話に出た。

「やあ。昨夜は失礼した」

「とんでもない。こちらこそ遅くに失礼しました」

「ひと晩考えるまでもなかったな。昨夜中に折り返すことを考えぬでもなかったんだ」

「どういうことでしょうか」

「つまり、〝伊藤事件〟はタブーだっていうことだよ。もやもやのままでも、やがては風化する。藤井君に広報局長の意見として、絶対に削除するように言ってもらいたい。東日新聞側を元気づけて、小田島体制が二期も三期も続くようなことだってあり得ないとも言えんだろうな。得るものは何一つ無いことが分かったんだ」

「木戸専務ファンの藤井君は、瀬島副社長の汚点を暴くことによって、木戸専務がプロパー・トップに立てると考えたように思いますが。わたくしも、そう考えないでもなかったので、お電話をさしあげました」

「お気持ちはありがたくいただいておくが、この期に及んで波風を立てるいわれはまったく無いと思う。きみは、わたしにヤル気を出せと言ってくれたが、東日新聞に与するような言動は慎むべきだと肝に銘じている。瀬島さん以下、プロパーが一体になって、初めて東日新聞に対抗できると、長い間思い続けてきたが、そのスタンスを変えてはならない。〝伊藤事件〟を蒸し返せば、瀬島さんは傷つくが、わたしも無傷でいられるかどうか」

杏子は首をかしげながら、受話器を左手に持ち替えた。

「専務は、〝伊藤事件〟に関与されたのでしょうか」

「まさか。そんなことは無いよ。誓って無いが、蓋をすることに反対しなかった事実は消し難い。あの時、瀬島さんを守るべきだと考えたことも確かだ。〝伊藤事件〟を検証しようなどと言い出せば、騒動になる。東日新聞が黙っているとも思えない。それと、きみだから内緒話をするが、小田島社長が一杯機嫌でこんなことを耳うちしてくれた。『わたしの一期二年は当然だが、渡邉さんにならって取相に退いてもいいぞ。瀬島会長—木戸社長も悪くないんじゃないか』って言ったんだ。小田島さんが同じ話を瀬島さんにしたとは考えられん。してたとしたら、瀬島さんはすぐ顔に出す筈だが、そんな素振りは見せてない」

杏子は新聞社時代の小田島の評判がよからぬことを聞き及んでいたので、一拍返事が遅れた。

「木戸専務は、ヤル気があるとおっしゃっていることになるのでしょうか」

「どう取っても結構だ。こういう言い方は、その気はあるぞって白状してるのと一緒かねぇ」

木戸は一杯きこしめしているとみえ、明るい口調で話していたが、けらけら大きな笑い声が受話器に響いた。

杏子は受話器を耳から少し離した。

「なんだか元気が出てきました。削除の件はお任せください」

「ぜひ、そうしてもらいたい。会長―社長の件は聞かなかったことにしてくれなければ困るぞ。瓢簞《ひょうたん》から駒は無いと思う」

「さあ、どうなんでしょうか。期待したいと思いますが」

「昨夜といい、きょうの電話といい感謝してるよ。堤君には、ここのところ借りばかり作ってしまい、心苦しく思ってるんだ」

「木戸専務に貸しを作った覚えはございません。テレビ東日にとって、よかれと思って出しゃばったまでです」

「とにかくありがとう。藤井君によろしく頼むと言いたいところだが、それは違うな。そこはよしなにお願いする」

「はい。長時間、大変失礼いたしました。奥さまによろしくお伝えくださいませ」

杏子は電話を切り、ソファに座って、藤井の携帯電話を呼び出した。

「はい。藤井です」

「こんばんは。昨夜はご免なさい。気を悪くしたと思うの」

「僕のほうこそ失礼な、いや生意気な態度を取ったことを反省しています」

「ほんとう？　ふざけんじゃねぇやとか思ったんでしょ」

「いいえ。さっそくですが、木戸専務に電話されたんですか」

「はい。その結果を話したくて電話したのよ。あなたの予想はどうなのかしら」

「削除すべしに決まってますよ」

「おっしゃるとおりです。枉《ま》げてお願いするとのことでした」

「杏子さんの命令に従い昨夜、辻本と電話で長っ話をしたところ、断じて削除しろとのことでした。木戸専務の足を引っ張る恐れもあると言われ、目からウロコの思いになりました。『〝伊藤事件〟の再調査と検証の必要性』の項を削除し、アメリカの金融情勢等を加筆したリポートを作成中です」

「いまからすぐ、いらしていただけないかしら。一分でも一秒でも早く仲直りしたいからよ」

「喧嘩したという認識はありませんが」

「ほんとうに？」

「ええ、まあ」

「でもいらして」

「仕事を先に片づけてしまいます。お目にかかるのはあしたではいけませんか」

「仕事優先だと言われたら、折れざるを得ないわねぇ」

「どうも」

電話を切るなり、藤井は再びパソコンに向かった。一時間半ほどでリポートを修正できた。

時計を見ると午後七時五〇分だった。

藤井は一回読み直して、ミスを正し微調整してから杏子の携帯電話を鳴らした。

「はい。もう終ったのね」

「ええ」

「でしたら、すぐいらして。そんな気がしたっていうか、願いを込めて電話を待ってたの。お食事まだなんでしょ」

「はい。煎餅をかじりながら、パソコンを叩いてましたが」

「わたしも空腹なの。八時までは我慢しようと思って。正解だったわ」

「杏子さんにメールしてから、マンションを出ます。三〇分以内に行きますので、それまでにチェックをお願いします」

「分かったわ。仕事が好きで好きでしょうがないんだ」

「じゃあ」

藤井も笑い声で返した。


ドアを開けるなり、杏子に抱きつかれた藤井はちょっとよろけた。

ハグしながら、藤井が訊いた。

「どう思いました？」

「パーフェクト。よく頑張ったと思う。立派です」

「杏子さんと辻本のお陰です。〝伊藤事件〟をカットして、すっきりしたような気がします」

「そのとおりよ。さあ、お食事にしましょう」

テーブルに着いた途端、藤井のズボンのポケットで携帯電話が振動した。

画面を見ると、辻本の携帯電話番号が表示されていた。

「辻本です。メールするのをあしたにすればよかったですね」

「辻本君じゃあ、出ないわけにはいきませんよ」

「そう思いますが……。はい、藤井です」

「おまえ、よくやったなぁ」

「辻本デスクに褒められたら悪い気はしませんよ」

「おまえの筆力に脱帽だよ。俺も、うぬぼれの強いほうだけど、藤井には負けるな。〝アメリカの金融情勢と我が国への影響〟には、恐れ入ったよ」

「きみのレクチュアが見事だったんだ」

「サンキュー　ベリー　マッチ。現場を離れて、お世辞も言えるようになったな」

「お世辞なんてとんでもない。心から感謝してるよ。辻本のお陰で、見違えるようなリポートになったことは間違いないと思う。だけど、修正すべき点があれば、遠慮なくどうぞ」

「そんなの無い無い。一〇〇点満点だ」

「〝伊藤事件〟も辻本の言うとおりにしたことだしねぇ」

「だからこそ一〇〇点満点なんだよ。あれが入ってたら五〇点減点だったな」

「そうか。わざわざ電話ありがとう」

「メールでの返信はしないからな」

「分かった」

「じゃあな」

背後から、杏子が頬ずりした。

「嬉しいなぁ。愉快な気分よ」

「ビールを飲みたいです」

「わたしも」

杏子は冷蔵庫から、五〇〇ミリ缶を取り出して、二つのグラスを満たした。

「乾杯！ リポートの完成を祝して」

「ありがとうございます」

二人とも一気飲みした。

「美味しい」

「胸に染み入るようです。ひと仕事した後のビールの美味しさは格別ですね」

「辻本君も褒めてくれたんでしょ？」

「一〇〇点満点と言ってくれました。削除が無かったら五〇点減点とも」

藤井はきれいな笑顔を見せた。

「アメリカのサブプライムローンなどの情報も含めて、辻本さまさまです。それと杏子さんにも頭が上がりません」

藤井の言葉に、堤杏子が包み込むような笑顔で返した。

「とんでもない。わたしはついでよ。辻本君ほどお役に立ってないわ。でもとっても嬉しい」

杏子がわずかに憂い顔になった。

「昨夜あなたが帰ったあと、けっこう辛い気持ちになったわ。胸が苦しくて、なかなか寝つかれなかったの」

「眠り姫がどうしたんですか。ちょっと言い合いになったけど、たいしたことないですよ」

「あなたはなんともなかったの？」

「帰宅してすぐ辻本に電話したのがよかったみたいです。辻本に説教されて、気持ちを切り換えられましたから」

藤井が突き出したグラスに杏子がビールを注いだ。

「さっきパーフェクトと言ってくれましたが、褒め過ぎなんじゃないですか」

「そうねぇ」

杏子は思案顔で腕組みした。

「さしたることではないけれど、全日本テレビとかＢＳＴとか特定する必要があるかなぁ。テレビ局Ａ社、同Ｂ社でいいと思う」

「分かります。ニュースソースに迷惑がかかることを考えるべきですね」

「全日本テレビについては口止めされたわけでもないので問題ないと思う。ただ自主規制するのが礼儀というものでしょう」

藤井はビールを飲んでから、「仰せに従います」と応えた。

「ボードがあなたのリポートにどう反応するか楽しみね」

「危機感を持ってくれるといいんですが」

「木戸専務が危機感を醸成してくれるんじゃないかなぁ」

「問題は瀬島—山崎ラインです。経営企画局長と担当副社長に強い関心を持ってもらいたいですよねぇ」

「二人とも経営的なセンスが良好とは思えないけど、リポートを読めば、なにかを感じるでしょう。無関心でいられるわけがないと思う」

ビールから白ワインになった。

グラスを触れ合せてすぐに藤井が杏子をまっすぐとらえた。

「テレビ局A社が給与体系の見直しに取り組んでいると、言い切っていいのでしょうか」

「ソースは、トップのブレーンだから自信がある。言い切っていいと思うわ。そのほうがアピールするでしょ。仮にA社のトップに、確認するようなことがあったとしても、否定することはあり得ないわ」

「ただ、僕の立場で裏付けを取るのは難しいですよねぇ。局長の名前を特定するわけにもいかないし」

「どうして？」

「よろしいんですか」

「わたしの名前を出しても、いっこうに構わないんじゃないかしら。あなたを経営企画に推したことを瀬島副社長も山崎常務も先刻承知だし、わたしにサウンドがあっても、事実だと明言するだけのことよ。ただしソースは明かせないでいいんじゃないの」

「堤杏子広報局長の名前を出すのはいかがなものでしょうか」

杏子はしかめっ面で小首をかしげた。

「現時点で瀬島副社長を刺激することもないですよ。僕が大学の先輩の幹部から取材したぐらいのことにしておきましょう。瀬島副社長なり山崎常務が全日本テレビの上層部にサウンドする可能性は低いと思いますが」

「そうかも知れない。でも、確認されても否定はあり得ないから、心配いらないわ。あなたのセンシティブな心遣いには頭が下がるけど、わたしは開き直っているので、あんまりナーバスにならないほうがいいと思う」

「無理に開き直る必要はないですよ。自然体でよろしいんじゃないですか。それと、〝伊藤事件〟について、削除を求めた杏子さんは開き直っているとは考えにくいですよ」

「ふうーん。あなたの観察眼に脱帽ね。ただし、それとこれとは別問題で、わたし自身矛盾しているとは思わない。一応念のため申し添えます」

「ご丁寧にどうも」

藤井は真顔で返して、ワイングラスに手を伸ばした。

5

一〇月二三日午後三時に、藤井は山崎に呼びつけられた。

山崎は上機嫌で藤井にソファをすすめた。

「リポート、熟読玩味《がんみ》させてもらった。なかなかよく出来てるな。副社長も褒めてたぞ」

山崎は手にしたリポートをセンターテーブルに置いて続けた。

「B社のBSTが危機感に乏《とぼ》しいことは副社長もうなずけると言ってたが、A社の全日本テレビが給与体系の見直しを始めていると言及していることについては懐疑的だったなぁ。副社長のみならず、俺も芙蓉テレビに次いで余裕たっぷりの全日本が本当にそうなのか、首をかしげたくなるねぇ」

「紛れもない事実です。トップが最も危機感を持っていると聞いています」

「藤井がトップから聞けるとは思えんが」

「おっしゃるとおりで、わたしの立場でそれはあり得ませんが、トップのブレーンから取材しました。然るべき方に紹介していただきました。なんでしたらウチのトップから、全日本のトップに確かめていただいたらいかがでしょうか」

「おまえの親父は某官庁のキャリア官僚だったよな。そんなところなのか」

事実は異なるが、なるほど、その手もあった。藤井は思わずにやっとなったが、うつむいてごまかし、もじもじして返事をしなかった。

「ずばり的中なんだな」

藤井はなおも黙っていた。ただ、どっちつかずに小さく笑ったので、山崎は勝手に思い込んだとみえ、「〝霞ケ関〟の情報力はたいしたものだからなぁ」と言って、湯呑み茶碗を口に運んだ。

「副社長は、リポートで触れている提言はすべて考えていたことでもあるとおっしゃってたが、言われてみれば、俺も副社長から聞いたような気がしないでもない。おまえの労作にケチをつけるつもりはないが、俺が副社長の意を体して……」

山崎はリポートを指差して続けた。

「こういう方向でまとめるように、藤井に指示したと副社長に話してしまった。まんざら嘘でもないし、でたらめでもないから、そういうことで含んでおいてもらえると、ありがたいな。コンプライアンス委員会の設置も悪くない。いわば副社長が〝伊藤事件〟と無関係なことを立証したわけだからな」

当てこすりとは取らず、逆手に取るとは……。瀬島も山崎も卑劣だし、ええかっこしいでもあることは百も承知だ。部下の手柄を横取りしかねない。しかし、ものは考えようだ。リポートを評価してもらえたことは、どうやら間違い無い。だとしたら、それで十分報いられたとも言える——。

「事実、わたしは常務のご指示に従ったまでです」

「藤井は癖の強い男だと思ってたが、素直っていうか物分かりがいいなぁ。このことは副社長にも話しておく。副社長を中心にまとまるのがなににも増して求められている。おまえも俺も副社長のブレーンとして機能してることを忘れないようにしようや」

藤井は表情を変えずにリポートを手に取った。

「修正、調整する必要はありませんか」

「無い。このリポートに基《もとづ》いて中期経営改革を練り上げることになると思うが、そうなった場合、プロジェクトチームを立ち上げなければならない。藤井は具体案を捻り出すチームの中核的存在だ。頑張ってくれ」

「承知しました」

「副社長が一度藤井と話したいようなことを言ってたので、そのうち呼び出しがあるだろう。その時はうまくやってくれや」

「副社長の意を体してと、常務のご指示に従ったまでということでしたら、心得ております」

「そう。そういうことだ。気が利くじゃねぇか」

山崎はにやつきながら、三度もうなずいた。

瀬島副社長付の女性秘書から藤井に電話がかかってきたのは、同日午後四時四〇分のことだ。

「瀬島副社長がお呼びです。お手すきでしたら、すぐいらしてください」

「直ちに伺います」

藤井は背広を抱えて、席を離れた。

若い女性秘書の誘導で、藤井は副社長室に入った。

「藤井さんがお見えになりました」

「失礼します」

「うん」

ワイシャツ姿の瀬島は、デスクの上に乗せていた足をおろして、ドアの前に佇立している藤井を手招きした。

「座りたまえ。初めて見る顔だな」

「藤井と申します。お声をかけていただいたのは初めてです。よろしくお願いいたします」

「うん。俺の意向どおりリポートをまとめてくれたんだったな」

「はい。出来の悪いリポートで申し訳ありません」

「ま、一〇〇点満点とは言いかねるが、九〇点はやれるな。特に同業他社に関する分析力は褒めてやろう」

瀬島がデスクを離れて、ソファへのっしのっしと歩いてきた。そして、どすんと座ってふんぞり返った。

「失礼します」

藤井もソファに腰をおろした。

「全日本テレビの副社長と、いましがた電話で話したが、給与体系見直しに向けてアプローチしていることを、俺が承知していたことを知ってびっくりしてたよ。実は半信半疑だったが、事実であることがはっきりした。よくぞキャッチしたな」

「全日本テレビではトップがいちばん危機感を持っていると聞き及んでおります」

「そのようだな。トップダウンで、すでにプロジェクトチームを立ち上げ、鋭意検討中とのことだった。ウチも負けてはいられないな。いいタイミングで、リポートをまとめてくれた。礼を言うぞ」

瀬島はふんぞり返ったまま言い放った。

「恐縮です」

頭を下げたのはむろん藤井のほうだった。

「サブプライムローンの項も、分かりやすくまとまっている。日本も影響を受けることは必至だとあったが、結果はどうあれ、警鐘を鳴らすのは良いことだ。広告の出稿量が激減しないことを祈らずにはおれんが、覚悟せんといかんだろう。この点は全日本テレビもまだ気付いておらんようだ。おまえは誰から取材したのかね」

「報道局の辻本浩一君です」

「知らんなぁ」

「わたしと同期ですが、辻本君は大手都銀の友達から聞いたと話してくれました。アメリカの情報も正確だと存じます」

「そうか。八五年組には優秀なのが多いんだな。人事部長の尻を叩いて、八五年は大量に採用したことを思い出したよ。何人だったかな」

「四七名です。まだ一人も脱落しておりません。皆、優秀ですが、わけても辻本君は

か」

「……………」

「リポートの提言者の名前は、おまえじゃなくていいのかね。それとも山崎にするか」

「ありがとうございます」

「辻本浩一。覚えておこう」

「浩一です。こうはサンズイに告げると書きます」

「辻本なんといったかな」

立派です」


「山崎は、担当副社長名のほうが箔がつくし、役員、社員の受け留め方も違うから、そうお願いしたいと言ってたが」

そこまでは聞いてない。だが、拒めるわけがなかった。

「おっしゃるとおりです。もともと副社長のご発案と聞き及んでおります」

「うん。俺はテレビ東日の行く末を誰よりも心配しているつもりだ。これまではぬるま湯に浸りきって緊張感を欠いていたが、中期経営改革を抜本的に見直して、経営体質の強化を図らなければならないと痛感している。本来なら、今年から俺がトップになって、あらゆる角度から、経営戦略を立て直すつもりだったが、渡邉取相からも小田島社長からも、事実上のトップとして思い切ってやって欲しいと言われとる。だからこそ、おまえにリポートをまとめてもらったんだ」

瀬島はソファに凭せていた上体を起こしたが、広長舌を止めなかった。

「これは努力目標だが、中期経営改革を練り上げるためのプロジェクトチームを立ち上げて、年内にも結論をまとめるようにしたい。来週の常務会で方向づけを行うつもりだ。事務局のおまえたちには、しゃかりきになってもらわんとな」

瀬島はやけに高揚していた。下っ端の副部長を相手にここまでぶちまくるとは驚きである。リポートの提言者など釈然としない面はあるにしても、藤井は悪い気はしなかった。

副社長室から自席に戻るまでに、藤井は辻本の携帯電話を呼び出して話した。

「副社長閣下に呼ばれて一対一で話してきたよ」

「例のリポートでか」

「そのとおりだ。サブプライムローンのことを訊かれたので、辻本に教えてもらったと明かしたら、八五年入社組は優秀だとか言ってたよ」

「俺の名前を出したのか」

「もちろん。当然でしょう。手柄を独り占めする気はないからねぇ。きみの名前を覚えておくとも言ってたっけ」

「恐れ多いことで」

「〝伊藤事件〟を削除しなかったら、えらいことになってたろうなぁ」

「今ごろ気がつくほうがどうかしてるんだ」

「おっしゃるとおりです」

携帯電話に耳をあてたまま、藤井は盛大に頭を下げていた。

「サブプライムローンといい、〝伊藤事件〟のドロップといい、辻本さんには頭が上がりませんよ」

「俺なんか刺身のツマみたいなものだが、藤井はリポートで男を上げたよなぁ」

「さあ、どうかなぁ。そういうことにはならないと思うし、実感もない。提言者は瀬島副社長になることでもあるしねぇ」

「どういう意味だ。リポートをまとめたのはおまえだろう」

「山崎常務によれば、副社長の意を体してリポートを僕にまとめさせただけのことで、もともと副社長も中期経営改革を見直すべきだと考えていたらしい。給与体系の見直しといい、考えつくことは同じだっていうことなんでしょう」

「ゴマ擂り山崎の悪知恵で、瀬島におまえの手柄を横取りされたっていうことになるんじゃないのか」

「仮にそうだとしても、結果オーライならいいじゃないですか。辻本がむきになる話でもないと思うけど」

「違うな。だんだんむかついてきたよ。瀬島といい、山崎といいとんでもない野郎がのさばっているテレビ東日の明日は無いな。ふざけやがって。おまえもおまえだ。提言者は俺だ、リポートをまとめたのは俺だって、なんではっきり言わなかったんだ」

「せっかく副社長と常務がやる気になってるんだから、水を差すのもなんでしょう。二人の大物が僕のリポート作成を多としてくれた、それでいいじゃないか。二人ともけっこう褒めてくれたことでもあるしな。近くプロジェクトチームが発足するらしいが、プロパー・トップの瀬島副社長が牽引車になることの意味は大きいと思うよ。提言者、提案者が副社長なら、説得力もある。とにかく問題は結果いかんなんだから、辻本のお気持ちはありがたいが、静かに見守ってください」

「すっきりしないことおびただしいが、おまえが、それで満足してるんじゃ、しょうがねぇよな。俺がわめくのは筋が違うかも知れん」

「ご理解賜り感謝します」

「だけど、瀬島と山崎に大きな貸しを作ったくらいの気持ちになってもらいてぇな。それが常識っていうものだろう」

「分かった。なるほどねぇ。貸しを作るか」

「じゃあな。そのうち一杯やろうや」

藤井は携帯電話をズボンのポケットにしまいながら、山崎にしてやられたことになるのだろうかと考えたが、考え過ぎとの思いのほうが勝っていた。

だが、自席に戻ってから、藤井は今頃になって、不愉快な思いが募ってきた。本来なら木戸専務が経営企画局の担当の筈だった。瀬島副社長が強引に担当替えを求め成就したのである。

〝中期経営改革に関する一考察〟と題するリポートをまとめるために、藤井は相応のエネルギーを投入した。全力投球したと言ってもいいくらいだ。そのリポートが結果的に瀬島にエールを送ったことがほぼ明確になった。

〝ダーティS〟に与したとしたら、木戸に合わせる顔がない。木戸をプロパーのトップにするのが願望だったのではなかったのか。〝ダーティS〟を担いだことが、辻本の癇《かん》に障《さわ》ったのだ。いきり立って当然だ。

しかし、瀬島は「渡邉取相からも小田島社長からも、事実上のトップとして思い切ってやって欲しいと言われてる」とまでのたまった。

もうとっくに勝負はついている。〝木戸社長〟の目は無いと思わなければいけないのだろうか。だとしたら、木戸に合わせる顔がないは、考え過ぎとも言える。

いや、そうとも言いきれない。瀬島の言辞はハッタリかも知れないし、思い過ごしと取って取れないことも無い。

いずれにしてもトンビならぬゴマ擂り山崎に油揚をさらわれたような厭な気分が藤

井の胸の中で増幅していた。

6

一〇月二八日の常務会は午後二時二〇分に終了した。

木戸が背後から山崎を呼び止めた。

「山崎君、ちょっといいかな」

「ええ。なにか」

木戸は山崎に椅子に座るように手でうながした。

「リポートを読ませてもらったが、たいした出来映えじゃないか」

「同感です。常務会がいつになく盛り上がったのも、リポートのお陰です」

「ところで、起草者は誰なのかね」

「そこに書かれているとおり瀬島副社長です」

「まさか。瀬島さんとは永い付き合いだが、これがかれの文章とは思えないが」

山崎はむすっとした顔を横に向けた。

「最終稿は副社長です。経営企画局の責任者なんですから、よろしいじゃないですか。それともなにかご意見がおありなんですか」

「リポートをまとめたのは藤井君だと聞いている。何故、藤井の名前を外したのか解《げ》せない。ミドルの頑張りを称《たた》えてあげるのが、われわれの立場なんじゃないのかね。いきなり瀬島副社長の名前が出てくるのはいかがなものだろうか」

「お言葉ですが、そのほうが説得力があると判断したので、そうしたまでです。専務のおっしゃり方のほうが、わたしには不可解です。しかも、藤井にリポートをまとめるチャンスを与えたのは、わたしです。副社長の意見をふまえて、藤井にまとめるよう指示しました。要するに発想は副社長なんですよ」

木戸が仏頂面で切り返した。

「わたしはそんな風には聞いてない。藤井が自発的に書いたと広報局長から聞いたが、違うのか」

「広報局長の勘違いでしょう。そんなわけの分からないことを専務に言いつけるとは、なにを考えてるんでしょうか」

「きみは考え違いをしてるな。リポートの起草者は事実であるべきだった。藤井靖夫のほうがもっと説得力があったんじゃないのかね。それをきみと副社長でレベルアップした。そのほうが、ずっと自然で説得力もある」

「専務からクレームを付けられたことは副社長に報告しておきます」

「そう願いたい。なんなら、わたしから話してもいいが、藤井が起草したことは認めるんだな」

「………」

「返事が無いところを見ると、わたしの言ってることは事実なんだね」

「専務が妙なことに拘泥するのが、わたしには理解できません。わたしがバカだからなんでしょうか」

「広報局長も、わたしもリポートについて藤井から相談を受けてたんだ。むしろ、そのきっかけを与えたのは、堤君なんじゃないのかねぇ。きみは堤を貶めるようなことを言ったが、よくないなぁ。間違ってる。勘違いしてるのは、きみのほうだよ。きみが間に入ると変にこじれる恐れ無きにしも非ずだ。わたしが直接副社長に話す。そういうことでどうかな」

「どうぞご随意になさってください。ただ、副社長が怒り心頭に発するんじゃないか気懸りです」

「瀬島さんは大物だよ。心配しなさんな」

「副社長と専務の間に、ひびが入ることにならないでしょうか。それと広報局長に対して、副社長はなにか感じている面があるような気がします。専務のご意見はしかと承りましたが、わたし限りといいますか、ここだけの話にしたほうが無難な気がしないでもありません」

山崎はささやくように声量を落して続けた。

「プロジェクトチームとワーキンググループを設置することも、きょうの常務会で決めたばっかりです。専務のお気持ちは分からないでもありませんが、ここはわたしに免じて、なんとかことを荒立てないようにしていただけないでしょうか」

「ううーん」

木戸は唸り声を発して、目を瞑った。

「わたしが出過ぎているのかねぇ。悩むところだな。きみの主張にも一理ある。ただねぇ、瀬島さんに対して、腫れ物にさわるようなきみらの態度は気にならないでもない。やっぱり、わたしが瀬島さんに率直に話すのがいいんじゃないのかねぇ」

「とりあえずお互いに一晩考えるということでいかがでしょうか」

「分かった。そうしよう。ひとつだけ言っておくが、堤と藤井は功労者だ。かれらを傷つけてはならん。その点はお互いに肝に銘じておこうじゃないか」

「おっしゃるとおりです」


木戸はこの日午後四時過ぎに堤杏子を自室に呼んだ。

常務会後の山崎とのやりとりを話すと、杏子は笑い出した。

「専務が多血質な方とは思っておりましたが、再認識させられました。山崎常務の当惑顔が目に見えるようです」

「常務会でも、なかなか藤井の名前が出てこなかったので、いらいらしてたんだが、我慢できなくなって山崎に質したんだ。きみは、山崎をけしからんと思わんのかね」

「それは思います。お察しのとおり瀬島副社長にすり寄って点数稼ぎをされたんでしょう。ただ、専務がむきになって頭に血を上らせることなんでしょうか。それと、わたくしを庇ってくださったことは感謝しますし、わたくしの名前が出たこともいっこうに構いませんけれど、藤井君から相談を受けたことはどうなんでしょうか」

「余計なおしゃべりをしたと言いたいのかね」

「〝伊藤事件〟を蒸し返すことに反対された専務と矛盾することにならないでしょうか」

痛い所を衝かれて、木戸は顔をしかめた。

「専務が瀬島副社長と対峙されますと、〝伊藤事件〟に触れざるを得ないことも予想されますが」

杏子に顔を覗き込まれて、木戸はそっぽを向いた。

「きみもわたしも、ある意味では瀬島さんを庇ったことになるな」

「わたくしにはそうした認識はありません。藤井君の立場を最優先したまでです」

「しかし結果的にはそうなるだろう。やっぱり、瀬島さんの立場も考えたんだよ」

木戸は緑茶を飲みながら、思案顔を杏子に向けた。

「どう思う。山崎の提案はわたしのクレームを無かったことにしようというものなんだが」

「曲者らしい山崎さんならではですね。ただ、どうなんでしょうか。専務の口は封じておいて、自分の都合のいいように副社長に伝える可能性はあるような気がしますが」

木戸は湯呑みをセンターテーブルに戻して腕組みした。

「山崎はつい最近までわたしの部下だったが、そこまでねじくれているとは思えんが」

甘いな、と杏子は思った。リポートの提案者、提言者を藤井から瀬島にすり替えるような男なのだ。

木戸専務の意見を訊いて欲しいと藤井に言われた時、訊くまでもないと強弁するべきだった。訊かずに、反対されたと嘘をつく手もあったかも知れない。

「そのリスクは否定し切れませんが、わたくしの考え過ぎということにして、山崎さんの提案を受け容れるほうが無難かも知れませんね」

「一発くらわせて溜飲を下げたことでもあるしなぁ」

確かに、瀬島と木戸が向き合うのは時間のロスである。

リポートの作成者が藤井靖夫であることを承知している者が複数存在する。それだけで十分と考えるべきで、木戸ほどの男が四の五の言うのは、藤井にとって贔屓の引き倒しになりかねない。いや、きわめてリスキィだ。

杏子はそう結論づけ、湯呑み茶碗に手を伸ばしながら、木戸に笑いかけた。

「落し所が見つかりましたね。専務が下手《したて》に出れば山崎さんはどんなにホッとすることか」

「下手に出よう。山崎の常識論は正しい、とでも言えばいいわけだな」

「そんな歯の浮くようなことまでおっしゃるんですか。今回はきみを立てる。ただし、二人限りで他言は禁じる、でよろしいと思いますが」

「きみには手取り足取りコーチしてもらい、恩に着るよ。ただ、どうなのかねぇ。二人限りはあり得んだろう」

「おっしゃるとおりですが、言葉の重みが違うと思います」

「なるほど」

木戸のもの言いはやわらかく、皮肉な響きは無かった。

「藤井にリポートを書かせた堤は見上げたものだよ」

「わたくしは、ほんの少々ヒントらしいものを藤井君に言いましたけれど、かれがあんなに頑張るとは思いませんでした。立派なのは藤井君です」

「サブプライムローンに関する記述もよくできている。しっかり勉強してるな」

「藤井君は辻本君のサジェスチョンを評価してました。藤井君や辻本君のようなミドルの存在は、元気づけられます」

杏子は負けん気な藤井の顔を目に浮かべて、胸のときめきを覚えながらうつむいた。

「近日中にきみと藤井と三人で一杯やろうか。ちょっと生意気な奴だと思わぬでもなかったが、藤井は中々の奴だ。将来のテレビ東日を背負う人材だと思うよ」

「同感です。辻本君も見上げた人ですよ」

「辻本は知らないが、かれにも声をかけるとするか」

「ぜひお願いします」

「藤井を推してくれたきみの見る目の確かさに改めて感服した。妙なことでお呼び立てして悪かったな」

「とんでもない。たいへん有意義なお話でした。それでは失礼させていただきます」

「ありがとう」

木戸は笑顔でドアまで杏子を見送った。

7

テレビ東日代表取締役専務の木戸光太郎が広報局長の堤杏子、経営企画局副部長の藤井靖夫、報道局社会部デスクの辻本浩一の三人を帝国ホテルの中華料理店〝北京〟に招いたのは、年が改まった二〇〇九年一月九日の夜七時だった。

「きみたち三人と一杯やろうと言ったのは去年の一〇月下旬だから、二ヵ月以上も経ってやっと実現したことになるが、お互い忙しくて日程のやりくりがつかなかった。新年会になってしまったが、まずは乾杯しよう」

木戸がシャンパングラスを掲げたので、杏子、藤井、辻本の三人もグラスを手にした。

「新年おめでとう」

「おめでとうございます」

グラスを触れる仕種だけで、四人はシャンパンを飲んだ。

「今夜のシャンパンは格別だな。皆んなほんとうによく頑張ってくれた」

「いちばん苦労されたのは事実上のプロジェクトチーム委員長の専務です。専務のリーダーシップぶりには頭が下がりました」

円卓の対面に向かって、杏子が低頭したので、藤井も辻本もそれにならった。

「いや、そんなことはない。副委員長のわたしは気楽だった。委員長の瀬島副社長の尻を叩き続けただけのことだよ。副社長は相当頑張った。少なくともご本人はテレビ東日マンとして、こんなに働いたことはなかったと思ってるんじゃないかな。ワーキンググループ統括部長の山崎常務も、それなりに良い仕事をしてくれたと思う」

木戸が左手の藤井に優しいまなざしを向けて続けた。

「給与体系見直しワーキンググループ長の藤井は第一線で最も汗をかいたね。ご苦労さま」

「どうも」

藤井は一揖してから、きまり悪そうに対面の辻本に目を投げた。

「うるさい辻本がメンバーでしたから、それこそ辻本に尻を叩かれて、なんとか結論を導き出せました。辻本には頭が上がりません」

「二〇〇九年四月から、四十歳まで八パーセント、四十歳以上一〇パーセントの一律賃金カットと、系列企業出向社員の一〇パーセントアップは、ずいぶん揉めましたが、藤井の強引な説得がものを言いました」

「五十歳以上の定昇ストップを含めて、すべて辻本の発案なんです。辻本はメディア再構築ワーキンググループのメンバーでもありましたから、汗のかき方は、わたしの比ではありませんよ」

杏子が真顔でまぜっかえした。

「お二人の麗しい友情には嫉妬したくなるほどです」

「とんでもない。いつも喧嘩ばかりしているので、せめてこういう晴れがましい席ぐらいは仲良しのポーズを取りませんことには」

「藤井もそうだが、辻本も口が減らないほうだな」

どっとなったが、一瞬のことだった。

木戸が表情を引き締めたからだ。

「三月期の決算は予想以上に厳しいことになると思う。そうした時期にプロジェクトチームがタイムリーに機能したことはよかったと思う。藤井のリポートがその動機づけになった。藤井を経営企画にピックアップした堤にも感謝せんとなぁ」

中年のソムリエが顔を出し、二杯目のシャンパンを注いで、引き下がった。

杏子がグラスに手を伸ばした。

「そう言えばリポート問題もありましたねぇ。ついきのうのことですのに、遠い昔の出来事のような気がしないでもありません」

木戸が温容を取り戻した。

「今だから話すんだが、実は瀬島さんと相当やりあったんだ。誰かが予想したとおり、山崎の奴わたしが四の五の言ってると瀬島さんにご注進に及んだ。瀬島さんが色をなして、わたしに食ってかかってきたから切り返したまでだが、やっこさんも面子にかかわるとばかり、発案者は俺だと言い張ってねぇ。だからこそ、経営企画を担当したんだとさ。経営企画を担当した時から、改革案を考えていたそうだが、確かに理屈は通る。しかし、わたしも経営企画を担当していた時から、テレビ東日の在るべき論には常々思いを致していたので、藤井に叩き台を考えろと発破をかけたのだと反論した」

「それで、副社長のレスポンスはどんな風でしたか」

「堤もうなずけると思うが、考えることは同じだな、だったかねぇ。リポートをまとめた藤井の力量は褒めてやるが、俺と山崎が手取り足取りコーチしたことを忘れんで欲しいとか言ってたなぁ」

「副社長も専務も多血質という点では負けていませんね」

「おっしゃるとおりだ。だが、堤、いや三人に言いたいのは、瀬島さんほど狭量じゃないことだ」

グラスを乾して、木戸が続けた。

「〝ニュースショー〟のプロデューサー時代から、瀬島さんとはよくぶつかったが、東日新聞に対しては、一体だった。もっとも、瀬島さんはいつの時代でも東日新聞を見上げてたな。役員になっても、テレビ担当の部長に呼びつけられると、万障繰り合わせて駆けつけてたものなぁ。たかられた可能性もあるかな」

木戸の高笑いに従ったのは、なぜか辻本だけだった。杏子と藤井は微笑し、一瞬顔を見合せてから、前菜に箸をつけた。

若いウェイターが大正えびのチリソースと春巻きを運んできた。

「プライドの高い東日新聞の人たちが〝S〟にたかりますかねぇ。弱みを握られることになります」

辻本が藤井のほうへ身を乗り出した。

「大東日といえども人によるだろう。プライドの塊《かたまり》が背広を着てるようなのは領収書を回したり、付け回しなどするとは思えんが、〝S〟に金玉握られてるのがゼロとは考えられんよ」

「辻本君、シャンパン一杯でなんですか」

杏子にたしなめられて、辻本が首をすぼめた。

「つい地が出てしまいました。申し訳ありません」

「今夜は無礼講だ。藤井と辻本の仲なら許されるよ」

「どうも」「すみません」と、二人が同時に頭を下げたので、杏子が「ふふふっ」と含み笑いを洩らした。

「言葉遣いのきたなさは、ウチだけじゃありません。テレビ業界独特なんでしょうか」

辻本が真顔で返した。

「ウチは特にひどいんじゃないですか。セクハラ発言も平気の平左ですよ。社員食堂に行けば分かります。若手の花形アナウンサーが『おまえのスッピン、見られたもんじゃやねぇな』なんて言われているのを聞いたことが何度もあります」

「卒業しててよかったわ。普段からデス調を心がけているのは、人前に出せないなどと言われたくないからです」

藤井は『なるほど』と口に出したくなった。ほんのわずかだが、ドキドキしていた。

「テレビ局は別世界なのかねぇ。マンガから抜け出してきたような若者はいるし、金髪や茶髪もいる。確か社員食堂の委託先は、ウチと芙蓉が一緒なんだろう。役員でも、もう少し言葉遣いに気をつけてもらいたいと思うのは一杯いるねぇ」

杏子が微笑《ほほえ》んだ。

「専務が相当気を遣われていることは分かります」

マドンナの微笑だなと思いながら、藤井が木戸に訊いた。

「小田島社長の反応はいかがでした」

「事前に瀬島さんからレクチュアを受けていたので、淡々としていたが、『テレビ東日の役員諸君がかくまで危機感を共有していたことに敬意を表したい』って挨拶の中で話してた。東日新聞の上層部に胸を張って報告しておこうとも言ってたな」

「藤井君のリポートはご覧になったのでしょうか」

「うん。瀬島さんが見せない筈がないだろう」

「さぞや手柄顔でお見せしたことでしょう」

「社長はリポートのほうに余計驚いたんじゃないかねぇ。道筋がすべて示されていたことでもあるから、凄いと思って当然だろう」

「東日新聞の反響が楽しみですね。ケチのつけようは無いと思いますけど」

「お高く止まっている東日新聞のことだから、おそらく何も言ってこないんじゃないかなぁ。それこそ東日新聞にもっと危機感を持ってもらいたいが」

　辻本が木戸に質問した。

「組合がどう出ると思いますか」

「わたしの出番だが、組合も納得してくれると思う。きょう幹部とランチを一緒にしたんだが、重く受けとめると言ってくれた。上に厳しくしているので、ノーとは言えんだろう」

「中期経営改革は公表するんでしょうか」と木戸に訊いたのも辻本である。

「常務会でも議論になったが、公表すべきではないという意見のほうが多かったな。いずれにしても組合との合意が前提になるが、辻本の意見はどうなのかね」

「公表する必要は無いと思います。組合と妥結すれば洩れる可能性のほうが高いと思いますが、いずれにしてもわざわざ発表するのはいかがなものでしょうか」

「藤井は？」

「辻本の意見に賛成です」

「わたしも同意します。専務はどうお考えなんですか」

木戸は当惑したように、眉をひそめた。

「実は、公表すべきだと常務会で発言したんだ。上場企業でもあり、テレビ局の模範でもある。堂々と公表したらどうか。他局が追随するのは喜ぶべきことだと。瀬島さんはどっちつかずだったが、山崎は反対の急先鋒だったな。同業他社を刺激したり、知恵をつけたりする必要は無いとか言ってたよ」

「今現在の心境はいかがですか」

杏子に目を向けられて、木戸はにやっと相好を崩した。

「三人が口をそろえて公表反対ときた。考えざるを得んな。主体性の無いことおびただしいが、ふらついている。いまのうちに潔く撤回しておくかねぇ」

藤井が小さく腕組みした。

「堂々と公表するも一理ありますねぇ。悩む所ですが、まだ時間はたっぷりありますので、再考すべきだと存じます」


七時から始まった〝新年会〟は一〇時にお開きになった。

木戸がトイレとレジに立った。

「藤井君のお宅はどこでしたっけ」

杏子の澄まし顔に、藤井はドキッとした。

「中野です」

「あら、そうなんだ。わたしは東中野なの。タクシーで送りましょう。辻本君はどこですか」

「わたしは赤坂の安バーに立ち寄りますので結構です。同期の新年会をキャンセルしたので、二次会ぐらい顔を出しませんと、つきあいが悪いと叱られますよ」

「でも、もう一〇時過ぎよ」

「申し訳ありませんが、わたしも、辻本と一緒に二次会に行きます」

「まあ。藤井君まで」

杏子のきつい視線に、藤井はぐらっとなったが、辻本との初めの約束を破ることは出来ない。

「仲のおよろしいことで」

杏子はすぐに笑顔をつくった。

藤井は大晦日と元日は横浜の実家で過ごしたが、二日、三日は杏子のマンションだった。身も心もとろかされたうえに、手づくりのおせちも堪能した。それがなかったら、辻本の誘いを断っていたに相違ない。

「同期会で、中期経営改革の話はするの」

「どうしましょうか。まだオープンにすべきではないような気がしますけど」

「藤井の言うとおりですよ。いくらなんでもそれは無いと思います」

「そうかなぁ。賃金カットを覚悟したらよいぐらいのことは話してもいいんじゃないかしら」

「テレビマンの賃金が割高なことは皆んな自覚していますから、隠しだてすることでもないかも知れませんね」

「言われてみれば、そうかもなぁ」

「辻本も主体性のない口なんだ」

「それは藤井も同様なんじゃないのか。俺だけじゃないだろう」

「内緒だけど、常務会でオーソライズされたって聞いたので、部課長クラスの耳に入れちゃったの。広報からワーキンググループのメンバーを出していることでもあるし」

「同期の連中は全員管理職ですから、そういうことでしたら話してもよろしいのかも知れませんね」

「人の口に戸は立てられないと言うでしょう。いずれにしても、業界に伝わるのも時間の問題かも」

木戸が個室に戻ってきた。

「帰るとするか」

レジの近くでコートを受け取って四人は〝北京〟を出た。木戸を乗せた専用車を見送ったあとで、杏子、藤井・辻本の順でタクシーを拾った。

タクシーが走り出してほどなく藤井のズボンの中で携帯電話が振動した。杏子からだった。

「はい。藤井ですが」

「三〇分ぐらいで、切りあげられないかなぁ」

甘やかで、艶っぽいささやき声に、藤井はボーッとなった。

「一時間後でもいいわよ。あしたお休みでしょ。いくら同期会でも、わたしを独りで帰すなんて、ひどいと思う。話したいこともあったのに」

「おっしゃることは分かります。なるべくそのようにさせていただきます」

「うれしい。邪険にされたような気がして、泣きたくなったわ」

「そんな」

「ほんとうよ」

「どうも失礼しました」

「じゃあ、あとでね」

藤井は無理に顔をしかめて電話を切った。

8

藤井靖夫が同期の新年会の二次会に顔を出して、東中野の堤杏子のマンションを訪ねたのは午後一一時四〇分だった。

むろん杏子はパジャマ姿で起きていた。

「こんばんは」

「いらっしゃい。あなたが『ただいま』と言ってくれたら、『お帰りなさい』と迎えようと思っていたのだけれど」

ハグをしながら、ささやかれたが、藤井は「『ただいま』と『お帰りなさい』はおかしいですよ。それはあり得ません」と突き放すように返した。

「初めてお正月に二日間、泊まってくれたので、一緒に暮らしているような錯覚にとらわれたのかも。でも、あなたのおっしゃるとおりよ。あまったれてはいけないと自戒しなければ。ずるずるべったりはよくないわね」

「僕もそう思います。二人限りを厳守する約束です。だからこそ緊張感があるんじゃないでしょうか」

「それとスリルもね」

杏子は藤井のコートを脱がせながら、にっと微笑んだ。

「お風呂をどうぞ。わたしは先に入ったの。パジャマと下着は用意してあるわ」

男性色はゼロだったマンションのたたずまいが少し変化していた。必要最小限に抑えているので、杏子の母親が突然現れたとしても、とりつくろうことは可能だろう。

「お言葉に甘えて入浴してきます」

藤井は烏《からす》の行水で、一〇分ほどでバスルームからリビングに戻ってきた。

「アルコールはもうたくさんなのかなぁ」

「いいえ。バーでは議論ばかりしていたのでほとんど飲んでません。水割りをいただきます」

ウィスキーの水割りを用意しながら、杏子が訊いた。

「議論の内容は中期経営改革のことなのね」

「ええ。給与体系の見直しについて、ほとんどは賛成でした。七人も、辻本と僕を待ってくれましたが、もっと過激なのがいるのには驚きました」

「どう過激なの」

「二〇〇九年三月期の赤字決算が分かっているのだから、役員の責任を明確にすべきという意見です」

「役員のボーナスゼロは当然でしょう。それ以外になにかペナルティを科せとでも言いたいの？」

「最低三ヵ月減俸するくらいの刺激策があっていいとか、役員の年俸の大幅カットを主張する者もいました」

「テレビ東日の厚い社内留保や含み資産を考えると、ちょっと無理な注文なんじゃないかなぁ」

「しかし、トップがそのつもりになれば可能ですし、インセンティブにもなりモチベーション・アップをもたらすことは確かです。一考に値すると思いますけど。小田島社長のリーダーシップに期待したいところですよ」

「瀬島副社長と木戸専務がその気になれば、説得できるかも。いずれにしても二次会に出席した意味はあったわけね。さっきは電話をかけてご免なさい」

「いいえ。辻本がいたので、他人行儀にならざるを得なくて、こちらこそ失礼しました」

杏子が用意したカーディガンを羽織って、二人は水割りウィスキーを飲んだ。

「リポート問題は辻本君とあなたしか知らないの？」

「はい。同期の新年会で話題にすることではありませんし、かれらに伝わっていると は考えにくいです」

「瀬島さんはあなたのリポートを横取りしたことで、マイナスイメージが膨らんだん じゃないかなぁ」

「さあ、どうなんでしょうか。山崎常務が上手に立ち回ったので、イメージダウンに はならなかったと思いますけど」

「わたしは、瀬島さんは男を下げて、木戸さんは男を上げたと思ってるんだけど」

「どっちにしても、リポート問題は過去のことで、とっくに皆んな忘れてますよ」

「今夜だって話題になったくらいだから、そんなことは無いでしょう。リポートは存在しているし、社長まで読んだことでもあるから、わたしの解釈が当たっている自信はあるわ」

二杯目の水割りを飲みながら、藤井が突然話題を変えた。

「松の内に、京都のお婆さんに新年の挨拶をするとか話してましたよねぇ」

「だからこそ、あなたに来てもらいたかったの。六日に有給休暇を取って京都へ行ってきたのよ。お婆ちゃま喜んでくださったわ。『小田島はしっかりやってるか』って訊かれたので、『よく勉強されてるので、社員の人気は平均点以上です』と応えておいたわ。〝ダーティS〟の話題が最も多かった。びっくりしたのは、〝ダーティS〟さんが、副社長に就任した直後に、京都に挨拶に出向いたこと」

「やりますねぇ。さすがですよ。アポなしはあり得ないと思いますけど」

「そのとおりよ。秘書室長にアポを取らせたわけ。京都に所用もあるので、ぜひお時間をいただきたいと言ってきた時、断ったそうなの。二度、三度しつこく要求されて、結局受けたそうだけど、〝伊藤事件〟の言い訳やら週刊誌の記事は全てでたらめだとか、そんなしょうもない話ばっかりだったと、お婆ちゃま嘆いていたわ。ただ、押しの強さには感心するやら呆れるやらで、図々しさで保《も》っていることがよく分かったとおっしゃっていた。木戸専務が挨拶に来なかったことを不満そうにおっしゃるので、シャイな人で図々しさのかけらも無いことと、社員の人望が厚いことを強調しておいたの」

　藤井は握り締めていたグラスを口へ運んだ。興味深い話である。

「京都のお婆さん、石川恵津子さんとおっしゃいましたかね。八十歳を超えているのに、お化けみたいに凄く元気な人とは聞いてましたが、東日新聞の断トツの筆頭株主なんですし、木戸専務にエールを送ってくれた人でもあるのですから、木戸専務も一度くらい挨拶で上洛するくらいのことがあってもよろしいんじゃないでしょうか」

杏子の笑顔が輝いた。

「以心伝心ね。わたしも、まったく同じことを考えたの。わたしがお伴をしてもいいんじゃないかしら」

「グッドアイデアですよ。僕は聞かなかったことにします。松の内は、一月七日までと一五日までの二説ある筈です。思い立ったが吉日ともいいます。ぜひ実現してください」

「あなたの目が爛々《らんらん》と輝いている」

「それはお互いさまですよ」

藤井はぐっとグラスを呷った。

「わたしもわれながら、相当したたかだと思ったの。お婆ちゃまと話していた時、プロジェクトチームの答申について触れようかと思ったのを抑えたのは、木戸専務に花を持たせることをちらっと考えたからなの。それと、お婆ちゃまは、かなり以前から税務対策上、東日新聞の株式を売却したがってたんだけど、テレビ東日は格好な嵌《は》め込み先なんじゃないかって、ちらっとわたしに匂わせたの」

「六日のことですか」

「ええ」

「このことは東日新聞も察知していると思うので、東日新聞抜きには進められないけど、道筋をつけるぐらいはテレビ東日でやってもいいんじゃないかなぁ」

「同感です。テレビ東日がイニシアティブを取るぐらいの気概を示すべきだと思います」

杏子が水割りを一口飲んで、グラスをテーブルに戻した。そして、藤井を凝視した。

「松の内の一五日までにアレンジできるかどうか分からないけど、まず木戸さんにアプローチして、意のある所を伝えるわ」

「あしたの土曜日に木戸専務にお会いしたらどうですか。善は急げです」

「一二日の休日に、木戸さんを京都にお連れできれば言うことなしなんだけど、そんなに都合よくことが運ぶとは思えない。でも、やってみるわ」

「株式の問題の帰趨が次期社長を決めるに際して影響してくることは間違いないと思います。大逆転のチャンスと考えると、なんだか胸がドキドキしてきませんか」

「そんな感じはあるわ。あした……」

時計に目を落した杏子が、「もうきょうなんだ」と言い直した。時刻は午前零時をとうに過ぎていた。

「とにかく電話してみる。電話で話せる問題でもないので、お宅に押しかけて、話す時間をくださいと頼むことにするわ」

「いいですねぇ。そうこなくちゃあ。結果がどう出るか楽しみです。ワクワクしてきました」

「あなたに焚きつけられて乗り込んで来ましたって、木戸さんに言えないことが残念だわ」

「僕が焚きつけるまでもなく、杏子さんはそういう選択をしてたと思います」

「そうかも知れない」

杏子が小さな欠伸を洩らした。


翌一〇日の午後六時頃、杏子から藤井の携帯に電話がかかってきた。

「どうでした？　成果のほどは」

「ゼロとまでは言わないけれど、期待が大きかった分、失望も小さくないわね」

「どういうことですか」

杏子の長電話を聞く限り、木戸とのやりとりはこんな風だった。

「瀬島さんが副社長昇格の挨拶で、わざわざ上洛したのは、さすがという他はないが、わたしにはそんなつもりは毛頭無いな」

「代表取締役専務就任の挨拶は時期的にもおかしいと思いますが、石川恵津子さまは専務にお目にかかりたいお気持ちをお持ちなのですから、中期経営改革を報告するということでしたら不自然ではないと思います」

「不自然だと思うよ。目下のところはテレビ東日とは直接関係は無いわけだし、仮に説明を求められたとしたら、その役目は小田島社長であるべきだろう。わたしにとって石川女史は雲の上の人だし、一面識もないのだから、のこのこ出向いても迷惑がられるだけの話だよ。わたしに会いたがっているなんて考えられん。気のせいに過ぎんのじゃないかな」

「小田島社長がまだ顧問の時代に〝ダーティS〟の件でわざわざ電話をかけてきてくださったことをお忘れですか」

「忘れるわけがない。しかし、わたしが上洛して挨拶するのはいかがなものかねぇ」

「わたくしがお伴をします。それでいかがでしょうか」

「きみは二度も行くことになるねぇ。むしろ不自然に輪をかけることになるんじゃないのかね」

「敬愛する専務ですから、この際包み隠さずお話しさせていただきます」

杏子は、世田谷区代田の木戸宅のリビングルームのソファで、木戸と向かい合っていた。

時刻は一〇日午後四時過ぎのことだ。

杏子が居ずまいを正したので、木戸も背筋を伸ばし、いくぶん緊張したかに見えた。

木戸はスポーツシャツの上にVネックのセーターを着ていた。

「石川恵津子さまは、東日新聞の筆頭株主ですが、所有株式の相当部分を売却したがっています。嵌め込み先として、テレビ東日が適切と考えて当然と思われますが、専務はいかがお考えですか」

「東日新聞にとって、株の問題は長い間の懸案事項だとは承知してる。また小田島さんが一期二年の条件で社長に就任した最大の使命、狙いは株の問題をなんとかしたいからだとも得心してるが、だとしたらわたしの出る幕は無いと思う」

杏子は首をかしげながら、コーヒーカップを口へ運んだ。

「目下のところ、石川女史と小田島社長が株問題で話し合った形跡は無い。また、東日新聞がこの問題で小田島社長に矢の催促をしているとも思えない。わたしごときが小田島社長の頭越しに、石川女史と接触するなんてあり得ないことだ」

「専務が小田島社長の相談相手になってさしあげたらいかがですか。喜ばれると思いますけど。あるいは、京都のお方と小田島社長の仲立ち役をしても、出過ぎたことにはならないと思いますが」

「小田島社長が株問題を持ち出すのは時間の問題だろうな。瀬島さんとわたしを一緒に呼んで話すのか、個別なのかは分からんが、中期経営改革の中に含まれる可能性も否定できない。わたしはあくまで受け身であるべきだと心得ている」

「わたくしは、専務が積極的にこの問題に取り組むことによって、イニシアティブを取ることを願っています。京都のお方には、こんな言い方はどうかと思いますけれど、目をかけていただいておりますので、腹蔵無くお話しできる立場でもあります。テレビ東日のために一役買わせていただくわけには参らないのでしょうか」

「きみがわたしを贔屓してくれるのは嬉しいし、ありがたいと思っているが、わたしのほうから仕掛けたり動くつもりは無いし、それはおそらく逆効果だろうな」

杏子が再び居ずまいを正した。反射的に木戸も背筋を伸ばした。

「株問題とか難しいことは一切考えずに、京都のお方と懇談する機会をわたくしが設けることもいけませんか。頭脳明晰な方ですから、他言することは無いと思いますが」

木戸は腕組みして一〇秒ほど考える顔になった。そして、両手で顔を洗うようにごしごしとこすった。

「お気持ちはありがたくいただいておくが、そういう気にはなれんなぁ」

杏子が珍しくきっとした顔になった。

「瀬島副社長がプロパーの初代社長になってもよろしいとお思いなんでしょうか」

「ノーコメント。いまはコメントしたくない。それで了解してもらえないだろうか」

「了解いたしかねます」

「申し訳無いが、そういうことでお願いする」

木戸は厳しい表情で深々と頭を下げた。

第七章　特命事項

1

二〇〇九（平成二一）年五月一二日の昼下がりに、テレビ東日の小田島社長が渡邉取締役相談役の個室にワイシャツ姿でぶらっと顔を出した。

「三〇分ほどよろしいですか」

「どうぞ。三〇分とは言わず一時間でも二時間でも結構だ。きみと違って暇人だからねぇ」

「なにをおっしゃいますか。相談役には会長並みの仕事をしていただいてます」

「冠婚葬祭係としては機能しているかもなぁ」

渡邉は笑いながら、ソファで小田島と向かい合った。

「実は京都の婆さんの執事、東日新聞のOBですが、阿部《あべ》君から一時間ほど前に電話がかかってきました。用向きは株の問題でそろそろ決着をつけたいっていうことなんです」

「わたしがテレビ東日を仕切っていた時代からの懸案事項だが、すべてきみに任せることで、わたしは退いたんだ。隠居の身で出しゃばる気はない。きみの好きにやったらいいな」

「そうおっしゃらずに、お知恵を貸してくださいよ」

女性秘書が緑茶を運んで来たので話が中断した。中年の秘書は小田島と渡邉を担当している。

秘書が退出したのを横目でとらえて、渡邉が上体を小田島のほうへ寄せた。

「婆さん側は、どんな風に言ってきたの？」

「財務担当の木戸専務に京都へ出向いてもらい、具体的に詰めたいとのことでした。忙しい社長さんにわざわざ来てもらうのは気が引けるとか言われました」

「ずいぶんなご挨拶だね。わたしは何度か京都へ呼びつけられたことがあるよ」

「それと、瀬島副社長が去年婆さんに会いに行ったそうですが、ご存じでしたか」

「いや。聞いてないなぁ。きみはどうなの」

「わたしも初耳です」

「瀬島君は隅に置けん男だからねぇ。もう社長のつもりなんだろう」

小田島が眉をひそめて、湯呑み茶碗に手を伸ばした。

「あんな行儀の悪いのをいつまでのさばらせておくのかとも言ってましたが、瀬島君に対する婆さんの心証の悪さは相当なものですよ」

「婆さんの横車で、木戸に代表権を持たせたことを思い出したよ。しかし、婆さんがいくら木戸を贔屓しても、きみの次が瀬島であることは動かせんだろう」

「まだ一年ほどありますので、今から決める必要はないでしょう。それとも、隅に置けない瀬島君を京都へ出向かせますか」

「婆さんの神経を逆撫ですることもなかろう。とりあえず木戸を京都へ行かせたらどうかね」

小田島はがぶっと緑茶を飲んで茶碗をセンターテーブルに戻した。

「相談役は瀬島君の耳に入れておくべきとお考えなんですか」

「そんな必要は無い」

断定的に返されて、小田島は気圧されたように口を噤んだ。

「あとで分かった時に、ふくれっ面ぐらいするだろうが、社長はきみなんだ。わたしの意見を聞いて、そんな必要は無いって言われたでいいじゃないか」

「分かりました。とりあえず木戸君に京都へ行ってもらい、先方の意向を聞かせますが、詰めるのはわたしの役目でしょう。東日新聞のトップの意見も聞いて、時間をかけてゆっくりやらせてもらいますよ」

「木戸はきみの名代だが、なんで婆さんに気に入られたのかねぇ」

「それはわたしが相談役にお尋ねしたいくらいです」

「〝伊藤事件〟と〝ダーティS〟を婆さんに吹き込んだ奴がおるっていうことなんだろうな。瀬島の柄の悪さは、わたしも気にならんでもないが、副社長になってから身持ちが良くなったんじゃないのかね」

「中期経営改革でも瀬島君は立派に仕事をしてくれました」

渡邉があからさまに厭な顔をした。

「役員の給与を四月から三ヵ月間ゼロにしたのは、やり過ぎなんじゃないのかね。瀬島みたいにダーティで旨味にありつけてるのはいざ知らず、わたしのような貧乏人には応えるよ」

「いくらなんでも貧乏人は無いでしょう。ただ、従業員の給与カットも定昇ストップもテレビ東日始まって以来のことです。役員がそれぐらいのことをしませんと示しがつきません」

「常務会で誰が言い出したんだ？」

「瀬島君です。木戸君と山崎君の意見も聞いたうえで、発議したようです」

小田島が中腰になりながら返した。

2

木戸が新幹線で上洛したのは五月一四日午前一一時過ぎのことだ。京都へ行く前に、木戸は東日新聞の新井財務担当常務と面談した。

「石川女史が株の問題で何か言ってきましたか」

東日新聞の役員応接室で木戸の顔を見るなり新井が切り出した。

「売却したいので、上洛しろとのご命令です」

「ご迷惑をおかけしますが、よろしくお願いします。社主の石川家で四〇パーセントを保有しているのは悩ましい問題です。表向きは資本と経営の分離がうまく機能していることになっていますが、とんでもない。よくご存じなんでしょう?」

木戸は小さくうなずいた。

「社主は保有株の譲渡先はテレビ東日さんしか無いと考えているわけです」

「リーマンショック以来、当社の経営も厳しくなっておりますので、どの程度ご協力できるのか分かりませんが、人事を尽くしたいと存じます。保有株のどのくらいを手放したいんでしょうか」

「察するに二分の一の二〇パーセントでしょうか。あくまでもわたしの推測に過ぎませんが」

木戸は破顔したが、すぐに表情を引き締めた。

「失礼しました。わたしには冗談としか思えません。大東日さんの株式を二〇パーセントも保有できる体力は当社にはありませんし、無いものねだりにもほどがありますよ。一株どのぐらいふっかけられるんでしょうか」

「当社の社内留保やら含み資産を考慮しますと、七万円ぐらいのことは言うような気がします」

「言い値にしても、割高過ぎますねぇ。石川女史が株問題で、東日新聞さんに何か要求してきている事実はおありなんですか」

「石川女史お気に入りの当社のOBが執事をしていますので、多少の情報は……。なんせわれわれを丁稚小僧ぐらいにしか思ってない人ですから」

木戸は当日正午前に、新幹線京都駅からタクシーで指定された〝百万遍　京料理梁山泊〟に着いた。

門構えといい、石畳の玄関までの距離といい、さすが一流の料亭だけのことはある――。

木戸が着物姿の仲居に案内された奥座敷は、宴席用の広間だった。木戸は掛け軸の漢詩にちょっと見蕩《みと》れたが、一〇分前なのに誰も居なかったので、気分を害された。迎える側が先着しているのが礼儀というものだ。それこそ丁稚小僧扱いではないか。

ジャスト正午に胡麻塩の頭髪を七・三に分けた男性が仲居を伴って現れた。木戸は東日新聞OBの〝執事〟だなと、ぴんときた。

「石川家の秘書役の阿部知義《ともよし》と申します。お呼び立てして申し訳ありません」

畳に正座して、挨拶されたので、木戸はあわて気味に居住いを正して向き合った。交わした名刺の肩書きは〝石川芸術財団理事長〟だ。

「初めまして。テレビ東日の木戸光太郎です。よろしくお願い致します。石川社主は？」

「間もなく参りますよ。京都流なんです。指定時間の五分後を厳守してるだけのことです。京都って、妙な面があるんですよ。堤杏子さんから聞いていませんでしたか」

「はい」

「失礼致しました」

深々と頭を下げられた。『そつの無い男だ、元東日新聞記者とはとてもじゃないが、思えない。婆さんに気に入られるわけだ』と木戸は思った。

「大阪本社京都支局が永かったそうですねぇ」

「かれこれ一〇年以上はおりました。石川一家担当記者みたいなものです。石川恵津子社主にどこが気に入られたのかさっぱり分かりません」

「きりっとした美丈夫とお行儀の良さ、ここも……」

木戸が頭に手を遣った時、「石川先生がお見えになりました」と女将の声が聞こえた。

襖《ふすま》が開けっぱなしだったので、よく通る。

はなやいだ声でもある。ふっくらした上品な女性だった。

蓋付きの湯呑み茶碗も女将が、大きなテーブルの中央部に丁寧に置いた。上座に一つ、下座に二つだ。

「おこしやす。ようお出くだはりました」

石川恵津子の声にも艶があった。友禅の着物姿が眩しい。細面でうしろに束ねた髪の量も豊富だった。女は化ける。七十歳ぐらいにしか見えない。

「テレビ東日の木戸と申します。この度は拝眉の機会をお与えいただきまして、光栄至極に存じます」

緊張感で、声がうわずるのは仕方が無い。

「石川どす。お初にお目にかかります。杏子はんから木戸はんのこと聞いてますえ。テレビ東日、生え抜きのエースや言うてましたえ」

「恐れ入ります」

石川恵津子は緑茶を飲んで、「阿部に任せておます。阿部とようお話ししてや」と言いおいて、早々と退散した。

門まで石川恵津子を見送った阿部が座敷に戻るまで六分ほど要した。

「失礼しました」

木戸は中っ腹だった。茶一杯で退散なら初めから来るなと言いたいくらいだ。

木戸の顔色を読んだ阿部が笑顔を装った。

「申し訳ございません。先にお詫びしなければいけませんでしたね。社主はダブルブッキングで、木戸さんがいらっしゃるのを忘れていたのです。すべてわたしの不注意によるものです。ご寛恕《かんじょ》を請わずにいられません」

畳に手を突いて、阿部は低く頭を垂れた。

土下座に近い。大仰と思いながらも、木戸は悪い気はしなかった。

「お目にかかれただけでも光栄です。気になさらないでください」

「ありがとうございます。掘り炬燵式ですからお楽になさってください。それに、きょうは貸し切りでもあるのです。〝梁山泊〟主人《あるじ》の橋本憲一さんは料理研究家として知る人ぞ知るで、地元の大学で学位を取得するつもりなんじゃないですか。ここも……」

阿部は左手で右手の上肘を叩きながら続けた。

「超一流です」

木戸の気持ちがほぐれ、メニューが膳の上に置いてあるのに気付いた。

〝お献立　皐月《さつき》〟〝テーマ・薫風《くんぷう》・緑の香り〟とある。〝先附〟だけで、満腹になりそうだ。

〝トマトのすり流し（マクワ瓜、水菜添え）〟

〝マリネ藤鱒と昆布〆大根の朴葉《ほおば》包み〟

〝白木耳《しろきくらげ》と焼茄子の胡麻酢和え〟

〝自家製木の芽入り豆腐〟

「ボリュームはたいしたことありません。生ビールをどうですか」

「いただきます」

ほどなく〝先附〟と大き目なグラスの生ビールが女将と仲居によって運ばれてきた。

木戸の湯呑みは空っぽだった。やたら喉が渇く。

「よろしくお願いします」

「こちらこそ。くれぐれも、よろしくお願いします」

阿部と木戸は身を乗り出して、グラスを触れ合せた。

阿部がビールを飲みながら、笑いかけた。

「たったいま、門の前で恵津子社主から言われたことをそのまま伝えますよ。『東日新聞のぼや助共は、ほんま気が利かんで、往生してますんや。うちが個人で東日新聞の株を持ち過ぎると、いろいろな人に言うとるようですが、直接言われたことはおへんけど、水臭い言うたらかないまへん』でしたかねぇ」

「京都弁が板に付いていらっしゃる。江戸っ子と伺ってますが」

「おっしゃるとおりです。十数年前、石川恵津子社主が上京された時に、美術館などをフルアテンドしたのが、そもそもの始まりです。新聞記者は概して、そっくりかえってるのや、肩で風切って闊歩《かつぽ》しているのが多いのですが、わたしはご覧のとおり、へっぴり腰です」

「謙虚な所を石川恵津子さまはお気に召したわけですね」

「どうなんですかねぇ。そう言えば社主は、保有株の半分、すなわち東日新聞社の二〇パーセントをテレビ東日さんにお引き受けいただけないかとか言ってましたよ」

木戸は本題に入ったなと思い、真顔になった。

「新井常務も同じことをおっしゃっていました。一株、七万円をふっかけられるんじゃないかとも。上場したらこれくらいの値はつくだろうということなのでしょうが、公器の新聞社の上場はあり得ませんでしょう」

「もちろんです」

阿部は真顔でうなずいた。

「新井君に七万円と伝えたのはわたしです。東日新聞の社内留保や含み資産、過去三期の決算報告書に基づいて、複数の証券会社に評価させた結果の数値で、ふっかけたつもりはありません。新井君がふっかけるなんて言ったとしたら、心外です」

「失礼しました。ふっかけられたと思ったのは、わたしのほうです」

木戸は素直に撤回し、頭を下げた。

料理が運ばれてきた。女将が〝先附〟の内容を説明したが、木戸も阿部もほとんど上の空だった。

「わたしがまだ東日新聞社の記者時代から、社主の存在、株の問題は東日新聞社にとって最大の悩ましき課題でした。キャッシュで四千億円ほどあった時代にテレビ東日を丸呑みする選択肢もありましたが、その十分の一の四百億円を投じて、主として教育系出版社保有株を取得し、筆頭株主になったわけです。石川恵津子社主が元気なうちに株問題をクリアにしたいとの思いは、資本側も経営側も一緒です」

「キャッシュで四千億円ですか。さすが大東日さんですねぇ。石川社主から全株取得することも可能だったわけですね」

「全株手放すつもりは全くございません」

〃お椀〃を運んできたのも女将だった。

二人はあわてて、料理に箸をつけた。

「生ビール、もう一杯お願いしますかねぇ」

「よろしゅうおます」

二つのグラス共一滴も残ってなかったのを見てとって、女将がゆったりしたもの言いで返した。

〃お椀〃は〃炙《あぶ》り太刀魚　絹莢《きぬさや》豆腐　白瓜　梅肉〃とある。美味なことこの上ない筈だが、賞味するゆとりは無かった。

二杯目の生ビールを飲みながら、木戸が質問した。

「阿部さんは社主と新聞社を融合させる触媒的存在とお見受けしましたが、いかがですか」

「そうした面がゼロとは申しませんが、あくまでも石川恵津子社主の秘書役です。社主の命令、指示に従わざるを得ない立場です。ですから、こうしてテレビ東日の代表にお目にかからせていただいている次第です」

「代表ですかぁ」

木戸が伏目がちに続けた。

「小田島社長の名代に過ぎませんよ」

「しかし、プロパーのトップ的立場なのではありませんか」

「違います。それは副社長の瀬島です」

料理を箸でつつきながら、阿部がにやにやした。

「瀬島さんは、テレビ東日では虚勢を張っているようですが、あれだけの悪さをしたんですから、われわれとしては与しやすい。なんでもOKでしょう。社主の要求に反対できない立場なんじゃないですか。渡邉取相も小田島社長もその辺はご存じなのではありませんか。社主もわたしも、木戸さんの存在が気懸りです。難攻不落とまでは申しませんが、掃き溜めに鶴みたいな木戸さんに横になられたら、株を買っていただけないかも知れません」

木戸は噴き出しそうになったが、天井を見上げて、急いで思案顔に変えた。

買い被られているのか、おちょくられているのか。あるいは本音かも知れない。

「パワーがあってクリーンな木戸代表取締役に反対されたら、まとまるものもまとまりません。テレビ東日さんに、株を買い取っていただく以外に選択肢は無いのですから。相続税が発生したとしましたら大変な額になります。物納するしかありません。しかし株を物納されたら、新聞社も国税庁も困惑するだけのことですので、この選択肢はありません」

木戸は天井からおろした目で、阿部をまっすぐとらえた。

「テレビ東日が石川社主の株を引き取ることに異議を唱えるつもりは毛頭ございません。むしろ東日新聞社株を入手したいと願っています。しかし、問題はパーセンテージと株価です。話半分と言いますから一〇パーセント、三五万株くらいが妥当かなと個人的には考えております。株価については当社でも評価させていただきたいと思います。社長の名代としては出過ぎていることは百も承知しておりますが」

「とんでもないことです。木戸代表取締役から、これほど踏み込んだ返事をいただけるとは夢にも思いませんでした」

「…………」

「瀬島さんはすばしっこいお人ですから、案外東日新聞社の株価をすでに評価させているかも知れませんよ。テレビ東日系財団の秘書さんとも近いかも知れませんし。小田島さんも相当したたかです。悪名高い東日新聞の前社長に取り入ってテレビ東日の社長になった人です。社長は一期二年でも、代表権を持った会長を何年もおやりになるかも知れませんしねぇ」

「人事権者は社長です。ウチは常に時の社長がＣＥＯでした」

「それにしても、木戸代表取締役がこれほど話の分かる方とは、おみそれしました」

阿部がテーブルに手を突いて、大仰に頭を下げた。

「わたしは、子供の使いになりたくなかっただけのことです。出過ぎたことをトップに詰《なじ》られるかも知れません」

木戸は苦笑しいしい続けた。

「株問題は急進展するような気がします」

「石川社主が、テレビ東日の株を保有する意向のあることはご存じなんでしょう。堤杏子さんからお聞きになっていませんか。〝カード〟は杏子さんが持っているとも言えるんじゃないでしょうか」

阿部に横目を流されたが、木戸は返事の仕様が無かった。

「杏子さんは、財団の秘書さんとも仲良しだと聞いていますが」

なるほど。財団秘書は伝説のテレビ屋〝岡憲〟こと岡田憲治の秘書だった。〝岡憲〟のパワーが多少なりとも温存されているとすれば、瀬島に利する――。〝岡憲〟の子分、〝鈴久〟（鈴木久彦）の引きがあったからこそ、今日の瀬島が存在する。〝カード〟は瀬島の掌中にあるとも考えられる。

木戸が「石川恵津子社主からのおみやです」と、紙袋を手渡されて、阿部が用意してくれた白ナンバーの黒塗りの車で京都駅へ向かったのは午後三時過ぎだった。

紙袋の中身は伏見の名酒〝月桂冠　鳳麟〟だった。

3

京都から帰京した木戸が堤杏子を携帯電話で呼び出したのは同日午後六時半頃だ。

「木戸です。いま、帰った所だが、仕事中なのかね」

「はい。ただし席は外せますが」

「じゃあ、ちょっと話をしたいので、来てもらおうか」

「承りました」

杏子は携帯電話をスーツのポケットに仕舞って、木戸の部屋へ向かった。

「お疲れさまです。新幹線のお陰で仕事量が増えましたね」

「執事から連絡があったんだな」

「はい。石川恵津子社主がご無礼したとか」

「そんなことは無い。雲の上の人がわたしごときに会ってくれただけでも感謝しなければならんわけだ。ダブルブッキングは事実と思うか」

杏子はゆっくりと首を左右に振った。

「石川恵津子さまは、けっこう忙しくしていらっしゃいます。テレビ東日の社長候補に一目お会いしたいと思ったことは間違いないと思いますけれど」

「わたしもダブルブッキングは無いと思った。阿部さんはなかなかの人物だ。新聞記者出身で、丁寧で気配りする人もいるんだねぇ。傲慢で鼻持ちならないのが多いような気がするが。もっとも報道記者も似たようなものかねぇ」

「人それぞれ、人さまざまですよ」

「阿部さんは社主の分まで、わたしに気を遣ってくれたわけだな」

「だからこそお婆ちゃまに気に入られたのではないでしょうか」

「婆さんの知恵袋でもあるんだろうな」

「おっしゃるとおりです」

木戸が手にした〝静岡茶〟のボトルを杏子が奪い取って、二つの紙コップに注いだ。

「新幹線の車内で買ったんだ。大役を果たした気分でホッとしたんだろうな。蓋を開ける前に眠ってしまった」

「石川恵津子さまを神格化するのは、いかがなものでしょうか」

にこやかに言われたが、木戸はむっとした。

「東日新聞の財務担当常務が小僧扱いされてるとか話してたぞ。婆さんお気に入りの堤とは立場が違う。きみはペットみたいなものかもな」

「お言葉ですが、つまらないことで言い合いをしている場合では無いと存じます。石川恵津子さまは新聞社株を買ってもらわなければならない弱い立場とも申せますので、テレビ東日は買ってやるという態度でよろしいのではないでしょうか。わたくしの承知している限りでは瀬島副社長は石川恵津子さまにすり寄っています。手柄を独り占めしようとしているやに見受けられます。それを阻むのが専務のお立場なのではないでしょうか」

木戸は静岡茶をがぶっと飲んで、言い返した。

「堤のほうがエモーショナルになってるような気がするが。親会社風を吹かしている東日新聞から独立したいとの思いは、プロパーの共通項だろう。違うか」

「いいえ。おっしゃられることは分からないでもありません。ただし、プロパーの初代社長はクリーンな人であるべきだと存じます。その点については、わたくしはいささかもブレていません」

木戸がしかめっ面のまま小首をかしげた。

「きみは執事とわたしの話の内容も分かってるのかね」

「察しはつきます」

「話題を変えよう。額面が五十円の株が七万円でいいと思うか」

「分かりません。テレビ東日の上場時の主幹事、副幹事の証券会社に評価させたらいかがでしょうか」

「わたしも同じ考えだ。もう一つ訊く。わたしが京都へ行ったことを瀬島さんに明かすべきと思うか」

「いいえ」

「それも感情論だな。格下のわたしの立場も考えてくれんか」

「明かすつもりなのですか」

「思案中としか言いようがないな」

「おやめいただきたいと存じます。テレビ東日財団理事の津島和子さんとお会いになったらよろしいように思います」

「あの婆さんは苦手だなぁ。それこそ瀬島さんの出番だろう」

「ジョークと思いたいです。どうかお会いになってくださいませ」

「考えておく。忙しいのに悪かったな」

木戸は中腰で返した。

「わたくしの認識はちょっと違います」

「どう違うのかね」

「石川恵津子さまは、テレビ東日の株式を数パーセント保有するおつもりのようです」

「そう言えば、阿部さんが妙に勿体ぶってそんな話をしてたなぁ。杏子さんから聞いてないのかと訊かれたが、それがカードになるようなことも……」

「このことは瀬島副社長はご存じありません。知り得ているのは四人だけだと思います」

「四人？」

「石川恵津子さま、阿部さま、それに専務とわたくしです」

「渡邉取相、小田島社長、東日新聞の新井常務が知らないと思うか」

「思います。カードになるんじゃないでしょうか」

木戸は思案顔で目を瞑り、ソファに凭れていた。それが一〇秒ほど続いた。

木戸が目を見開いて、上体を杏子のほうに寄せた。

「東日新聞の株をどのくらい持たされるか分からんが、一〇パーセントとしてもおよそ二百五十億円の資金を要する。テレビ東日の株式を五パーセントか六パーセント持ってもらったとしてもオーダーがだいぶ違うよなぁ」

「オーダーの違いは関係無いと思いますが」

「いずれにしても、堤がわたしの応援団長であることは肝に銘じておくとするか」

木戸が柔和な顔をとり戻した。

「はい」

杏子の笑顔がこぼれた。

堤杏子が「せっかくのお茶をいただいておりません。もう少しよろしいでしょうか」と言って、紙コップに手を伸ばした。

木戸は仕方なさそうに腰をおろした。

「社長に報告しようと思って、まっすぐ家に帰らなかったんだが、堤に会えてかえって好都合だったな」

「あしたもお休みをいただいていると聞いてますが」

「ふうーん。あしたもか。聞いてなかったなぁ。特命なんて笑わせるなっていう話になるねぇ。わたしが京都へ行ったことも忘れてるんじゃないのか、心配になってきたよ」

木戸の温容がゆがんでいる。

「社長は石川恵津子さまの株問題にはナーバスになっています。決してそんなことは無いでしょうが、急進展するとまでは思ってないかも知れませんね」

「それにしても、二日も私用で休むんなら、わたしに伝えるべきだろう。特命事項が聞いて呆れるよ」

「いいえ。専務が京都へ行かれたのは、社長の特命事項だと認識すべきです。だからこそ瀬島副社長には伝えたくないと考えたのではないでしょうか」

「瀬島さんは、株問題を正確に把握してると思うが」

「石川恵津子社主が保有している東日新聞社の株式をテレビ東日が引き取ることは当然と思っているかも知れませんね。小田島社長の天下りはそのためだと、テレビ東日の全役員が承知していることでもあります」

木戸が空になった紙コップを握り締めたので、ぐしゃっとなった。それを屑箱《くずばこ》めがけて放り投げたが、入らなかった。

杏子が拾いあげて、自分のと一緒に屑箱に捨てた。

「株の問題はカードにならないと肝に銘じておいたほうが無難だな。すくなくともわたしの認識はそういうことだ」

4

木戸光太郎が新幹線のぞみのグリーン席で居眠りしていた同時刻、藤井靖夫はオフイスAのプロデューサー、山本重雄《やまもとしげお》と面会していた。

山本は木戸より二つ三つ歳下で、長い揉み上げと切れ長の強い目が印象的だ。電光の紹介で「どうしてもお目にかかりたい」と電話してきたので、呼びつけたまでだ。むろん初対面である。

「電光さんから、もれ承った所によりますと、テレビ東日の系列制作会社の派遣社員のみを優遇してるそうですが、われわれ下々のことは一顧だにしてくださらないのでしょうか」

「なにをおっしゃいますか。こともあろうにオフィスAともあろう制作プロダクションの名プロデューサーから、そんな話が飛び出してくるとは夢にも思いませんでした」

われながら皮肉もきわまれりだと思ったが、藤井はふんと鼻で嗤《わら》っていた。

山本の目が怪しく光った。

「ご冗談を。大金持ちになったのは創業者一家だけです。われわれは酷い目に遭っていますよ。御社のプロデューサーから呼びつけられて年がら年中、制作費の縮小を迫られている弱い立場です。藤井部長ほどのお方がご存じ無い筈はありませんよねぇ」

こいつ相当なタマだと思いながら、藤井がやり返した。

「念のため申し添えますが、わたしは副部長です。そのプロデューサーを特定してください。現場には現場の立場がありますので、口出しできるか疑問ですが」

「わたしのクビを取ろうとおっしゃりたいのですか。ま、その覚悟がゼロと言えば嘘になりますけど」

「ふうーん」

藤井は唸り声を発して腕組みした。藤井がどう言い返そうかと考えているあいだに、山本は言い募った。

「失礼ながら一〇パーセントぐらいの賃金カットではアピールしませんよ。テレビ東日さんの高給はあまねく知れ渡っていますからねぇ。弱者の制作会社を強者のテレビ局がいじめているのが現実だとは思われないのでしょうか。不公平取引を公正取引委員会がウォッチしているのかどうか疑いたくなります。ちょっと言い過ぎましたかねぇ。法律違反すれすれの所で、テレビ局は勝負していると言い直させていただきます」

藤井の顔色が変った。カッと頭に血が上るのを覚えながら、ペットボトルの水を用意しなかったことを悔いた。

首から吊るした入館証をぶらぶら揺すって、山本がネクタイのゆるみを直した。

「テレビショッピングも放送法に抵触するような気がしてなりません」

しめた、と藤井は膝を打った。

「通信販売番組を考案したのはどなたでしたっけ。御社のボスでしょう。そのお陰で大儲けしたのもオフィスAさんじゃなかったですか」

「ですから、申し上げたじゃありませんか。大儲けしたのは、その一族だけです」

こいつバカじゃない。藤井は舌を巻いた。

「せっかくの経営改革なんですから、弱い立場の制作会社を直視していただきたいと願って、必死の思いでお邪魔させていただきました。制作会社にもエールを送っている改革案だとお聞きしていましたが、現実は言行不一致の謗《そし》りを免れないと思います。このままでは遠からず制作会社は全滅するような気さえしないでもありません。制作コストが安上がりのバラエティや低俗番組が増え続けるんじゃないでしょうか。タレントが朝からゲラゲラバカ笑いしているか、なにか食ってるか、ベチャクチャしゃべっている番組のなんと多いことか、やりきれなくなりますよ」

しみじみとしたもの言いに変っている。やられっ放しだが、藤井は胸の泡立ちが鎮静するのを意識した。

「テレビ局と制作会社の力関係の強弱についてはとくと承りました。わたし如き若造にいろいろ教えていただき、感謝します。ついでながら視聴率だけに振り回されていて良いのかどうかも、わたしなりに考えてみたいと思います」

「若造なんて、とんでもないです。若造はわたしのほうで、テレビ東日のエース格として知られる藤井副部長さんにお会いしていただけたことを光栄に存じております」

「ちょっと失礼します。一、二分で戻ります」

藤井はいったん退出して、自動販売機で、冷たい缶コーヒーを買い、ついでに紙コップも二つ用意して、応接室に戻った。

「どうぞ」

「恐縮です。ほんとうに申し訳ありません」

「自分が飲みたくなっただけのことです」

藤井は山本の紙コップに缶コーヒーを注ぐことはしなかった。山本のほうがわずかに早く紙コップにコーヒーを満たし、口へ運ぶのも早かった。二人共喉がからからだったのだ。

「釈迦に説法とは思いますが、副部長さんはテレビ事業で飯を食っているのがどのくらいいるかご存じですか」

「民放協が発表している数字は約三万人でしたかねぇ。ＮＨＫグループと合せて五万人に満たないと思います」

「おっしゃるとおりです。われわれ制作会社、プロダクションを含めますと、大雑把に言えば約一〇万人でしょうか。そのうち副部長さんのようなキャリアと称する方々は一万人いらっしゃいますかねぇ。テレビ界は格差社会の象徴的な存在です。ＮＨＫは伏魔殿《ふくまでん》みたいで実態はよく分かりませんけど、いずれにしてもたった一〇万人で日本中を大騒ぎさせていることは事実でしょう」

藤井が紙コップをセンターテーブルに戻して訊いた。

「影響力が大きいという意味ですか」

「それもあります。たった一人のアスリートが日本中を熱狂させるのがテレビなんで

くるんじゃないですか」

「話を戻しますが、テレビ事業人口について広告業界をカウントするとかなり違ってくるんじゃないですか」

「トップの電光のパワーは圧倒的です。視聴率で振り回せるんですから、なおさらですがテレビ部門だけで電光を五〇〇〇人とすれば広告業界でせいぜい二万人でしょうか。テレビの影響力はいずれにしても突出しています。それにしては十二、三万人の中で、われわれ下々の薄給はひどいものですよ」

「山本さんがいちばんおっしゃりたいのはその点ですね」

「申し訳ありませんが、そのとおりです。テレビの強大な影響力に対して、われわれ制作会社の存在が見合っているとは到底思えません」

「しかし、効率の良い産業とは言えるでしょう。ただし、制作会社に対する優しさが乏しいとのご指摘は一考を要すると思います。編成制作の現場が乱れていて、言行不一致と言われたことも胸に刻んでおきます」

脚組みをしかけた山本が「失礼しました」と言って、しゃんとした姿勢に戻った。

そして、思いつくままなのか、準備してきたのか藤井には理解しかねたが、山本はまくしたてた。

「地方のテレビ局は、どうやったら生き残れるかを懸命に思案している筈です。テレビ東日さんのネットワークづくりは比較的遅かったので、失礼ながら大変だとご同情申し上げます」

「テレビドラマで上司に対して自分のことをオレなんて言わせてよろしいのでしょうか。ウチあたりのちっぽけな制作会社でも上下関係でオレとは言っていません。ワタシかボクです。テレビの影響で人々の言葉遣いがどんどん荒っぽくなり、人々の気持ちも痛めつけられています。タレントやキャスターの言葉遣いのひどさには呆れてものが言えません。パチンコ、ゲームのコマーシャルの多さは呆れ果てます。子供への悪影響が思い遣られますよ」

「国民の大半が新聞や雑誌を読まずに四六時中テレビばっかり観ていたら、確実に民度は低下します。天にツバするに等しいとか言われないうちに言いますが、テレビ番組のくだらなさは目に余ります。スポーツ局がのさばるのも分かりますよ。テレビ局栄えて国滅ぶなんていうことにならなければよろしいのですが。それはないですね。ネットとかパソコンとか悩ましい存在を忘れてはいけませんね」

「テレビ局には公的な面もある筈です。規制に守られているんですから、縛りが無ければおかしいですよ。上場を認めた政府の気が知れないと言いたいくらいです」

藤井は時計を気にしながら、ほとんど聞き流していたが、最後の一点は反論した。

「山本さんはまさか計画経済にマルを付けるわけではないでしょうねぇ。市場経済、すなわち資本主義にバツを付けたいとおっしゃるつもりなら、冗談にもほどがあると噛みつきたくなりますが」

「資本主義を否定していると聞こえましたか。そんなつもりはコレっぽっちもありません。しかし、新資本主義は否定します。強者の論理に与するのはいかがなものでしょうか。大泉─竹井ラインの内閣がこの国を無茶苦茶にしたことは、歴史が証明しますよ。もう証明されたも同然でしょう」

藤井は『こいつとは友達になりたくない』と思いながらも、「山本さんの弁舌さわやかぶりには降参です」と言って、低頭した。

「口から先に生まれたと言われています」

照れ臭そうに頭をかかれて、「なりたくない」がちょっとだけ減った。

5

五月一五日午後五時前、自席で書類を読んでいた藤井靖夫のズボンのポケットで携帯電話が振動した。

堤杏子だった。藤井はデスクを離れて、廊下で対応した。

「藤井ですが」

「今夜の予定はどうなってるの」

「五時から一時間ほど打ち合せがありますが、遅くとも七時には帰れます」

「お話ししたいことがあるの。わたしは七時には帰宅できますが、来ていただける？」

「ええ」

「そうだ。たまには、あなたのマンションにお邪魔しようかしら」

藤井は咄嗟の返事に窮した。

「お厭なのね。なにか都合の悪いことがあるのなら……」

「そんなことはありません。ちらかっていますし、おもてなしも出来ませんが、あんな汚い所でよろしかったら、どうぞいらしてください」

「それではデパートでお弁当を買って、八時過ぎに伺わせてもらいます」

「分かりました。お待ちしています」

藤井は会議に集中できず、ほとんど上の空だったが、一度だけ発言してなんとかやり過ごした。

帰宅したのは七時五〇分だったが、八時ちょうどに携帯が鳴った。念のため、マナーモードを解除しておいたのだ。

「堤です。今あなたのマンションの前です」

「308号室を呼び出してください」

数秒後に来客を告げるチャイムが鳴った。藤井が開扉ボタンを押すと、モニターには杏子がそそくさとエントランスから入ってくる姿が映し出された。

杏子は二つのデパートの買い物袋になにやらどっさり買い込んで現れた。

「待たされることを覚悟して来たのだけど、あなたが先でよかったわ」

「たったいま帰宅したところで、着替えをするのがやっとでした」

「奇麗にしてるじゃないですか。大掃除をやらされると思ってたのに拍子抜けだわ。ほんとうはホッとしているのだけど」

「杏子さんのお宅がいつも奇麗なので、片づける癖がついたみたいです。リモートコントロールされてるのと一緒ですね」

実際リビングもキッチンも乱れてなかった。ベッドルームだけはそうもいかない。

杏子が四周を見回した。

「懐かしいなぁ。このマンションは二度目ですけど、どのくらい経ったのか覚えてる？」

「二〇〇七年一一月三〇日から一二月一日にかけて、いらっしゃったんです。写真誌だか女性誌におっかけられてたんですよね」

「きょうは二〇〇九年五月一五日だから、一年半近くになるんだ」

「二〇〇七年一一月三〇日は忘れ得ぬ日です。二〇〇八年一月二七日の高尾山もそうですけど」

「ほんとうね。まだ夢心地だわ」

杏子は買い物袋から、食べ物を取り出してテーブルに並べた。

「〃なだ万〃のお弁当だから美味しいと思う。ハムとチーズは冷蔵庫に入れておきましょうか」

「白ワインと赤ワインまで。凄いなぁ」

「ビールはあると思ったんだけど」

「ええ。缶ビールが何本か」

冷蔵庫を開けた杏子が、感嘆の声をあげた。

「ただ詰め込むだけじゃなく、整理されてるわ。自立している感じがよく分かる」

五〇〇ミリの缶ビールを二本と、グラスをテーブルに運んだのは藤井である。

二段重ねの弁当は涎《よだれ》が出そうなほど豪勢だった。鰆《さわら》の西京漬けやだし巻き卵、煮染めなどが詰まっている。

「おせち並みですねぇ」

「いちばん美味しそうなのを買って来たの。不況、不景気って言われている割りには小田急のデパ地下は混雑していたわ」

二人はビールで乾杯し、「旨い」「美味しい」を連発しながら食事にかかった。

杏子は話しながらなので遅れがちだが、藤井の食べっぷりはスピード感があり過ぎる。

「いつもながらですけど、気持ちがいいほどお見事ね」

「昼食抜きなので、死にそうなほど空腹だったんです」

杏子が木戸とのやりとりを明かしてから、訊いた。

「木戸専務の態度どう思う？　わたしには不可解千万としか思えなかった」

「瀬島副社長と、ことを構えるつもりは無いんじゃないですか」

「京都のお婆ちゃまも、小田島社長も木戸専務にエールを送っているのよ。テレビ東日の社長になりたくないのかなぁ」

「そんな筈は無いですよ。ただ一戦まじえてまで、一枚の座布団を取りに行く気概、気力は無いと思います」

ワイングラスとチーズを取りにテーブルを離れた藤井が、戻ってきた。

「木戸さんは〝S〟に、京都へ行ったこと明かすのかなぁ。あなたの予想はどっちなの？」

「瀬島さんに話すに決まってますよ。瀬島、木戸両氏が仲違いしたら大事件です。ヘタをするとプロパー社長が遠のくかも知れない。それだけは回避したい、しなければならないというのが木戸専務のスタンスなんですよ」

「〝ダーティS〟が社長になっても仕方が無いと思ってるんだ。だとしたら、社員のことを考えていない人だって言われても甘受するしかないわね」

「〝瀬島会長—木戸社長〟もあり得るなんていう話がありましたけど、瓢箪から駒の可能性はどうなんでしょうか」

「〝ダーティS〟が受ける筈が無いからねぇ」

「さあどうでしょうか。ＣＥＯが会長なら受ける可能性のほうが高いですよ」

「二人の入社年次が接近しているから、ＣＥＯを分け合うことは考えられないわね。わたしはずっと株問題はカードになると思っていたの。そのチャンスが向こうから転がり込んできたのに、利用しない手は無いと思って当然なんじゃないの。〝ダーティ〟より〝クリーン〟をトップに据えたほうがテレビ東日にとって、社員にとってどれほどハッピーかに思いを致せば、木戸さんはファイティング・ポーズを取る最後のチャンスだと思う」

思い詰めたような杏子の口調に、藤井は粛然となった。

「杏子さんほどの人に、これだけエールを送られたら、木戸さんは本望、本懐ですよ。ただ、迫力不足は否めません。それと〝ダーティS〟のパワーが強力なんです。ダーティの程度問題にもよりますけど、テレビ業界はなんでもかんでも許容してしまう体質なんじゃないですか。僕がリポートを書いた時に〝伊藤事件〟の再検証について、杏子さんも辻本も必死に止めましたよねぇ。あの時、僕はテレビ業界の体質みたいなものを痛感しました。〝ダーティS〟は代表取締役副社長でもあるんです。この人を排除するのは不可能に近いと思います」

藤井は白ワインを手酌でがぶ飲みし始めた。

杏子のグラスにも藤井がワインを注いだ。

杏子は手にしたグラスを口へ運ばず、テーブルに戻した。

「まだ話してないけど、京都のお婆ちゃまはテレビ東日の大株主になるつもりがあるの。木戸さんは石川家の執事から匂わされたようなことを話してた。それをカードにしない、ならないと考えているんだから、やってられない。あなたはなんでもありがテレビ業界の体質みたいに考えてるようだけど、〝ダーティS〟の悪名はテレビ界に轟いてるのよ」

「そういえば、昨日会った制作会社のプロデューサーがウチの編成制作の現場では制作会社いじめが絶えないようなことを話してました。テレビ東日は言行不一致にもほどがあるとか言われっ放しでしたが、テレビ事業に携わる人口を約一二万人として、S氏の悪名はその全部に知られてるんでしょうか」

「なに言ってるの。そんな程度じゃ済まないと思う。少なく見積もって、その一〇倍、一〇〇万人は知ってるわよ」

「されど〝ダーティS〟はテレビ東日に君臨する、ですか。ほんと、やってられませんね。それにしても、木戸専務は京都へ行ったことを、なんで杏子さんにわざわざ話したんでしょうか」

「瀬島さんに明かすべきか、わたしの意見を求めるためよ」

「反対したんですよね」

「ええ。ところが話すつもりでいるんですから、わたしの意見を聞くまでも無いわけ。矛盾してると思わない？」

「木戸専務の気持ちが揺れに揺れてるのも分かるような気がします」

「お婆ちゃまが保有している東日新聞の株の問題は、遠からず表面化してくると思っていたけど、こんなに早まるとは想定外だわ。来年ぐらいかなと予想してたんだけど」

「石川女史と東日新聞との関係が悪化してるんでしょうか。巨大新聞社の株問題は、どの社もすっきりしてませんね」

「そうなの。東経産（東京経済産業新聞）なんて、社員同士の売り買いも出来ないらしいわね。株は発行してなくて、名簿しか無いみたいだけど、社員、ＯＢなどの株主が死去したら百円株を同じ百円で会社に戻す取り決めが出来てるらしいわ」

「東経産はジャーナリズムなんて言えませんよ。一流企業の創業社長が死去したとき、死亡記事を意図的に夕刊に掲載した事実があるんです。夕刊部数は朝刊の何分の一なんでしょうか。もっと驚くのは企業がリークするのは当然と思い込んでいる記者ばっかしで、他紙に抜かれると意趣返しするんです。上層部の腐り方はひどいものです。丸野証券がガリバーと言われ東京証券市場を牛耳っていた時代に、不祥事でCEOが国会に喚問されたとき、想定問答もどきのことまでコーチした記者が、いまや関西本社の代表になって、大きな顔してるんですよ。また、株好きの東経産の元記者で、妙なことをしたようなのが、新聞社では立場が出る。きわめつけはトップの私物化です」

「東経産の腐り方は、〝ダーティS〟を擁するテレビ東日といい勝負なのかなぁ。でも、中堅若手で優秀な記者が多いことも確かよ」

杏子がやっと白ワインを口にした。

藤井は再び手酌でがぶ飲みした。

「来週の月曜日に、瀬島―木戸会談があることは間違いないと思うけど、どんな内容になるのか結果が気になるわね」

「木戸専務が杏子さんに結果を伝えない法は無いんじゃないですか」

「さあ、どうかしら。レスポンスが無かったら押しかけてでも聞き出すつもりだけど」

「レスポンスが無い筈はありませんよ。万一無かったとしたら、木戸専務の人間性を疑います」

「結果がどうあれ、あなたには報告するわ」

「恐縮です。いや、嬉しいです。楽しみでもありますね。ドキドキするような」

「ドキドキ感はわたしにもあるわ。いま現在もそんな感じがする」

赤ワインのボトルが三分の一ぐらいになったところで、杏子が「シャワーをしていいかなぁ」と言って、藤井に目を流した。

「どうぞ」

「一緒にしないの？」

その瞬間、藤井は勃然となった。

「下着もないしパジャマもありませんけど、僕のアンダーシャツがパジャマ替りになると思います」

「下着は今夜中に洗えば、あしたの朝には乾くわ。バスルームで乾燥できるんでしょ」

「はい」

バスルームでシャワーを浴びながら、二人はディープキスを繰り返し、相互に下半身をいじくった。

藤井はボディシャンプーも使わず、汗を流しただけでバスルームから飛び出した。ベッドルームを整えなければならないと思ったからだ。

本や新聞や下着やらで乱雑なベッドルームを片づけている間に、バスタオルで躰を覆った杏子がやってきた。

「汗臭い。男臭いとも言うのかなぁ」

杏子が窓を開放した。カーテンが夜風で膨らんだ。

睦み合ったあとで、杏子が藤井の右耳に口を寄せた。

「元カノとはどうなったの？」

「音沙汰無しです。完全に終わりました」

「ご免なさい。口にすべきではないと思いながら、気になってならなかったの。洗濯とキッチンの洗い物をしてくる。貧乏性で、今夜中に後片付けしないと安眠できないの」

そんな感じは分かる。杏子のマンションでもほとんどそうだった。

藤井の半袖のアンダーシャツは、小柄な杏子にはだぶだぶだが、普段着でもパジャマでも通用した。

洗濯物がたまっていたが、なんとか洗濯機一回分で済んだ。

藤井はバスルームに乾すのを手伝っただけで、キッチンも杏子が片づけてくれた。

「残りのワインを飲んじゃいましょうか」

「わたしはもうたくさん。あなた、どうぞ」

「じゃあ遠慮なく」

藤井が赤ワインを飲んでいる間、杏子はウーロン茶でつきあった。

「京都のお婆ちゃまから、秘書になって、いろいろ手伝ってもらえないかと誘われたのよ」

「もてもてお姉さんは、なんて応えたんですか」

「考えさせてくださいって。思わせぶったことになるけど、身も蓋も無い応え方はできないでしょ。まだ会社を辞められそうもないって、あした手紙を書くつもりなの」

「結末を見届けなければ、辞められないのは当然ですよ」

「〝ダーティS〟が社長になったら、辞めさせられる前に依願退職するわ。あの人はわたしが目障りでしょうがないみたい」

「杏子さんが石川女史に、小田島さんへの電話をかけさせたことをキャッチしてますかねぇ」

「そこまではまだ大丈夫だと思う。ただ、わたしがお婆ちゃまの秘書になったら疑念を持つでしょうね」

「石川女史が小田島さんに電話をかけてきたことは、〝ダーティS〟は知ってるんでしたっけ」

「ええ。それは小田島さんか渡邉さんから伝わってると思う。だからこそ副社長になった時、お婆ちゃまに挨拶しに上洛したんじゃないかなぁ」

「いまさっき、トイレで考えたんですけど、石川女史がテレビ東日の大株主になることは、確かにカードになるような気がします。最後のチャンスという考えにも与したい心境です」

「木戸さんが分かってないのが切ないやら悲しいやら……」

「分かってますよ。いくらなんでも、木戸さんほどの人が分からない筈はありませんよ。ただ、さっきも言いましたが、〝ダーティS〟の排除が不可能だとも認識してるので、カードの切り方は難しいでしょうねぇ。カードにするための戦略に無い知恵を絞ります」

「それだって、木戸さんがその気にならなければ、エネルギーのロスになるだけのことでしょう」

「これも繰り返しですが、〝瀬島会長CEO〟〝木戸社長COO〟が最も現実的なんじゃないでしょうか。木戸さんはナンバー2でも存在する価値はあると思います」

杏子が欠伸を洩らす前に、藤井が大きな伸びをした。

　翌朝、藤井と杏子は午前一一時にブランチを摂った。

「昨夜、言い忘れたんだけど、東日新聞では自社株を保有してるOBがいること知ってた？」

「はい。定年時に総務部の株式課長に呼ばれて、保有するもよし、従業員持株会が買い取るもよしと言われて、現金化したのもいれば、保有したのもいると聞いています。持たされた時より一株当たり三百円ほど高めに引き取ってもらった人の話を聞いたことがあります」

「額面五十円の株券を保有している人は、ひょっとすると数万円ぐらいの価値が出ると思う人がいるかも」

「社内のルールで一株二千円以下と決まってるわけですから、従業員持株会と社主保有株の二本立てというか、二重性になるのは仕方が無いんじゃないですか」

「社主保有株七万円はどうかと思うけど、それにしても格差があり過ぎるわね」

「格差社会ですから……」

「ジョーク、ジョーク」と言いながら、藤井はホットミルクティが気管に入って、むせかえった。

「天下の東日新聞の株券なのだから、骨董品的価値はあるんじゃないですか」

「あると思うわ」

「社主保有株が仮に五万円に評価されたとしても、株を持っている社員は一瞬大金持、いや小金持になった気分になるかも知れませんね」

「夢を見られるだけでも幸福でしょう」

「大東日のプライドの高さを知らしめられるのは夢なんかじゃなくて現実ですよ」

「なるほど。東日新聞の記者さんに対するコンプレックスは、瀬島さんも木戸さんも、かくいうわたしも骨髄に徹している。あなたはどうなの」

「いつかも話しましたが、右に同じです。社会部はウチも頑張っていますが、政治部と経済部は負けてます。もっとも経済部は東日新聞もたいしたことないかもしれませんね。日銀のOBの村木豪《むらきつよし》のいかさまを見抜けなかった。それどころか、旧ACB（朝日中央銀行）の本部副部長でコンプライアンス、コンプライアンスと騒ぎ立てて、手柄顔をしてたのが、旧産銀と旧芙蓉銀との三行統合による〝にっぽん銀行〟の支店長になってさんざん情実融資したあげくコメンテイターに化けて、村木豪と組んで新日産興銀行で悪さの限りをしているのをバックアップしたのも、ものごとの本質が分かってない経済部の編集委員でしたよねぇ」

「そうそう。社会部の記者になってれば伸してたかも。元銀行員のコメンテイターを大物に見てしまった東日新聞はチェック機能が働かなかったとしか言いようがないわねぇ」

「村木豪といい、元銀行員といい、叩けば埃が出る人は山ほどいますけど、〝ダーティS〟には負けるかも知れませんね。もっとも元銀行員は新日産興銀行が成功すると考えているとしたら勘違い、頓珍漢男として金融史に残るかも知れませんよ。金融界では確実に失敗すると見ています」

「だとしたら罪悪感はないのかなぁ」

「あるようには到底見受けられません」

「お里が知れる口ね」

ブランチとはいえ、二人は話に夢中で食事を終えるのに一時間も要した。

6

五月一八日午前一〇時に、木戸専務に小田島社長から呼び出しがかかった。事実は木戸が社長付の女性秘書に朝イチで三〇分ほど時間を取るよう命じておいたのだ。

前日のゴルフで好スコアを出したことで、小田島は上機嫌だった。

「ラウンドで九〇を切ったのは何年ぶりかねぇ」

雑談はもっぱらゴルフ談義で、「ミドルホールでバーディを出したのも記憶に無いほど久方ぶりだった」とも話した。

アイスティがセンターテーブルに並び、秘書が退出したのをしおに、木戸が切り出した。

「例の京都のお婆さんの件ですが。むろん日帰りだったのですが、社長は一四、一五の両日はお休みでしたので。お電話することもなんだと思いまして。それほどの問題でもないと分かったものですから。報告が遅れて申し訳ありませんでした。特命事項との仰せでしたが、失礼ながら相当進展していると思わざるを得ません」

木戸は先週、東日新聞社の新井財務担当常務に面会したことを含めて、高ぶる気持ちを抑えに抑えて静かに説明した。

小田島は時に厭な顔をしたが、腕組みして、黙って聞いていた。

「そんな次第です。つまり社長特命に非ずということで、問題は線引きのいかんなのではないでしょうか」

「そうなると、渡邉さんは既に株問題の道筋をつけていたことになるわけだ。狸爺《たぬきじじい》だな。厭味な爺さんだ」

『あなたはどうなんですか』と訊きたいくらいだが、そこまでは無理だ。しかし、出来レースはほぼ確実で、プロパー組の瀬島と木戸をどう落すかに東日新聞側は腐心していたと思うしかない。

「そう言えばテレビ東日を丸呑みするとか、物納をどうとかまで執事さんから聞かされましたよ」

「大昔、そんなこともちらっと考えたかもなぁ。ところで……」

小田島がぐっと上体を乗り出した。

「きみは、渡邉さんが代表権を持たせただけのことはある。話の分かる男だが、瀬島対策はどうするかねぇ」

木戸が苦笑を洩らしたのは、東日新聞側が〝ダーティS〟は取り込みやすいと端から決めてかかっていた節のあることが頭の隅をかすめたからだ。

「副社長はとっくに承知しているとも考えられますが、手続き論的には社長から話していただくのがよろしいと思います」

「きみ抜きでか」

「はい」

「それはまずいだろう」

『おっしゃるとおりです』と言いたい所を、木戸は顔をしかめて、『俺も相当なタマだ』と思いながら小さくうなずいた。

ほどなく瀬島はワイシャツ姿で現れた。小田島と木戸はスーツ姿だ。

「なにか急用ですか。月曜の朝はバタバタしてましてね」

「忙しいのにお呼び立てして悪かったが、ことは急を要するんでねぇ。実は先週、石川女史がわたしに会いたいと言ってきたので、名代で木戸専務に京都へ行ってもらったんだ。石川女史が保有している東日新聞の株をテレビ東日に譲渡したいという趣旨なんだが、副社長は超多忙な人だから、財務担当でもある木戸専務に金曜日だったか石川女史との面談をお願いしたわけだ」

曜日をわざと間違えたのだと木戸は思った。

「いくらわたしが忙しくても、そういう大切な話でしたら、すぐ話してもらいたかったですねぇ。ことがらの性質上、経営企画局が担当すべきだとも思いますが」

小田島は渋面をあらぬほうに向けた。

「石川女史の話を聞くだけのことだから、木戸君に頼んだまでで他意は無い。副社長のきみでは大物過ぎることでもあるしねぇ。それともきみはもう社長になったつもりなのかね」

こわばっていた瀬島の表情がゆるんだ。

「とんでもない。わたしの言い方がお気に障ったようでしたら、ご容赦ください」

「木戸君にはまだオープンにする必要はないと言ったんだが、瀬島副社長には報告したいと言い張るから、来てもらったんだが、そんなに忙しいんなら、あとにするかねぇ」

「とにかく石川女史側からどんな話があったか報告させていただきます」

ぎくしゃくした空気をほぐすように、木戸がにこやかに続けた。

「石川女史が保有している東日新聞社株は全体の約四〇パーセントですが、その二分の一の二〇パーセントをテレビ東日で引き取ってもらえないかということでした。株数にして約七〇万株です。株価は、複数の証券会社の査定とか言ってましたが、一株七万円は下らないとふっかけられました。いずれも言い値に過ぎませんが、東日新聞社としても石川女史が株を持ち過ぎていることは悩ましい問題ですから、テレビ東日を嵌め込み先と考えていることはご案内のとおりです」

「二〇パーセントはあり得んな。せいぜいその半分だろう。いや、こっちの言い分は五パーセントかねぇ」

小田島はさも初めて聞くようなもの言いだった。さすがは東日新聞の社長候補と称されただけのことはある。

「東日新聞は、初めから交渉のテーブルに着くつもりは無い。わたしに任せると言ってるが、わたしも石川の婆さんは苦手でねぇ。瀬島君はどうなのかね」

「苦手とは思いません。案外気のおけないお婆さんだと思いました」

「木戸君は今度が初めてだったねぇ。どんな感じだった」

「わたしには苦手なタイプです。もっとも、石川女史とは挨拶程度で、執事の阿部さんに任せるとのことでした」

「だったら、瀬島君に頼むのがよかったかもなぁ」

「最前社長がおっしゃられましたが、瀬島副社長では社長の名代として大物過ぎます。差しあたりはわたしごときで、ちょうどよろしかったのではありませんか」

「異議なしだな」

小田島が視線を木戸から瀬島に移した。

社長執務室から肩を並べて退出した瀬島が木戸に話しかけた。

「人事担当のきみの意見を聞きたいんだけど、藤井を部長にしたいと思うんだが、どうだろう」

「年次的には清水のほうが上ですが」

「藤井には及ぶべくも無いが、清水も出来るほうだから、腐らせるわけにもいかない。六月一日付で大幅な人事異動をすることになってるが、清水を人事か総務で部長に引き取ってもらうわけにはいかんだろうか」

「お安いご用です。今週中にどこが適任なのか考えておきましょう」

「ありがとう」

瀬島は気持ちが悪くなるほど低姿勢だった。

7

木戸は昼食時間に堤杏子を個室に呼んだ。

「勝手にざるそばを頼んでしまったが、勘弁してもらおうか」

「ざるそば大好きです。お気を遣っていただき、ありがとうございます」

「気になってるんだろう？」

「はい。瀬島副社長にもう話されたのですか」

「うん。社長に相談したら、それなら三人で話そうということになってね」

「専務はどこまで開示されたのですか」

「二〇パーセント、七〇万株と、一株七万円は下らないの言い値を話した」

「石川恵津子さまがテレビ東日の株主になってもいいと言っている話はなさらなかったのですね」

「もちろん。きみに釘を刺されているからそれは口が裂けても話せんよ。ただ、カードになるかどうかは懐疑的だ。株問題の交渉の過程でかけひきの材料として出てくるくらいに考えて、ちょうどいいんじゃないかなぁ」

「わたくしの認識は違います」

「それも分からなくはないし、そうなる可能性もゼロではないとも思うが」

「カードにするためには相当な覚悟が要ると存じますが、可能性をゼロにしないために、わたくしも多少お力添え出来るような気がしています」

ノックの音が聞こえ、秘書がざるそばを運んできた。

「先に食べようか。そばが伸びて不味くなるからな」

「いただきます」

二人がざるそばに集中したのは一〇分ほどで、木戸はきれいにたいらげたが、杏子は三分の一ほど残した。


堤杏子は、木戸専務室から、応接室に籠って藤井の携帯電話を呼び出した。

「いま、大丈夫？」

「はい。所用で外出中ですが、駅に向かって歩いているところです」

「例の件、社長、副社長、専務の三人で話したんですって」

「予想されてたことですよ。木戸専務が瀬島副社長をカヤの外にするなんて考えられません。テレビ東日株の件はどうだったんですか」

「さすがに話さなかったらしいわ。お婆ちゃまとの内緒話を明かしたわたしがいけなかったんだけど、その点は強く釘を刺しておいたから。カードになるのか疑問だとか言われたけど、カードにしなければいけないとわたしは思ってるの」

「その可能性に賭けましょう」

「木戸専務にも、そんな感じはあると思う」

「あって当然でしょう」

「ただ時間が限られているので、方法論を見いだすのはたいへんよねぇ」

「東日新聞のトップにカードを切らせる手はないでしょうか。この際ですから、〝伊藤事件〟を蒸し返すのも仕方がないと思いますが……」

「〝伊藤事件〟はタブーだから、出せないでしょう。ただ、東日新聞のトップが出しゃばってくれるかなぁ。小田島社長と渡邉取相に頑張ってもらうしかないような気がする」

「株の問題をカードにするとしても、〝瀬島会長CEO―木戸社長COO〟しかありませんよねぇ。瀬島さんがいくらダーティでも排除はあり得ませんよ」

「わたしもそう思う。小田島さんと渡邉さんがその気になれるかどうか。二人がかりで〝ダーティS〟を口説き落すしかないわけだけど、いざとなったら、二人とも逃げるかもね。〝ダーティS〟のパワーをよく知ってることだし……」

唐突に杏子が話題を変えた。

「朗報があるわ。あなた、六月一日付で部長に昇進するんですって」

「清水さんはどうなるんでしょうか」

「人事か総務で部長になるらしいから、心配しなくていいわ」

「現場復帰は夢のまた夢になりましたか」

「あら。嬉しくないの？」

「ぜんぜん。仕事をしないでもっとサボることを考えるべきでした。これから先ずっと管理部門に縛られるなんて、憂鬱ですよ。しかも大ゴマ擂りの山崎常務にこき使われなければならないんですよ」

「もっと喜んでくれると思ったのに。同期のトップに躍り出たのよ。適当にゴマも擂って、上昇志向も持って、それこそテレビ東日のトップを目指しなさいよ」

「とてもじゃないけど、そんな気にはなれません」

「そうかなぁ。照れてるのとも違うの？」

「冗談じゃありませんよ」

「おもしろい話をしてあげようか。もしかすると、あなたを怖がらせることになるのかも」

「なんですか」

「やめておくわ」

「話してください。気をもたせて意地悪ですねぇ」

「あなたを部長にピックアップしたのは瀬島さんなんですって」

「ふうーん。名状し難い心境です」

「〝ダーティS〟もただの鼠とは違うんだ。見てるところは見てるのよね。瀬島、木戸のご両所に見込まれたら、藤井靖夫の前途は洋々たるものがあると思う。焼き餅を焼きたくなるような話じゃないの。わたしは嬉しくてわくわくしてる。今夜、前祝いに一杯やりましょうか」

「お気持ちだけいただいておきます」

「あなた、ほんとうに嬉しくないんだ」

「ええ。ぜんぜん」

実際、藤井は現場復帰の望みが断たれたとの思いで、気持ちが浮き立たなかった。確かに喜ぶべきことには違いないが、報道局長ぐらいになりたいと思ったことはある。辻本の社会部長昇進も同日付だろう。その時はさぞや、やっかみたくなるに相違ない。

「もしもし」

「はい」

「あなたは、テレビ東日で引く手数多のエースなの。広報に来ても即戦力になること請け合いよ。とりあえず、株の問題に関与できるんだから、〝木戸社長〟を念頭に置いて頑張ってもらいたいなぁ」

杏子のはしゃぎぶりは、尋常ならざるものがある、と藤井は思った。

「冗談にもほどがありますよ」

「そっけ無いなぁ。やっぱり照れてるのね」

杏子の声が弾んでいた。

第八章　人事異動

1

テレビ東日の六月一日付人事異動はその一週間前に開示される。

経営企画局企画部長に就くことになった藤井靖夫は、辻本浩一が報道局情報センター社会部長に昇進したことを知って、猛烈に嫉妬した。

だが、辻本には一目置かざるを得ない立場だ。〝ダーティS〟に辻本を売り込んだ覚えもある。先を越される前に、藤井は辻本の携帯電話を呼び出した。午前一〇時を過ぎた頃だ。

「おはようございます」

「ああ。俺、きょうは、遅番なんだよなぁ。まだ眠いのなんの」

「それは失礼しました。とりあえず、おめでとうございます、と申し上げましょうかねぇ」

「なにが、どうおめでとうなんだ」

「社会部長殿。正式には六月一日付ですけど」

「ほんとかよ」

辻本の寝呆け声がしゃんとなった。

「本当に知らなかったんですか」

「ああ。一格下の政治部長をやらされると覚悟してたんだ。だとしたら、おまえのお陰かもな」

「ご謙遜ご謙遜。僕には厭味としか聞こえませんよ」

「おまえ、その丁寧語やめてくれねぇか。それこそ厭味だぞ。で、おまえはどうなったんだ。部長になったんだろ」

「まあねぇ。ひとつも嬉しくないけど」

「ラインの部長なのか」

「そうらしい」

「だったら、もっと喜べよ。嬉しくない筈ないだろうや」

「冗談よせよ。テレビ局は現場至上主義。視聴率の次だけどね。社会部長昇進祝いでもやりますか」

「企画部長昇進祝いの間違いだろう。俺とおまえがつるんでるのは、結構知られてるから、大っぴらにやるか」

「それは、やめたほうがいい。同期で部長待遇になるのはあと三人だ。僕はきみみたいにやっかまれることは無いと思うけど、社会部長はスター誕生なんだよ。自分で言い出すのはいかがなものかねぇ」

「まぁな。割り込みが入った。またあとで」

切れた瞬間、藤井の携帯電話が掌の中で震えた。

堤杏子だった。

「おめでとうございます」

「どうも」

藤井はデスクを離れ、廊下に出た。

「ほんとは嬉しいんでしょ」

「辻本新社会部長とは、ほど遠いと思いますけど。いま辻本と話してたんです」

「たしかに辻本君の社会部長も予想通りだけど。今夜、前祝いをどうかと思ったの」

「お受けしますかねぇ」

「〝喜んで〟は無いの」

「喜んでお受けします。七時半以降でよろしければ」

「いつかのお弁当でよろしいでしょうか。手抜きで悪いとは思うけど、時間のほうが勿体無いので」

「もちろん。大喜びです」

「やっと、嬉しくなってきたみたいね」

藤井は声をひそめて返した。

「杏子さんとのデートにですよ。それとお弁当にです」

「じゃあ、お待ちしています」

藤井が携帯電話を仕舞おうとした時、再び掌がぶるぶるっとなった。

「さっきの割り込み、西健《にしけん》だったよ」

辻本の声だった。

「あいつも、部長だってさ。報道局で二人とはすげぇや」

西田健は経済部デスクで、辻本と同じ副部長待遇だった。

「あと二人は編成制作局の奴だってさ」

「名前を特定しようか」

「分かってる。西健が五人でこっそり前祝いをどうかってさ」

杏子の笑顔を目に浮かべながら、藤井が返した。

「前祝いはあり得ない。それが常識っていうもんだろう。やりたければ、きみたち四人でご勝手に」

「おまえ、まだ俺に焼き餅焼いてるのか」

「ジェラシーは大ありだけど、繰り返すが常識をわきまえろっていうことだ」

「さっき、昇進祝いでもやろうかと言わなかったか」

「冗談に決まってるだろう。じゃあな」

藤井は急いで電話を切った。

2

午後九時。杏子の自宅マンションのリビングルームで二人は弁当を食べながら白ワインを飲んでいた。藤井はネクタイを外し、ワイシャツの腕を捲《まく》っていた。

杏子はジーンズの半ズボンと長袖のスポーツシャツ。二人ともリラックスしていた。

藤井はワイングラスをテーブルに置いて、テレビのチャンネルをＮＨＫに切り替えた。

「なにかあるの？」

「自宅ではいつもニュースばかり見てますよ。〝ニュースイブニング〟は必ず見ます。きょう、西健、西田健のことが辻本との間で話題になったからですかねぇ」

「わたしも独りの時は必ず見てる。あなたの故郷《ふるさと》でもあるんだ。〝ニュースショー〟時代の久保信さんが懐かしいなぁ」

「井上晋一郎キャスターはどう思いますか。辻本も西健も辛い点数でしたけど」

「雲泥の差とか言うんじゃないの。ただし、視聴率は取ってるじゃない。スポンサーもついているし、報道センターのプロデューサーもディレクターも操り人形を相手にしているんだから楽なものでしょう。横に並んでいる東日新聞のコメンテイターのフォローのお陰もあると思う」

「久保信さんなら、だらしない今の政治、政局をどう斬るのか、つい考えちゃいます。いま現在擦り寄ることをしないキャスターは、ほかにいるんでしょうか」

「NHKの貌《かお》の大物美人キャスター以外思い浮かばない。井上晋一郎さんは口の回転だけで持っているキャスターだけど、視聴率が取れるっていうことは、勝者だから、事務所の態度が大きくなるのも仕方が無いと思う」

二人ともテレビを見ようともしなかった。

「消しましょうか」

「点けといて」

「ボリュームを少し落します」

藤井が、オフィスAのプロデューサーの顔を目に浮かべながら話を続けた。

「いつぞやも話しましたが、あれだけパワーのあったオフィスAが井上晋一郎事務所に乗っ取られたなんて信じられませんよ」

「現実がそうなんだから、信じるも信じないも無いと思う。すべては視聴率なの。それがテレビ界の宿命でしょう」

「〝ニュースイブニング〟はまだ増しなほうなんでしょうけど、時として宿命ではなくて宿痾《しゅくあ》と思うことがありますよ」

「ストップ」

杏子は両掌を突き出した。

「いくらなんでも宿痾は無いと思う。あなたはテレビ界で生きている人なのよ」

藤井はうなだれて、口をつぐんだ。

杏子が起ち上がって、グラスに白ワインのボトルを傾けてから、藤井の背後に回って、しなだれかかった。

「現場に戻れないことが、いまさらながら悔しくてならないのね」

「…………」

「わたしはエンジョイしている。テレビ東日を動かしている一人だと自惚れてもいるわ。それにあなたとこうなれたことの幸福感で一杯よ」

杏子が藤井にほっぺたをくっつけた。

「違うのかなぁ」

「違いませんよ。だけど月給ドロボーと言われてもしょうがないほど、たくさん給料を貰って贅沢して、これでいいのかなと思うことはあります」

杏子がテーブルに戻った。

「あなたもわたしも頑張り抜いたからこそ、今日があるんだと思う。あ、そうだ。以前話したけど、大銀行でそれこそ月給ドロボーみたいに高給食んでいたうえに、早期退職で結果的に一億円近い退職金をせしめて、コメンテイターになった江田潔なんていうのがいるでしょ。豪邸建てて、女房を一流のゴルフクラブの会員にしたくせに、銀行に悪態ばかりついている。挙げ句の果てに日銀ＯＢのろくでなしと組んで新日産興銀行で、無茶苦茶なことまでしてるんじゃなかったっけ」

「友達に銀行員がたくさんいますけど、江田潔を悪く言う人ばっかりなのには驚かされます」

「そんなのもいるのよ。あなたが心配することは、まったくありません。格差社会に思いを致すだけでも、あなたは立派です」

「さすが元花形アナウンサーだけのことはありますね。少し元気が出てきました」

「花形なんて旧い旧い。わたしはスターだったの」

「参ったなぁ」

藤井がチャンネルを切り替えた。

杏子が〝ニュースイブニング〟の井上晋一郎をしげしげと見つめた。五〇インチのデジタル画像だから、ドーランを塗りたくったのっぺり顔が迫ってくる。

「やっぱし、この顔好きになれない」

「同感」

「どうしてなんだろう。大洋自動車のCEOの顔を思い出しちゃった。あの人、経営能力は認めざるを得ないけど、いくらグローバリゼーションの世の中とはいえ、取り過ぎよねぇ。社員食堂の経営者から聞いた話だから嘘じゃないと思うけど、神奈川の本社にCEO専用のダイニングルームがあるんですって。ランチはフルコースのフレンチを独りで食べているらしいわ。コックとウェイターだかウェイトレス付きは当然でしょう。COOぐらいつき合ってあげればいいのに、誰も寄りつかないのも分かる気がする」

「やるもんですねぇ。ダイニングルームまで専用なんて、大統領か王様になったつもりなんでしょうか」

「日本の企業文化が、破壊されたことは間違い無いと思う」

藤井がワイングラスに手を伸ばした。

「〝ダーティS〟に認められたっていう話は僕にとっては厳しいですよ。どう対応すればいいのか……」

「悩む必要は無いと思う。前に適当にゴマを擂りなさいとか言ったけど、撤回する。あなたは自然体でもテレビ東日で伸していける人なのよ」

「そんなに甘くないと思います。僕は〝ダーティS〟の足を引っ張りたい一心で、木戸専務のために微力を尽くそうと考えたんです。その思いは杏子さんと共有してきたんですよねぇ。自然体でいられるかどうか。平目みたいな奴しかテレビ東日では伸して行けないのが現実です」

杏子は考える顔で、ワイングラスを口へ運んだ。

「経営企画局を木戸さんから取り上げた〝ダーティS〟のパワーは凄いと思うけど、代表権を持つことが出来た木戸さんも、まだ捨てたもんじゃないと思う」

「僕もそう思いたいです。だけど、テレビ界は治外法権の特殊村なんですよ。S氏はダーティなんて思ってないんじゃないですか。本人が恬《てん》として恥じてないことに、全てが示されているんじゃないですか。逆に向こう傷は勲章ぐらいに思っているかも知れませんよ」

杏子がグラスをテーブルに戻した。笑顔が輝いている。

「ほんの思いつきだけど、〝ダーティS〟の懐深く飛び込むっていうのはどうかしら」

「この僕がですか」

「そう。あなたはリポートで〝ダーティS〟に大きな貸しを作ったの。その上あなたを出来る男だと評価してるんだから、毒を食らわば皿までっていうのもなんだか変だけど、あなたなら〝ダーティS〟を誑《たら》し込めるような気がしてきた」

「ご冗談を。山崎常務が立ちはだかりますよ」

「だったら二人を束にして誑し込んだらいいじゃないの」

「無茶苦茶ですよ。酔っ払いの戯言《たわごと》です。気は確かですかって言いたいくらいです」

杏子はしゅんとなって、一〇秒ほど黙っていた。

「あなたは正義漢だし、クリーンですものねぇ。無い物ねだりだった」

「正義漢でもクリーンでもありません。ただし、〝ダーティS〟も山崎常務も、トップの器に非ずで、悪さが過ぎると思っているだけです。狡知《こうち》に長けた二人に立ち向かえる人が存在するとすれば、木戸専務だけですよ。ところが、この人が煮えたんだか煮えてないのか分からないときている。やってられませんよ」

「きみも……。あなたも酔っ払ってきたみたいね」

「悪酔いしたかも」

「なにをおっしゃるウサギさん。底無しの飲み助がこれしきのアルコールで」

「辻本や西健が羨ましいなぁ」

「まだ泣きごと言ってるんだ。こら！　男らしくないぞ」

「見そこないましたか」

「そこまでは言いません。でも、今夜は前祝いなのよ。それを忘れないでね。あなたのことだから、あしたになればシャキッとなることは分かっています」

「うじうじ、いじいじしてると思いますけど。神ならぬ人間、そんなに強くなれませんよ」

「今夜のデートは叶わぬ夢に終るのかなぁ」

蠱惑《こわく》的なまなざしに、藤井の下半身は反応しなかった。

杏子の裸身に接すればどうだろうかと思いながら、藤井はグラスを呷った。

3

五月二六日午後二時の常務会終了時に、瀬島副社長が木戸専務を呼び止めた。

「ちょっといいか」

「どうぞ。立ち話もなんですから、座りましょうか」

二人は楕円形のテーブルの前に腰をおろした。いつも肩を並べている定位置だ。

お互い背凭れの高い椅子を動かして、向かい合ったところで、瀬島は意外なことを口走った。

「堤を役員にしてやるのがいいと思うが、どうだろうか」

「…………」

「女性の局長もテレビ界では初めてだったので話題になったが、仕事もよくやってるし、初の取締役も悪くないと思うが」

「副社長が堤を評価しているのは、さすがだと思います。賛成ですが、小田島社長がどう判断しますかねぇ」

「俺と木戸が推せば否も応も無いだろう」

「なるほど。さっそく副社長から社長に話していただけますか」

「おまえが話したらいいだろう。石川家の株を引き取ることでもあるし、社長特命だかなんだか知らんが、木戸は京都で婆さんにも会ってきたばかりだ。小田島さんに、今いちばん物申せるのはおまえだろう」

「なにをおっしゃいますか。社長が最も気を遣っているのは副社長、あなたですよ。あなたは事実上トップなんです」

木戸は心にも無いことを話しているとは思わなかったが、一方ではこんなガラッパチがテレビ東日の社長になっていいのだろうかと懐疑的にならざるを得なかった。

「違うな。俺の意を体して、おまえから話してもらうのがいい。堤を取締役にすればちっとはウチのイメージアップにもなるだろう。あいつの賞味期限は切れてない。本人も喜ぶんじゃねぇか」

「ま、それではお任せいただきましょうか。当人の気持ちを聞いた上で、社長と話してみます」

「聞くまでもねぇだろうが、俺が強く推していると伝えてもらおうか」

「承りました。ただ誰か一人常勤から卒業させる必要が生じますが……」

「そこで無い知恵を捻《ひね》り出すのが、おまえの立場だろうや。東日新聞のＯＢが渡邉取相も含めて四人、社長は別だとしても三人もいる。一人は地方局にでも出したらどうかな」

「無い知恵を捻り出す必要もありませんね。その方向で考えてみましょう」

瀬島が上体を沈めた姿勢で、上目遣いに木戸をじろっととらえた。

「渡邉取相がいまだにのさばってるのは目障りだなぁ。取締役のほうは辞めてもらってもいいんじゃねぇのか。個室も与え、給料も今まで通りなら、文句は無かろうぜ」

そこまで考えていて、「無い知恵……」が聞いて呆れる。だが、木戸は顔に出さずに言い返した。

「代表取締役会長に就任できるのを取相に退いた方ですよ。たった一年で取締役を外せとおっしゃるんですか」

「東日新聞の内部事情によるんだから、しょうがねぇだろう。俺の社長就任を遅らせて小田島を社長にしたんだから、そのくらいは泣いてもらってもいいんじゃねぇのか。渡邉も永くやり過ぎたと自分で言ってたじゃねぇか。ゴルフ三昧で良い身分だよなぁ」

「東日新聞にお伺いをたてる必要は無いと思いますが、ちょっとやり過ぎでしょう。

東日新聞のOBで古手の常務を出すほうがカドが立たないような気がします。人事権者の社長の意見を聞いてみないことには。いずれにしても、この場では決められませんよ」

「俺の考えはよく覚えといてもらうのがいいな」

言いざま瀬島は音を立てて、テーブルを離れた。

乱暴なドアの閉め方に、木戸は思わず身ぶるいしていた。

やっぱりテレビ東日のトップ候補として不相応な振舞いとしか言いようが無い。人前に出せないと言いたいくらいだ。

しかし、一〇〇パーセント瀬島の側に立てば、特命事項を含めておもしろかろう筈が無いのも分かる。

小田島を渡邉の傀儡《かいらい》と見做《みな》している節も無いではない。いくらなんでもプロパー・トップの地位を脅かされているとまでは思っていないだろうが、ダーティなイメージは拭いようが無くて、苛立っているのだろうか——。

　木戸はこの日三時過ぎに堤杏子を自室に呼んだ。話を聞いた杏子は噴き出したが、すぐに真顔になった。

「〝ダーティS〟さん、本気なんでしょうか」

「本気だろうな。瀬島さんにとって堤は怖い存在だから、懐柔しようっていう狙いもあるんだろうか。堤が取締役になれば週刊誌が書いてくれるから、テレビ東日にとって損は無いしねぇ」

「しかし、〝ダーティS〟と相殺することにはならないと思います。わたくしがSさんから受けたセクハラは、ちょっとやそっとのものではありませんでした」

「それより取締役の件はどうする」

「お断りします」

　杏子は笑顔ながら、きっぱりした口調だった。

「ほう。取締役になれば給料は相当上がる。それなのに断るのかね。わたしには理解しかねるが。もっとも、瀬島さんとわたしが推しているというだけのことで、社長のオーケーはまだ出てない。だが、ノーはあり得んだろう」

「わたくしはノーサンキューです。お受けしかねます。一期二年拘束されるのは本当に困るんです」

木戸は頻《しき》りに首を傾げた。

「二年以内にテレビ東日から去るという意味なのか」

「そうは申しません。辞職するかも知れませんし、しないかも知れません。ただし、縛られるのは厭です」

「なるほど、そういうことか」

「おっしゃる意味が分かりませんが」

「きみは引く手数多だ。ニュースキャスターとして声をかけられて当然だろうな」

「京都のお婆さまから秘書でどうかと、ありがたい言葉をいただきましたが、お断りしました。キャスターの口は目下の所ありません」

「だったら、とりあえずテレビ東日の取締役に就任してくれないか。きみをその線で口説けないようだと、瀬島さんに嗤われてしまう。お任せくださいと胸を叩いた手前もあることだしねぇ」

杏子は含み笑いを洩らして、小声で返した。

「Sさんからセクハラの件で土下座して謝られたうえで、打診されていたら、悩んだかも分かりません。順序が逆だと思います。あるいはプロパー初のトップが木戸専務と決まっていたら、間違い無く、お受けしました。それに、Sさんの人間性を疑ったことは数え切れないほどありますが、渡邉取相から取締役を剝奪するというのは、あんまりです」

「それは無い。口にしたわたしがバカだったな」

木戸は苦笑し、右手の拳で額を二度叩いた。

「口は禍《わざわい》の元だな。それにしても、いきなりノーはどうなのかねぇ。ちょっと考えさせてくれぐらいの所で、わたしに花を持たせてくれないか」

杏子は腕組みしたが、すぐにほどいた。

「お言葉ですが、Sさんのことですから、オーケーと取る可能性のほうが高いと思います。あっちこっちに聞こえてしまうのではないかと恐れます」

「ふうーん。わたしとしたことが……。瀬島さんは、わたしに話す前に山崎の意見を聞いてるかも知れんなぁ」

「可及的速やかに、ノーの返事をしていただくのが、よろしいと思います。なんでしたら、取締役の器では無い。局長が一杯一杯だと専務が考え直したとお伝えしたらいかがでしょうか」

「それは僭越というものだ。堤らしくないな」

木戸の目は優しかったが、杏子は低頭した。

「おっしゃるとおりです。大変失礼致しました」

「待てよ……」

天井を仰いだ木戸の顔が杏子の目に戻ってくるまでに十数秒要した。

「堤に話さなかったことにするでいくか。その手もあるぞ」

「わたくしが専務のお部屋に入ったのは秘書室の誰もが知っています」

「きみと話すことはいくらでもある。堤を失いたくない思いは、瀬島さんとの共通認識だ。口は調法でもある。なんとでも言いようはあるだろう」

「失礼ながら、荷が勝ち過ぎるでよろしいのではないでしょうか」

「ふうーん」

木戸はひたいにしわを刻んで、うつむいた。

「出たとこ勝負だな。瀬島さんが堤の顔色を窺っていることが分かっただけでも、喜ばしいことだよ」

「副社長のダーティぶりはテレビ界で知らない人を探すほうが大変なくらいです。木戸専務は寝首を掻いてでもトップになると確信しています」

「焚きつけられてもなぁ。瀬島さんは、小田島社長など眼中に無い。増してやわたしごときは敵じゃないと思って当然だ」

杏子がきっとした顔になった。

「わたくしは〝瀬島会長―木戸社長〟の可能性に懸けたいと存じます。そう願っています。どうか、このことをお忘れなきようお願い申し上げます」

杏子は起立して、最敬礼した。

木戸は堤杏子の退出後、五分ほど思案してから秘書室に社内電話をかけて瀬島の在室と都合のほどを確認して、副社長室に向かった。

「失礼します」

「堤と話したんだな」

瀬島は寝そべるような姿勢でソファで書類を読んでいた。

書類を脇に置いたが、瀬島は姿勢を変えなかった。

「小田島は賛成だったんだろうな」

「社長にはまだ話してません。堤とも具体的な話はしませんでした」

「どうして？」

瀬島が上体を少し起こした。

「副社長の意のある所はそれとなく伝えたのですが、堤にその気が無いことが分かったので、わたしも時期尚早かなと思わぬでもなかったものですから……」

瀬島が険のある目を木戸に流し、なにか言おうとするのを木戸は手で制した。

「東日新聞との間で石川家の株問題はまだ未解決です。渡邉取相の取を外すにしても、東日新聞ＯＢの役員を動かすにしても、タイミングが問題ですし、新聞社側の意向もこれありです。堤本人は副社長に推されて光栄至極でしょうが、強引な人事は禍根を残すと考えたのか、荷が重いと言ってました。わたしは一年ずらしてもいいかなと思ったものですから、この話はとりあえず無かったことにしてはどうかと考えます」

「俺はそうは思わない。渡邉が取締役を兼務する必要はまったく無いと思うが」

「社長が承諾すると思いますか。ぎくしゃくしますよ。堤がこの話に飛びついたら、新聞社のOBの誰かを動かすしか無いと思っていたのですが。なんでしたら、副社長が堤と話してみたらどうですか」

瀬島はあからさまに厭な顔をして、上体をずらした。逆に木戸は身を乗り出した。

「前言と矛盾しますが、株問題は方向づけされてるんですよ。結論が出るのは時間の問題でしょう。場合によってはこれを花道に、渡邉取相の相談役専任もあっていいかなと思わぬでもありませんが、小田島社長がどう出ますかねぇ」

「渡邉取相は自分でも認めてたが、長期間やり過ぎた。鬱陶しい存在だし、ただの老害に過ぎんのじゃないかね」

瀬島の胸中は最初に渡邉排除ありきだったのだろうか。堤杏子の取締役は方便かも知れぬ。いずれにしても、感情論以外のなにものでもない。

「気が変りました。取相二年は我慢して然るべきでしょう。会長に就任されなかっただけでも、めっけものと思わなければ……」

「俺は待ちくたびれたよ。俺の身にもなってくれないか」

「お気持ちはよく分かります」

心にも無いせりふを吐いて、木戸はつくり笑いを浮かべた。

「俺が社長になったら、木戸には副社長になってもらうからな。一年先の話だから鬼も笑わんだろうが、俺とお前とは二人三脚でやってきた。おまえの補佐が必要なことは俺がいちばん分かってる。山崎もそういう意見だった」

木戸は驚愕のあまり、言葉を失った。唐突にもほどがある。

煙たい俺を排除したいと考えているに相違無いと木戸は思い続けてきた。だが瀬島もバカではなかった。俺を必要としている。はしなくも吐露されたに過ぎないとも言える。

だが、人事権者は小田島である。副社長の立場でここまで言うとは恐れいった。それとも、プロパー・トップの立場はそれほどまでに強いとも言えるのだろうか。

もともと小田島など、眼中にない——。

「それは光栄なことで。話を元に戻しましょう。堤のことは、わたしにお任せ願ってもよろしいですね。一年後が妥当と考えます」

「欲が無いっていうか、変った女だなぁ。しかし、やたら石川の婆さんに気に入られてるようだし、テレビ東日の広告塔として機能もしている。ますます色っぽくなったような気もせんでも無い」

惚れた弱みだなと木戸は思った。『一発やらせろ』とほざいたことで、杏子の憎悪を買ってしまった。後悔しているとは思えないが、次に瀬島が放ったあけすけなせりふは強烈だった。

「木戸も堤に変な気を起こさんことだな」

『自戒を込めてですね』と言いたい所を、木戸は「ご冗談を」と苦笑しながら返した。

4

六月一三日土曜日の夜、藤井靖夫は堤杏子の自宅マンションで手料理をふるまわれた。

「今夜は和食ですか。豪勢ですねぇ」

「あなたのためなら張り切るのは当然でしょう。朝からいそいそと準備を始めてるの。〝恋は不思議ね〟……」

杏子はシャンソンの一節を口ずさんだ。

「いつまでも冷めなければいいのだけれど」

「永久に冷めないいんじゃないですか」

藤井はワイングラスを目の高さに掲げた。

杏子も応じて、白ワインを飲んだ。

「それは今現在の心境でしょ。〝心変りが切なくて〟なんていう唄もあったわよね」

藤井がゆるんだ表情をしかめて、劇的に話題を変えた。

「野暮は百も承知ですが、結局、悪貨は良貨を駆逐することになると相場は決まってるんですねぇ」

「さあ、そう決めつけられるのかしら。だってきょう公表したように、京都のお婆ちゃまは実質的にテレビ東日の個人筆頭株主になるんですよ」

「五パーセントと一〇パーセントの株の持ち合いですが、木戸専務がおっしゃったとおり取得額のオーダーが違い過ぎますよねぇ。カードにならないことは木戸専務も初めから認めてたんじゃないですか。東日新聞の株の評価も七万円と六万円を足して二で割る六万五千円になりましたが、しめて二百二十七億五千万円です。高い買い物だって誰しも思いますよ。相続税対策とはいえ、東日新聞と石川家にしてやられたと僕は思います」

「でも、六万円は複数の証券会社に評価させたわけでしょう。小田島社長が仕切ったそうだけど、多少石川家寄りになるのは仕方が無いと思う」

「六万円で押し切るべきだったと思います。石川家と東日新聞に救いの手を差し延べたのですから。石川家側がテレビ東日の株式を五万株取得して安定株主になったことは結構なことですけど」

杏子があいている左手の人差し指を、藤井の胸に突き出した。

「そう。問題はそこなの。新聞社、映画会社に次ぐ三位の株主でもあるのよ。〝ダーティS〟さんにとって、重しになると思う」

「東日新聞がウチの筆頭株主であり続けることは確かですけど、二五パーセントまで引き下げる方針ですよねぇ。そのほうが〝ダーティS〟には嬉しいんじゃないですか。違うな。われわれを含めて皆んな一緒ですか」

杏子が小さくうなずいた。

「来年六月にどういう体制になるのか知ってるんでしょ」

こんどは藤井がうなずく番だった。

「山崎常務から聞いてますが、〝ダーティS〟の気持ちが変らないなんていう保証はありませんよ」

「小田島さんもその気のようだから、三人の代表取締役が会長、社長、副社長に就任するのは動かないと思う。だとしたら、木戸さんにまだチャンスがあるんじゃないかしら」

「ナンバー2で終らないように祈りたいですけど、〝ダーティS〟が長期政権を目指していることは、見え見えですよ」

藤井がわざとらしく、杏子へしかめっ面を向けた。

「ほかになにか話すことがあるんじゃないですか。一身上のなにかで」

杏子の笑顔が輝いた。

「やっぱり聞こえてたのねぇ。それもソースは山崎さんじゃないの」

「水臭いんじゃないですか。ひと言あって然るべきだし、恋人の意見を聞くのが礼儀っていうものでしょう」

「気にしててくれてたんだ。あなたの拗《す》ねた顔も悪くないわ」

「なんで断ったんですか」

「取締役、受けたほうがいいと思ったわけなの？」

「もちろん。木戸さんの応援団長として、そうあって欲しかったですよ」

「あとで聞いた話だけど、〝ダーティS〟は渡邉取相を追い出すつもりだったそうよ」

「ちょっと違うと思いますが。当たらずといえども遠からずですか。僕は、渡邉さんが取締役を外されても、個室、車を与えられて、給与も今まで通りだったら、逆に喜んだと思います。せいせいして、毎日ゴルフに行けるわけですから」

「わたしは、あなたが賛成でも受けるつもりはありませんでした。局長になっただけでも出来過ぎですよ」

「一期二年縛られるのがお厭だそうですけど、任期を満了しないで辞めた人はいくらでもいますよ。話題作りになって、二度目か三度目のテレビ東日のスター誕生が実現してたら、おもしろかったのに、残念至極です」

「わたしが一番恐れたのは、あなたとのデートを邪魔されることなの」

藤井はハッとし、なにも言い返せず、下を向いた。

そっと顔を上げると、頰杖を突いた杏子が笑顔で藤井を見詰めていた。藤井はつと起ち上がった。


トイレから戻った藤井が杏子に笑いかけた。

「おしっこしながら考えたのですが、意表を衝かれてうろたえましたけど、なるほどなぁと感じ入りました。説得力がありますよ。というよりありがたいと思いました」

「分かってもらえて嬉しいわ。役員を辞退した本当の理由は、あなたにしか話せませんし」

「テレビ界初の女性局長でも、週刊誌や女性誌に書かれましたから、取締役になると騒ぎになるでしょうねぇ」

「ジェラシーも大変。年収がけっこう上がるらしいけど、あなたと過ごす幸せな時間には代えられないと思う。いつも思うのよ。あなたとの出会いの不思議さを」

「それはお互いさまです。AとBは出来ているとか、男女関係が終ったとかテレビ局の中でも、テレビ東日はルーズというか緩いですよねぇ。それを自慢にするバカもいますが、杏子さんと僕の場合は二人限りが厳守されています。そのことも誇らしく思いますよ」

「自然体を心がけていれば大丈夫。狎《な》れを出したらおしまいよ」

「周囲を騙していることにならないんでしょうか」

「プライベートの関係を他人に知らしめるほうがおかしいと思う。不倫でも無いし、恋人同士というだけのことなの。わたしたちのようなケースは世間に一杯あるんじゃないかなぁ」

「一杯は無いでしょう。少なくともテレビ東日では一例しか無いと思います」

「そうかなぁ。言われてみれば見え見え、丸見えは一杯あるわねぇ。あなたと一緒だと話に夢中で、食事が進まないわねぇ。ちょっと頑張って食べましょう」

「急に空腹を覚えました。僕の食べっぷりはご存じのとおりですよ」

「お魚だけ温め直してくる」

二人は料理に集中した。三〇分ほどでテーブルの上がきれいに片づいた。

白ワインのボトルが空になっていた。

「赤ワイン？　それともウィスキーにする？」

「ハイボールを一杯だけいただきます」

「一杯だけ？」

「ええ。企画部長になって、常務会の事務局を担当させられることになったので仕事量がかなり増えました。総会も控えてます。あす中に一六日の常務会の議案を整理しておきたいと思って……」

「帰るのね」

「ええ。でも今夜中じゃなくてもいいです。まだ九時前ですよねぇ。午前二時でエンドにしましょうか。まだ五時間もありますよ」

杏子が笑顔で時計を見た。

「たった五時間しか無いとも言えるわねぇ。いくら時間があっても足りない。わたしって欲張りなんだ」

「それもお互いさまですけど、現場よりも時間が不規則じゃないメリットは、杏子さんと一緒にいると特に感じます」

「現場へのノスタルジーがやっと解消したのかなぁ」

「杏子さんのお陰です」

「嬉しいなぁ」

杏子が藤井にハグしようとしたとき、ズボンのポケットで携帯電話が振動した。

「ほっときましょうか」

「出なさいよ」

「辻本です。あいつにはよく邪魔されますねぇ。あとで電話します」

「相手は社会部長よ。出たほうがいいわ」

「分かりました」

藤井が着信ボタンを押した。

「厭な話で悪いが、おまえの意見を聞かせてくれないか。〝ダーティS〟がこれと繋がってると思うか。つまりヤクザ、反社会的勢力だ」

藤井は、辻本が人差し指で頬にさわった仕種が見えるような気がした。

「誰の情報？」

「警視庁詰めのキャップが、他局のキャップから耳打ちされて、俺に電話をかけてきたんだ。おまえは〝ダーティS〟の近くにいるからなぁ」

「社会部長のほうが詳しいだろう。僕の知る限り副社長の立場で反社会的勢力と直接つきあいがあるなんて考えられないが。若気の至りでならあるかもなぁ」

「広域指定暴力団の幹部とのツーショットがあるとかいう、おどろおどろしい話なんだ」

「〝ダーティS〟の由来はカネに穢《きたな》いで、反社会的勢力との拘《かか》わりは無いと思うよ」

「おまえの立場なら〝ダーティS〟と直接話せるんじゃないのか。電話して訊いてくれよ。週刊誌にやられたら、えらいことになるぞ」

藤井は肩を叩かれたので、顔を上げると脇に立っていた杏子がメモを手渡してくれた。

〝可能な限り確認の努力をして折り返す〟

藤井はひとうなずきして、その旨を辻本に伝え、電話を切った。

杏子は腕組みし、立ったまま断定的に言った。

「いくらなんでもあり得ないと思う。ガセに決まってるわ」

「ヤクザとS氏とのツーショットの写真があるとか話してました」

「ツーショットの写真は、Sさんによく似た大物歌手などの芸能人か誰かでしょう。

ニュースソースは誰なの」

「警視庁詰めのキャップが他局のキャップから聞いたそうです」

「厭がらせか、からかわれてるか、どっちかでしょう。若造の頃ならともかく、絶対に無い――と思う。でも勿体ない話よねぇ。それが事実なら、プロパー・トップの逆転が確実になるもの。しかし、広報局長の立場では、テレビ東日のイメージが傷つくことを恐れるべきね。発足して間もないコンプライアンス委員会が機能しているとも思えないから、委員長の山崎常務に電話しても時間のロスでしょう。ここはとにかくガセで押し切りましょう」

「辻本にどう電話すればいいんでしょうか」

「こんなバカげたことで電話してくる辻本君はどうかしている――。そんな所かしら」

藤井はさかんに首をかしげた。眉を寄せている杏子に、藤井の不安が募る。

「僕が辻本の立場でも、電話をしたと思います」

「じゃあこうしましょう。あなたがわたしに電話をかけたら、ガセネタに決まってるから無視しなさいと命じられた。山崎常務とは念のため、来週話す。万々一、わたしの判断が間違っていたら、わたしが責任を取れば済むことでしょう」

「僕が確認の電話をするのは広報局長でよろしいんでしょうか。山崎常務だと思いますが」

「泡を食って、おろおろするだけで、生産性ゼロが分かってて、そうするの？　あなたらしくない。わたしのほうが、辻本君もきっと安心すると思う。ガセに決まってる。無視しなさい。とにかくこれで行きましょう」

「肝がすわってますねぇ。僕も安心してきたような感じです」

藤井が辻本の電話を呼び出して、ストーリーを話した。

「瀬島本人に電話してもらいたかったんだが、仮に事実だとしても否定するだけのことだよな。よく考えてみるとおもしろいことになってきたとも言えるよなぁ」

「広報局長に電話しちゃあ、いけなかったと思うか」

「そうは言わない。ガセ、無視の判断、悪くないと俺は思うよ。ただ火の無い所に煙が立つんだろうか」

「Sさんは、なんせ敵の多い人で有名だから、それも有名税のうちだろう」

「来週、どこの局の誰がソースかも宮田に吐かせる。ま、広報局長の判断は間違ってないと思うとするか」

「宮田は若手のエース格だろう」

「アンチSでもあるんだ。じゃあな」

「おやすみ」

携帯電話を切った瞬間、杏子が拍手した。

「お見事でした」

「杏子さんの存在感を思い知らされましたよ」

「来週の楽しみが出来たことは確かだけど、立場上も小心者のSさんがヤクザと拘わるなんてないと思う。忘れたほうがいいわよ」

「余計なことを言って、広報局長に瑕疵《かし》があってもなんですから、忘れることに賛成します」

「万万万一、事実だとしたら、そのうち煙が立つか、火が着くでしょう。お風呂を沸かしてくるわ」

「いつかも、そんなことがありましたよねぇ。それはそれ、これはこれですか」

藤井の分身は早くもうごめいていた。

何日ぶりだろうか。

二人が融け込むまでに三〇分とはかからなかった。

「お願い。独りにしないで」

「朝食もご馳走になりますか」

「嬉しい」

眠りに就くのも早かった。

第九章　人事権者の暴走

1

二〇一〇（平成二二）年五月二〇日の取締役会で、テレビ東日は小田島義雄代表取締役会長、瀬島豪代表取締役社長、木戸光太郎代表取締役副社長などの役員人事を決め、同日付で公表した。

渡邉一郎取締役相談役は退任し、顧問に就任した。堤杏子の取締役新任は見送られた。前年に続いて杏子が固辞したからだ。

瀬島が目をかけている野田潔の取締役就任については話題にもならなかった。

六月二五日朝九時に、藤井靖夫は山崎常務から呼びつけられた。

「昨日の定時株主総会は無事終了した。夜の打ち上げ会で、社長がおまえのことをえらく褒めてたぞ。社長が総会で議長をやるのは初めてだが、おまえが振り付けたとおりにやっただけのことだとか、俺だけにこっそり話してくれた。俺としても鼻が高い。それでなぁ。以前から社長と俺との間で出ていた話なんだが、おまえを局次長に抜擢したいっていうことなんだ」

藤井が顔をしかめたのは、リップサービスだと思ったからだ。部長になってまだ一年にしかならない。問題はリップサービスの狙いが奈辺にあるかだ。

「喜ばないのか」

「あり得ないと思いますが」

「東日新聞からの天下りのバカ社長とは違う。プロパーの実力社長が言ったことを、おまえは信じないっていうのか」

山崎は薄ら笑いを浮かべて続けた。

「おまえが信じられないのも分からんでもない。だが、社長も俺もおまえを買っていることは紛れもない事実だ」

山崎はにやつきながら身を乗り出した。

「ものは相談だが、おまえ野田潔CPをどう思う」

「大変仕事熱心な方で、バラエティ制作で実績を挙げているCPとして局内では超有名人です」

「そのとおりだ。次の次の社長候補なんじゃねぇのか」

次は山崎自身だと言いたいのが見え透いていた。

「野田を役員待遇にしたいというのが社長の方針なんだ。問題は木戸副社長がどう出るかだ。社長は野田を取締役にしたかったが、副社長に反対されて、一応引っ込めた。だが役員待遇なら総会案件ではないので問題は無いと考えたようだ。おまえの局次長とセットで、野田のことを副社長に打診してみてくれないか。おまえは昔から木戸さんに愛《う》い奴だと思われてる。直言居士でもあるし、どうだ。俺のアイデアはわれながら上出来だと思うんだが」

バカ常務もきわまれりだと藤井は思った。

「お言葉ですが、わたしの立場をお考えいただけないでしょうか。わたしの局次長はいかがなものかと思います。それは措くとしても、わたしのことを含めて副社長に打診するなどあってはならないと思います。野田CPの役員待遇についてのみ、常務から副社長に話されたらいかがでしょうか」

山崎はあからさまに厭な顔をして、じろっとした目で藤井を見上げた。

「おまえは、なんでもかんでも杓子定規《しゃくしじょうぎ》に考えたがるが、俺が話せばぎくしゃくするだろう。おまえなら、副社長もグッドアイデアだと思うかも知れねぇじゃねぇか。人間関係ってそんなものだろうぜ。とにかく社長と俺の意を体して、木戸さんにぶつかってみろ」

「冗談ではなく、命令なんですね」

「うん。左様心得てもらうのがいいだろう」

藤井は返事をせずに一揖して、個室から退出した。

『信じられない。気は確かかと言いたいくらいだ』と思いながら、藤井は携帯電話で堤杏子を呼び出したが出なかったので、「至急、折り返しをお願いします」とメールを入れておいた。

藤井は自席に戻らず、辻本に携帯電話をかけた。

「今から会えたら嬉しいが」

「いいよ。二〇分か三〇分しか時間は無いけど」

「社員食堂で会おうか」

「分かった。すぐ行く」

テーブルで向かい合うなり、辻本が訊いた。

「血相変えてどうしたんだ」

「バカ社長とバカ常務に頭に血が上ったっていうことだよ」

話を聞いて、辻本が笑いながらのたまった。

「おまえの局次長はご同慶の至りだが、野田の役員待遇はふざけた話だなぁ。われわれと同じ部長待遇になった荻原の親分だが、さすがの荻原も付いて行けないってこぼしてたよ。体育会系でやたら体力があるらしい。独善が過ぎて、突っ走ってるから同じタイプの〝ダーティS〟に気に入られたんだろうが、役員待遇は笑わせるなって言いたいよ。おまえがむかつくのもよく分かる」

「しかし、上司の命令は無視できないしねぇ」

「それはそうだ。木戸副社長なら、おまえの意見にも耳を傾けてくれるんじゃないのか。お前の局次長はともかくとして、野田の役員待遇には絶対に反対すると思うけど」

「社長、副社長のエモーションとエモーションが激突することにならないか、心配ではあるけどねぇ」

「そこまで、おまえが考えることはないだろう。考え過ぎもいい所だ」

「なるほど。お使いに徹すればいいわけだな。ただ、局次長を受ける気は無いんだけど」

「それは違うな。一階級特進は許される。受けたらいいよ」

「そうは思わない。もっと言えば、僕の局次長は、野田潔さんを役員待遇にするための口実っていうか、木戸副社長の気を引こうとしているだけのことなんだ。驚いたのは、今回の定時株主総会で、野田さんを取締役に選任することを考えたらしい」

「バカ社長の〝ダーティS〟がか」

「そのようだ。木戸副社長に反対されて、引っ込めたが、役員待遇で巻き返すことを最初から考えていたとしたら、相当なタマとしか言いようがない」

辻本が思案顔で腕組みした。

「おまえを局次長にしたいんなら、山崎を木戸さんにぶつけるのが筋だよなぁ。おまえにそれを言わせるなんて、なんだか変だよ。曲者の山崎が何を考えてるのか、俺にはさっぱり分からん」

「まったく同感だ。それに近いことは山崎常務に話したが、無視された。瀬島―山崎ラインには、これからも手を焼かされるんだろうな。とてもじゃないけどついて行けない」

「いずれにしても、ひと波乱あるかもなぁ。まず藤井を使いに出して、木戸さんの出方を見ようっていう寸法なわけだ。おまえの局次長を含めて手が込んでるよなぁ」

「やっぱり、現場は羨ましいよ」

突然、辻本がテーブルを離れた。そして自動販売機で、缶コーヒーを二つ買って戻ってきた。

「紙コップを忘れたが」

「ありがとう。紙コップは必要ない」

二人は同時に栓を開けて、ごくごくと飲んだ。

「飲み物を忘れるほど興奮してるのは俺も同様なんだ。もちろん別件でだぞ」

「興奮の理由は？」

「局長とぶつかってなぁ。俺、テレビ東日を辞めるかも知れないぞ」

「なにを言い出すんだ。報道局のエース格の辻本が」

「俺は本気だ。ただし局長が折れなければだが、まだ五〇《フィフティー》―五〇《フィフティー》っていう所かな」

「なにがあったか知らないが、上司には逆らえない。それに近いことは、さっき言ったじゃないの」

藤井はピストル状にかまえた右手を、辻本の胸を目がけて突き出した。声がうわずるのは仕方がない。

「ことによりけりだろう。おまえのケースとは性質が全然違うんだ。社会部長として沽券にかかわる重大問題なんだよ。ここで俺が折れたら、社会部全体の士気に影響する。いや、報道局全体がヤル気を無くすかもな」

「なんのことだかさっぱり分からない。少し説明してくれないか」

「時間がない」

時計を見ながら、辻本は怒り心頭に発した声で続けた。

「ほどなく分かるよ。説明はその時でいいだろう」

「声が大きい。皆んながこっちを見てる」

「そんなこと知るか。じゃあまたな」

「お取込み中に悪かった。申し訳ない」

藤井は低頭した。顔を上げた時、辻本は背中を見せ、五メートルも離れていた。

2

堤杏子から折り返しの電話が藤井靖夫の携帯にかかってきたのは午後四時過ぎのことだ。

「ご免なさい、連絡が遅れて。会議やら来客やらいろいろあったの」

「今夜七時頃会えませんか。相談したいことがあるんです。たまには僕に一席もたせてください。一席もつなんてオーバーでした。安酒場です」

「オーケーよ。七時半にしてもらえるとありがたいな」

藤井は、〝はらぺこ〟の場所と電話番号を告げて電話を切り、すぐに予約を入れた。

二人が〝はらぺこ〟の奥のテーブルで顔を合せたのは午後七時三五分だ。藤井は七時二〇分に先着したので、一五分待たされたことになる。ほぼ満席だった。

「なるほどねぇ。ここなら、一席もつはないわね」

周囲を見回しながら、杏子が笑顔で続けた。

「眼鏡のお陰でわたしだと気付く人はいないし、テレビ東日の人が来るとは思えないわ」

「おっしゃるとおりです。局長に相応しくない店なのは百も承知です。ただし、一人だけここに来るのがいます」

「えっ。誰なの」

「辻本です。彼に教えられた店で、二人の密会場所なんです。今夜、辻本が現れることはあり得ませんけど」

「相談って？」

「その前にオーダーしましょう。まずは生ビールでしょう」

「いいわね」

杏子がメニューを手にした。

「あら。家庭的な料理で美味しそうなものばかりじゃない。冷や奴とか、さつま揚げとか」

「お腹が空いてるので、片っぱしから行きましょう。いくら食べてもペイは知れてます。ワインもあります。チリ産だか、スペイン産の安ワインですけど、けっこういけますよ」

生ビールのジョッキを触れ合せて、ぐっとやってから、藤井が切り出した。

〝藤井局次長〟と〝野田役員待遇〟の話を、杏子は深刻に受け留めた。

「ダーティ社長、ただの鼠どころか相当な策士だし、やるわねぇ」

「辻本も相当なタマだとか言ってました。僕はただのお使いに徹すればいいんでしょうか」

事実は自分の発言だが辻本も同感に相違なかった。この程度の嘘は許されるだろう。

「そんなふうに割り切れるのかしら。とてつもなく大きな一石を投じることになるような気がする。『はい分かりました』って、木戸さんが引き下がるとは思えないしねぇ」

「引き下がったら、木戸人気はがた落ちですよ」

「あなたの〝局次長〟も反対すると思う」

「当然です。受ける気もありません。辻本は受けたらいいとか言ってましたけど、なんだか変なんです。やけっぱちっていうか、投げやりと言うか」

「どういう意味？」

「報道局長とぶつかったらしいんです。理由は分かりませんが、相当激しく。テレビ東日を辞めるかも知れないと言ってました」

「そんなにシリアスなことになっているのに、どうして理由を聞かなかったの？」

「時間が無かったんです。ほどなく結果が分かるとも言ってました」

藤井は額にしわを刻んでジョッキを呷った。

「上司には逆らえないと言ってやりましたけど」

「辻本君も、あなたと同じで多血質なんだ。でも、なにがなんでも彼を辞めさせてはならないと思う。それこそ、あなたの出番でしょ」

「理由が分からないことにはどうしようもありませんよ。今夜遅い時間に会えるものなら会いたいと思っています」

「ぜひそうして」

杏子が腕組みして、憂い顔になった。

「辻本君も心配だけど、〝野田役員待遇〟のことも気になるわねぇ。もちろん、〝局次長〟もそうだけど」

「月曜日の朝イチで副社長に面会するアポは取っています。業務命令に従わざるを得ませんので」

「敵もさるものねぇ。わたしを取締役に推したのも、その伏線だったのかも」

「まさか断られるとは思わなかったんじゃないですか」

藤井が伏目がちに続けた。

「いまさら手遅れもいい所ですけど、受けるべきだったかも知れませんね。メディアに騒がれるのも、せいぜい一、二ヵ月でしょう。仮にもっともっと騒がれ続けたとしても、デートの時間のやりくりはどうにでもなったと思うんです」

「そうだとしても、受けなくてよかったとわたしは確信してるわ」

「そうかなぁ。取締役を受けていたら、〝野田役員待遇〟について、杏子さんの出番があったと思うんですけど。広報局長の立場では口出しすることは出来ないんじゃないですか」

「ふうーん。そういう見方もあるんだ。筋が通っているのかどうかよく分からないけど。わたしは、取締役の立場でも口を挟めるとは思わないわ」

藤井は二つのジョッキが空っぽなのに気づいて、「赤ワインでいいですか」と杏子に訊いた。

杏子は小さくうなずいた。

テイスティングをするまでもない赤の安ワインを飲みながら藤井が堤杏子に言い返した。

「筋は十分通っていると思いますよ。社長、企画担当常務の二人と対峙しなければならない副社長の立場を考えれば分かるでしょう。テレビ東日の貌でもある〝取締役広報局長〟が副社長に加勢すれば、二対二になりますよねぇ」

「だけど、人事権者はSさんなのよ。押し切られたらそれまででしょう」

「押し返せる確率が高まるのは確かですよ」

杏子がワイングラスに伸ばしかけた手を右頬に戻して、含み笑いを洩らした。

「わたしも役員待遇を受けようかなぁ。副社長に推してもらって」

「この段階ではあり得ません。〝野田役員待遇〟を容認するだけのことですよ」

「そんなにむきにならないで。冗談に決まってるでしょ」

「はい」

「いい返事ね。ありがとう」

笑顔がこぼれた。

藤井も白い歯を見せたが、すぐに表情が引き締まった。

「ほんの思いつきですが、こういうことは考えられませんか」

「どういうこと」

「杏子さんは引く手数多のエースですから、〝野田役員待遇〟の理不尽に抗議して、テレビ東日を辞めて、フリーでライバル局のキャスターになるっていうシナリオです。それこそカードになるかも知れませんよ」

「いま、この場でそこまで考えなければいけないのかなぁ」

「おっしゃるとおりです。まずお使いをやってからの話ですね。僭越ながら木戸副社長に僕なりの意見は言わせてもらいます」

「辻本君と話したことも、わたしの意見を聞いたこともストレートにぶつけたらいいと思うわ。副社長に新年会をやってもらった仲なんですから」

「異議無しです」

杏子がグラスを口へ運んだ。

「ほんと。いけるわね。香りがちょっと物足りないけど、こくはあるわ」

藤井は手酌でグラスを満たし、ごくごくと飲んだ。

「〝野田役員待遇〟に社長が固執するわけは、おカネの問題ですよねぇ。二階級か三階級か特進させて、役員待遇にすれば年俸で一千万円は上がる筈です。野田ＣＰがそれに見合う仕事をしているかどうか判断は分かれるでしょうが、だったら俺だってと思う人は山ほどいると思うんです」

「そのとおりよ。えこ贔屓が過ぎることは間違いありません」

「杏子さんの場合は誰も文句の付けようが無かったと思いますけど。勿体ないことしましたねぇ」

「わたしはそうは思いません。価値観の問題でしょう。はしたない言い方になるけど、幸福感と天秤にかけて決めたことなの。それと局長になった時もそうだったけど、周囲のやっかみ、焼き餅は大変だったのよ。取締役を受けていたら、どういうことになってたのかなぁ。『誰も文句の付けようが無かった』なんて、身贔屓が過ぎますよ」

「僕が部長になった時のことに思いを致せば、そんな感じは分からないでもありませんが、押しも押されもしないのが杏子さんの立場だと思いますけど」

「それもありがとう。嬉しいわ。だけど人間って感情の動物とか言うでしょ。始末の悪い嫉妬屋さんは一杯いるの」

「分かります」

「もっと言えば、〝ダーティS〟に対するわたしの感情論は過剰、過多かも知れない」

「そこまで自分を貶めるのはいかがなものでしょうか」

「一歩も二歩も、いや百歩譲っての話です。やっぱり〝ダーティS〟は許せませんよ」

「衆目の一致する所と言いたいのは山々ですが、権力者に弱いのもサラリーマンの性《さが》です。神ならぬ人間の弱さ、愚かさとでも言いますかねぇ。いまや、上層部はS氏への平目ばっかしです」

　杏子が深くうなずいた時、藤井のポケットが振動した。

　携帯に電話をかけてきたのは辻本だった。

「おお辻本。ここはガヤガヤうるさいから、外へ出るので、ちょっと待って」

藤井は階段を駆け上がった。

「いま、どこにいるんだ」

「〝はらぺこ〟。広報局長と話してるんだ」

「なんだって。よくそんな所に堤さんを」

「安全地帯だ。もっとも、誰憚《はばか》ることは無いけど、たまには身銭を切らないと」

「それにしたって、もうちょっと増しな所があるだろうぜ」

「いいじゃないの。ご本人は満足してるんだから。報道局長との激突はどうなったんだ」

「まだまだこれからだよ。おまえのほうこそどうなったんだ。それが心配で、携帯鳴らしたんだぞ」

藤井は時計に目を落とした。午後九時を過ぎた所だ。

「今から会えるのか。なんなら〝はらぺこ〟で待ってるけど」

「無理だな。二時間後なら会えるぞ」

「いいよ。今夜中に会おう。激突の話を聞きたいからな」

「上司には逆らえない。また、それが言いたいんだろう」

「違う違う。内容、理由が知りたいだけのことだ」

「持つべきは友達って言いたいところだが、俺のことより、〝局次長〟のほうが気になるよ」

「冗談にもほどがあるな。辻本のことが心配だから広報局長の意見を聞いたまでです」

「それはついでだろう。〝局次長〟のことも相談したんじゃねぇのか。図星だろう」

嫉妬だろうか。そうに決まっていると藤井は思った。

「話はしたけど、〝あり得ない〟でおしまいだ。気を回さなくていいよ。激突の件、広報局長がいたく気にしてたぞ。きみからの電話だと分かっているから、少しは説明しないとなぁ」

「部下のデスクが大きなスクープをしたんだ。一週間以内にニュースで採り上げなければ必ず他局にやられると俺は判断した。CPにも話してゴーと決めたんだが、根性無しのCPは、情報センター長と局長の耳に入れてしまった。スポンサーが絡む話だから、報道の仕方には工夫が必要なのは重々承知のうえだが、局長は罷《まか》り成らぬときた。全面否定だぞ。ふざけやがって」

「声が尖ってるねぇ。お気持ちはよく分かるが、もう少し静かに話してくれないか」

〝はらぺこ〟の喧騒に比べて、外は静寂で、辻本の怒声が携帯電話にびんびん響いた。

「うん。せっかくの大スクープをいくらスポンサー絡みとはいえ、二番目に甘んじろは無いだろう」

「他局が報じるのは間違い無いのかなぁ」

「もちろん。賭けてもいい」

「内容を知らなくて、賭けは無いだろう」

「まあな。あとで話すけど、問題は記者魂を阻害していいのかどうかだ。局長はトップの顔色を窺ってるわけよ。ぜひやろうと言っていたCPまでが腰が引けて、忍の一字なんて言い出した。二番煎じでも、中身が濃ければイーブンだと吐かしやがった。やってられるか。社会部長の名が廃る、名が泣くよ。だいいち、部下に合せる顔がねぇだろうや」

「第三者に話をさせる。大新聞がよく使う手だが、辛口評論家に解説させる手もあるよねぇ」

「それも考えた。しかし、すべてノーなんだから話にならねぇだろう」

「あとでゆっくり話を聞かせてもらうとしようか。どこで会おうか」

「一時間後に電話する」

「今夜はいくらでも付き合うよ」

「おまえは、やっぱ友達甲斐があるな。優しいよ。俺のこぼし話を聞いてくれるっていうわけだ」

「じゃあ、あとで」

テーブルに戻った藤井を杏子が気懸りそうな顔で見上げた。

「長電話だったわねぇ」

「二時間後に会うことにしましたが、中身は分かりません。ただ大筋は……」

聞き終えて、「悩ましい問題ねぇ」と杏子は眉をひそめた。

「広報局長としても、悩む所だけど、あなたの言うとおり、要は報道の仕方に一考を要することは確かかね。だけど、スクープを逃がす手は無いような気がする。辻本君の気持ちは痛いほどよく分かるわ」

「興奮してて、手が付けられない状態です」

「CPも情けないなぁ。ただ、スポンサー至上主義であることも民放テレビの宿命なのよね。立場、立場の問題はあるけど、報道局長が『責任は俺が取る。ゴー』と言えば、ヒーローになれるのにねぇ。わたしだったら、そうする」

「杏子さんは強力な局長なんですよ」

一時間はあっという間に過ぎた。

「今夜は失礼するわ。辻本君によろしくね。風雲急を告げてきたわねぇ。ドキドキ感もある。ただ、わたし思うのだけれど、所詮コップの中の嵐でしょう。この程度の問題で辞職するなんて考えるべきじゃないと思う」

別れしなに杏子が放ったせりふは、藤井の胸に強く響いた。

3

藤井と辻本は赤坂のバーのカウンターで、水割りウィスキーを飲みながら話し続けた。店は空いていて、カウンターは二人だけだった。

「ラクレルといえば飲料・食品分野の一流メーカーとして聞こえているが、二〇年以上前に熊野《くまの》とかいう財務担当の副社長がアメリカのいかがわしい証券会社の私募債、ヴィクトリア債とかいったかなぁ。四百億円も購入して、詐欺にあったんじゃなかったか」

「藤井の記憶力はたいしたものだよ。そのとおりだ。熊野は元を正せば国税庁採用の準キャリアだが、ラクレルに天下りして、CFOになった。ヴィクトリア債の購入は熊野の独断だが、グレース証券に五億円ものキックバックを要求して、タックス・ヘイブン（租税回避地）のケイマン諸島に設置したプライベートのペーパーカンパニーに振り込ませていた。特別背任罪で逮捕されたが、複雑な仕組みのペーパーカンパニーにストックした巨額の資金は確保され、刑期を終えた熊野は世界のどこかで、のうのうと暮らしている筈だ」

「昔の総会屋がコンサルタントに化けた反社会的勢力への利益供与事件は、熊野事件の延長線上にあるのか」

「上層部が腐敗しているという意味では無関係とはいえないが、ちょっと違う。だがトップが関与している大事件であることは間違い無い。トップが検察の事情聴取を受けた事実は検察に強いデスクが把握している。トップの首を取るつもりで検察は動いているし、トップと元総会屋がグルだという証言は複数の関係者から取材している」

「ラクレルが世間のクリーンなイメージとは対照的にいわくつきのダーティな大企業であることは、メディアでは広く知られているので、スクープする価値は大いにあるとは思うよ」

二人はワイシャツ姿で、ネクタイをゆるめていた。藤井は袖を捲りながら、言葉とは逆にスクープを抑えさせる方途を懸命に思案した。

「デスクだけじゃない。数人の報道記者がチームを組んで取材した手柄を握り潰すなんて出来ると思うか。俺はダラ幹にはなりたくない。部下たちのヤル気を無くすようなスタンスを取れるわけがないだろう」

「だけど、きみの話だと川井取締役報道局長は絶対ダメだと判断し、もうきみの話を聞こうともしないわけだよなぁ。つまり、結論は出ている」

「ワルたちの映像も撮ってる。談話もある。ここまでやってドロップは無いだろう」

「CPも局長に与している現実は厳しいよねぇ」

「おまえだから話すんだが、ニュースにしてしまう手を考えてるんだ。アナウンサーには上の承諾を得てることにして、当該デスクが当番の時に流す」

「プロデューサー、ディレクターまで騙すことは無理だろう」

「いや。あいつらを懐柔するのがそう難しいこととは思わない。とにかくゴー以外、俺には考えられないんだ」

「その結果はどうなるのかねぇ」

「もとよりクビは覚悟のうえだ。おまえに頼みたいのは、木戸さんや堤さんを動員して、なんとか依願退職扱いにしてもらうことだ」

辻本の思い詰めた口吻に、藤井はしばし言葉を失い、二度グラスを呷った。

「辻本を失うのは、テレビ東日にとって大きな損失だ。僕は強行突破は止めたほうがいいと思う。手を拱《こまね》いていたら他局にスクープされる、も疑問符がつくな。スポンサー第一主義は、いずこも同じでしょう」

「NHKならやるだろう。それに、新聞にやられるかも知れない。ラクレルなんていうイカサマ企業に気兼ねするいわれがどこにあるっていうんだ。腐った上層部を一掃して出直して貰うのがいいんじゃねぇのか。俺のことは心配しなくていい。活字の世界でやっていける自信もある」

藤井は吐息をつきながら、手酌でウィスキーボトルをグラスに傾けた。

「トリプルですねぇ」

アイスをグラスに落してくれたのは、中年のマスター兼バーテンダーだ。

「収入はがた減りすると思うよ。まだ、再考の余地はあるんじゃないのか。辻本に辞められたら局長も辛いと思う。妥協の余地はあるんじゃないのか。落し所をもう少し考えようよ」

「時間が切迫している。デスクによればあさっての日曜日が限度だそうだ。もう二週間も待たせてるんだ」

〝山崎〟のボトルが新しくなった。

「この分は僕につけといてください」

「いいからいいから。おまえは規定の退職金を会社に支払わせるように頑張ってくればいいんだ」

「そうはいかない……。今ふと思い出したんだが、広報局長が最前『所詮コップの中の嵐でしょう』とのたまった。どういう意味か分からなかったが、一私企業の問題なんてたいしたことではない。この程度のことでむきにならず、もっと大きなこと、例えば市場原理主義に与した大泉政権を検証するとか、政治の流れを放置しながら第四権力などと増長しているテレビ・新聞の大マスコミをチェックするとか、代議士だけで四八〇名、衆参合わせたら七二二名もいるこの国の立法府の現実をどう捉えるかとか、大きな問題で社会部長としてやるべきことは他にもあると言いたかったのかも知れない。報道局長と社会部長の争いなんて、たかが知れている。コップの中の嵐と言えなくもないよねぇ」

「政治部に言ってもらいてぇな」

「政治部は政治家とつるんでる面もあるから、社会部としての切り口が無いとは言えんだろう。辻本社会部長が取り組むテーマはいっぱいあるんじゃないかなぁ」

「おまえの気持ちは分かるが、ラクレルを見逃すわけにはいかんよ。モラルハザード問題は厳しく追及しなければいかんのだ。政治家のスキャンダルも然りだ」

「だったら、テレビ東日を辞める手は無いね。あした一日、報道局長と話してもらいたい。歩み寄るチャンスは必ずある。きみに辞められて損するのはテレビ東日なんだから」

「分かった。やってみる」

投げやりではなかった。

「電話は止めたほうがいいと思う。フェイス・トゥー・フェイスで話すに限るな」

「そうする。あしたは自宅にいる筈だから、押しかけて話してくるよ。広報局長と藤井の入れ知恵だって明かしていいのか」

「もちろん」

「ついでに〝野田役員待遇〟の話もしてくるかねぇ」

辻本は首を右側へねじって、いたずらっぽい目を藤井のほうへ流した。

「それは勘弁してくれないか。月曜日に副社長と話すことになっている。辻本限りに決まってるだろう」

「それと堤さんだろう」

「おっしゃるとおりだ」

「瀬島と山崎が、木戸さんに気を遣ってることが分かっただけでも、よしとするか。それどころか藤井にも気遣いしてることになるよな」

「それは方便というか、刺身のツマみたいなものだ。カウントしないで欲しいね」

「コップの中の嵐は同じだが、コップの大きさも嵐の大きさも、ラクレルとは大違いだぞ」

「僕の目には野田さんなんかより辻本のほうが大きく見えるよ」

辻本はまんざらでもなさそうに、にんまりした。

「土曜日は一日中自宅にいるから、首尾のほどを必ず教えてもらいたいねぇ」

「分かった。月曜日は逆に、いつ携帯を鳴らしてもいいからな」

「ただ一日で済む問題とは思えないが」

「木戸さんのレスポンスだけでいい。その都度経過報告を頼む」

「もう一時だぞ。そろそろ帰りますか」

「うん。あしたに備えねぇとなぁ」

二人は外へ出てから固く握手して別れた。

藤井がタクシーで帰宅したのは午前一時三五分だった。

杏子から〝AM一時まで起きています。土曜日はAM九時には起床しますので、お電話をお待ちしています。眠り姫より愛する靖夫さまへ〟とメールがあった。

藤井は直ちに返信した。

〝親愛なる杏子様。帰宅したのは午前一時を過ぎていました。辻本君は土曜日中に報道局長に面会して、妥協点を見出す努力をすると言ってくれました。かれを失うのは辛いので、『コップの中の嵐』の意訳を含めて、精一杯説得しました。朗報が待たれますね。一〇時頃電話します〟

4

藤井は翌日午後五時過ぎに辻本からの電話を受けた。

「今から会えないか。井の頭線浜田山駅の近くにいるんだが、〝藤吉〟っていう天麩羅店を思い出したんだ。〝大将〟の客への気配りと手際の鮮やかさが実に印象的だった。夜回りで検察庁の幹部と会った時に行ったんだ。中野からタクシーで十数分で来られると思う。駅前に〝サンブックス浜田山〟って本屋があるから、そこで待ってる。〝藤吉〟に電話をかけたら、カウンターに二席あいてたので予約したからな。じゃあ、待ってる」

藤井は堤杏子から食事に誘われたが、あすの日曜日にしてよかったと思わずにはいられなかった。

辻本の声に切迫感があった。否も応も無い。駆けつけて当然だ。

本屋で立ち読みしているスーツ姿の辻本の肩を藤井が叩いたのは午後五時五〇分だった。藤井は長袖のスポーツシャツにジーンズのラフな服装だった。

「待たせて悪かった」

「いや、三〇分足らずだ。週刊誌を立ち読みさせてもらったので、経済誌を買うわ」

辻本は経済誌を二冊買ってレジの中年の女性店員に書店の紙袋に入れてもらった。思ったより落着いて見える。だが、藤井が瞳を凝らすと、紙袋を受け取る辻本の手がふるえていた。

〝藤吉〟は静かな住宅街の中に、忽然と姿を現した。店内のたたずまいは空間が広くしっとりとした高級感を漂わせていた。

L字形のカウンターは八席と三席。上品な若い女性に辻本は背広を脱がされ、短い方の奥へ案内された。店内はまだ空いていた。

辻本が生ビールをオーダーした。ほどなく運ばれてきた大きめなグラスを藤井が持ち上げて、「乾杯！」と言った時、辻本は「乾杯はない。献杯も変だなぁ」と、尖った声で返して、いきなり生ビールをぐぐっと呷った。

白ワインを飲み、天麩羅を食べながら辻本が話した川井博志《ひろし》取締役報道局長とのやりとりは、衝撃的で藤井の顔は引き攣《つ》り、血の気が引いた。涙がこぼれそうにもなった。

辻本と川井のやりとりはこんな風だった。

「こんな時間にアポも無く押しかけてくるとは、非常識にもほどがあるんじゃねぇのか」

「失礼は重々承知してます。お休みの所申し訳無く思いますが、切羽詰ってる当方の事情もお察し願います」

休日にゴルフのない時、川井が近所の打ち放しゴルフ練習場でひと汗かいたあと、会員制のスポーツクラブのサウナ風呂に入って一時頃帰宅し、遅い昼食を摂ることを辻本は知っていた。午後三時なら、昼寝から目覚め、頃あいと見て、菓子折りを手土産に訪問したのだ。

「ラクレルの件なら、結論は出した筈だ。中身の濃い二番煎じしか選択肢は無い。民放はコマーシャルで成り立ってる。初めにスポンサーありきを、ニュースの場合、格別配慮すべきなのは、おまえがいちばんよく知ってるんじゃねぇのか。何度同じことを言わせるんだ。俺はおまえを部長に強く推したが、こんな分からず屋を部長にするんじゃなかったと後悔してるよ」

「デスクに降格されても結構です。ですからもう一度だけわたしの話を聞いてください。問題は報道の仕方にあると思うのです」

辻本は懸命に藤井に知恵をつけられた落し所について話し込み、部下がヤル気を失うような結果を招くことだけは回避したいと力説した。雑報扱いでもよい、とまで言った。新聞では見出し一段のベタ記事のことだ。

「堤広報局長と藤井企画部長のサジェッションも受けましたが、なんとか妥協していただくわけにはいきませんでしょうか」

川井はいかつい顔を歪めて哮《たけ》り立った。

「なんで堤が出てくるんだ。藤井が口出しする問題か！　あいつらが恥を知らねぇとは。ふざけやがって！　現場に広報局長風情が偉そうに首を突っ込んでくるのか。何様のつもりだ！」

「わたしが意見を求めたのです。あらゆる事を客観視できる人たちです」

「あほんだら！　これ以上おまえが妙な動きをしたら即刻クビだ。懲戒解雇を覚悟しとけ。おまえ部長になって図に乗ってるんじゃねぇのか。おまえの後釜は山ほどいる。なんなら、いますぐ辞表を出せ。受理してやる。一ヵ月後に規定の退職金もくれてやるよ」

「首のすげ替えはともかくとして、局長から個人的に退職金をいただけるんですか」

ひと言多いと思いながらも、辻本は言わずにはいられなかった。声が震えるのは致し方ない。

「ふざけるな！」

凄まじい声量に、辻本は思わず耳を塞いだ。

声の大きさだけで報道局長になったような男だ。センシティブな感性はゼロ。俺が俺がで局長になり、上昇志向も強い。瀬島社長に露骨に擦り寄り始めたと辻本たちは思っていた。

こんなのが、取締役報道局長だから、〝ニュースイブニング〟を仕切っている井上晋一郎事務所に舐められるのだ。

「分かりました。月曜日に辞表を出します」

「本気なのか」

「はい」

川井は阿修羅の形相で腕組みしたが、一〇秒後に「一晩考えたらいいな」と返した。

5

六月二七日日曜日午後二時頃、藤井は堤杏子の自宅マンションに行って辻本の件を話した。

腕組みしたり、頬杖をついたりしながら耳を傾けていた杏子が吐息まじりに口を開いた。

「わたしの名前を出したのは、よくなかったわねぇ。川井君、わたしより一年遅く局長になったことを相当やっかんでいたの」

「そう言えば同期入社でしたねぇ。失念してました。しかし、ライバル視していたとしても取締役になって抜き返したじゃないですか。まだ根に持っているとは思えませんけど」

「嫉妬深い人なのよ。思い込みも激しい。同期のトップを疾走していると思っていたのが、女性初局長でちょっと話題にもなったから、あの時の恨みは忘れられないと思う」

　藤井の顔がいっそう歪んだ。

「僕が迂闊でした。そこまで気が回らなくて。しかし、だとしても懲戒解雇まで口走りますかねぇ。エキセントリックにもほどがありますよ」

「感情論なんてそんなものよ。あなたの性善説は過ぎるかも。『一晩考えたらどうか』もリップサービスと思ったほうがいいのかなぁ。というより先に社長の耳に入れておくための時間稼ぎのような気もする」

「その必要はまったく無いと思います。辻本に自己都合による依願退職を撤回するつもりは微塵も無いんですから。ここに来る前に会ってくどいほど引き留めたのに、まったく聞く耳持っていないんです。辻本も、むろん感情論はあるでしょうが、独立してやっていける自信があるように思えました。退職するまでの一ヵ月ほど、有給休暇が取れるので、コメンテイターとして、あるいはライターとしてやっていく道筋をつけるための自助努力に全力を尽くすと話してました。けさも辻本自身が報道記者としてコメントした旧《ふる》いニュース番組のビデオを見たそうですが、自信たっぷりに胸を張って、『俺のコメントの説得力は相当なもんだぜ』とうそぶいていました」

　杏子がコーヒーカップをテーブルに戻した。

「確かに、あなたと同じくらい論理的にコメントしてたわねぇ。辻本君が自信たっぷりなのも分かるわ。だけどテレビ東日にとっては惜しい人材よねぇ。バカ局長には呆れてものが言えない。木戸副社長が口説いてもダメかしら」

「ええ。覆水盆に返らずは間違い無いと思います。木戸副社長にはもちろん話さないわけにはいきませんけど、説得しても無駄だと言うしかありません」

「そうでしょうねぇ。あなたが二日も時間を割いたのに、聞く耳持たないんだから。こうなったら、退職後の辻本君をとことん応援するしか無いわね。感情論はわたしにもあるので、意地でも応援して、川井君の鼻をあかさなくちゃあ」

「杏子さんにそれをお願いしたいからこそ、辻本と別れてすぐここへ駆けつけたんです。杏子さんの人脈は相当なものですから」

　杏子の笑顔が初めて輝いた。なんと素晴らしい笑顔だろう。京都のインダストリアル資料館を報道記者時代に取材した時のことを藤井は思い出していた。

　笑顔度を計測する機器の前に向かった藤井は七〇点だった。杏子ならマックス九九点は確実だろう。因みに一〇〇点は無く、九九点も滅多に無いと説明員は話していた。

「杏子さんの全面協力を僕は当てにしています」

「言わずもがなでしょう。辻本君はあなたの無二の親友じゃないですか」

「よろしくお願いします」

藤井は真顔でお辞儀をした。

「でも、ほんとうに勿体無いことしてくれたわねぇ。それでスクープのほうはどうなるの」

「当然のことながら消えました。辻本は部下に対する体面が保たれるだけでも納得できるんじゃないですか。辻本が『去る者は日々に疎《うと》しで、俺なんかすぐ忘れられるから安心しろ』って、しみじみ話してましたけど、そんなものかも知れませんねぇ」

「辻本君、言うわねぇ。たいした役者ね。その謙虚さがあれば心配するには及ばないかも」

「同感です」

藤井が深くうなずいて、コーヒーカップに手を伸ばした。

6

六月二八日朝九時に藤井靖夫は木戸光太郎と三〇分ほど話した。

「野田の役員待遇も、藤井の局次長もあり得んと思う。社長が弱みでも握られてるんだろうか。野田が仕事師であることは分かるが」

「わたしの局次長は取って付けたような話ですから論外です」

「役員待遇も論外だ。なんだかんだ言ってもテレビ局もヒエラルキーの組織なんだよ。われわれの時代は、突飛な人事もあったが、だんだんそうもいかなくなった。堤の〝取締役〟がその伏線だったとはねぇ。野田を取締役にしたいと言ってたが、また蒸し返してくる執念深さの根拠は奈辺にあるんだろうか。弱みを握られてるは冗談だが」

「…………」

「それはそうと、辻本は惜しいことをしたなぁ。川井がそれほどエキセントリックな男とは。わたしの目も節穴だったことになる」

「煽るようなことを申しましたわたしは恥入るばかりです」

「うーん。初めにスポンサーありきは民放の宿命だからねぇ。どこの世界でも、お客さまは神様とも言う。だが、それが筋論だとしても懲戒解雇を口にした川井はどうかしてるな。堤が聞いたら、どう反応するだろうか」

藤井は再び絶句してうつむいた。どうにも取り繕いようが無かった。だが、瀬島から木戸に伝わる可能性大だ。

「申し訳ありません。無断で広報局長の名前を辻本君に伝えてしまいました。広報局長はラクレル絡みのスクープについて何か知恵を出してくれるのではないかと。わたしが広報局長の話を取り違えた事実もあります……」

藤井は杏子および辻本とのやりとりを手短かに説明した。

「なるほどなぁ。川井が堤に含む所があったわけだな」

藤井は「申し訳ありません」を繰り返した。

「辻本には駄目もとで人事部長に慰留させるとするかねぇ」

辻本はきょう付で退職願いを提出すると言っていた。すでに受理されているかも知れない。

「野田の役員待遇のことは押し返すから心配しなくていい。山崎もおかしな奴だなぁ。藤井を使いに出すなんて気が知れんよ。社長も社長だ。わたしに直接話すべきなのに」

「副社長と社長のエモーションとエモーションの激突を広報局長は心配されていましたが」

「そんなことまで話したのか」

藤井は赤面し、心臓が音をたてた。

「ま、堤が心配するのも分からんでもないが社長に就任したばかりの人がそんな無茶苦茶をしたら、組織が保たない。激突はあり得んよ」

藤井がどんなにホッとしたか分からない。

「きょう中に社長に会う。任せてもらおうか」

「はい。ありがとうございます」

「藤井の企画部長も板に付いてきたな。だが、こんなことまでやらされるとは泣けてくるだろう」

笑いながら冗談を言われて、藤井は肩が軽くなるのを覚えた。


藤井が退出した直後、木戸は人事部長の飯田隆《いいだたかし》を呼んだ。

「社会部長の辻本がなにか言ってきたかね」

「副社長はなんでご存じなんですか」

飯田は面高で色白な顔を紅潮させて、甲高い声を発した。

「わたしが知り得た経緯はいずれ話すが、ともかく極力、慰留するように頼む」

「通常は局の上司経由で辞表の提出があるものなのですが、九時前にいきなりわたしに面会を求めてきました。おっしゃるまでもなく、慰留しましたし、上司と軋轢《あつれき》があったのかどうか、しつこく訊いたのですが、テレビ東日で仕事する意欲が無くなったの一点張りで、翻意する気は全く無いで終りです。一〇分ほど話しただけです。どうにも手の打ちようがありません」

「やっぱり駄目か。諦めるしかないかもなぁ」

木戸が渋面をあらぬほうに向けて続けた。

「過去二〇年ぐらいの間に、三階級特進みたいな人事はあったかねぇ」

「わたしの知る限りございません」

「抜擢人事について、きみはどう思う」

木戸に見据えられて、飯田は目を逸らした。

「重圧に堪えられるかどうか。いずれにしても三階級特進はあってはならないと存じます」

「いくらテレビ局でも、それが常識だよなぁ」

「辻本君の件と関係があるのですか」

「いや。話が飛んで悪かった」

「もしや三階級特進の話は、野田君に関することなのではありませんか」

「ほうー」

木戸は唸り声を洩らし、腕組みして、まじまじと飯田をとらえた。

「かれはわたしと同期です。仕事は出来ますし、猛烈社員ですが、〝ノダジョンイル〟とか陰口をたたかれるほど部下にも、制作プロダクションにも厳しいというか、烈《はげ》しいというか怖れられています。オフィスAの遣り手のプロデューサーが野田君とぶつかって、辞めたという話も聞き及んでおります。瀬島社長には編成局長時代からやたら可愛がられていた事実があるものですから。告げ口みたいで気が差しますが、副社長ですから申し上げげました。どうかここだけの話にしていただきたいと存じます」

「ここだけの話に決まってるだろう」

「失礼いたしました」

飯田はドアの前でも低く低く頭を下げた。


木戸は時計を見ながら「エモーションとエモーションの激突ねぇ」と呟いた。時刻は午前九時五〇分。一〇時から自身が会議を招集していた。

木戸は女性秘書を呼んで、小田島会長が来社していることと一人であることを確認し、会議を三〇分遅らせるように指示してから、会長室へ向かった。

「アポも取らずに失礼します」

「会長に棚上げされて、暇をもてあますことになるんだろうな。瀬島君は超多忙とは思うが、どうせ寄りつきもしないだろう。時々話しに来てくれそうなのは木戸君ぐらいのものだろうな」

手でソファをすすめながら、小田島はにこやかに木戸を迎えた。

「ゴルフのほうはどうですか」

「けっこう数はこなしてるが、上達せんなぁ。これでも昔はテニスをやってたんだ。テニスの悪い癖が出るのかねぇ」

「ところで東日新聞社で、若手の部長職を一挙に役員にするようなことはあるんでしょうか」

「編集も営業も管理部門でも、そんな例は聞いたことがないな。遠回しが過ぎるねぇ。なにが言いたいのかね」

「どうも。実は……」

木戸は、野田の名前は出さなかった。いずれ分かることだから、率直に話すべきだとも考えぬでもなかったが、話が長くなることを危惧したのだ。

「人事権者は瀬島だが、性急過ぎるし、乱暴でもあるな。編成制作でいくら仕事が出来ても、それはやり過ぎというものだ。きみの正論を断固支持するよ」

「会長をわずらわせるのは心苦しいので、いざとなったらの話です。わたしの段階で押し戻せると思いますが、そうした場面が無いとも限りません。その時はやわらかくわたしに加勢していただければ、ありがたく思います」

「わたしは会長になったばかりだ。瀬島にはちょっとは遠慮してもらいたいねぇ。瀬島が社長になれたのは、きみが補佐に徹すると言ってくれたことと、東日新聞側が挙げて、京都の婆さんを説得してくれたからだ。もちろん、渡邉さんも、わたしも瀬島を推したがね。〝ダーティS〟とかの負のイメージを払拭するには時間もかかる。下手に出るのが良いんじゃないのかね。あいつは感謝の気持ちが無い。独りで偉くなったと思ってるんだろうな。あんなのを社長にしてよかったのかどうか、今頃後悔しても始まらんが、会長のわたしを立てるのが筋っていうものだろう」

しゃべっているうちに頭がカッとなって小田島の表情が険しく尖って行く。

「瀬島さんの利点も一杯あります。会長のお気持ちを搔き乱して申し訳ありませんでした」

「社長になったばかりの瀬島に会長の俺を立てる気がないとは情けなくて、涙がこぼれるよ」

「わたしのフライングであったかも知れません。会長のご理解を賜り、大変嬉しく存じます。ありがとうございました」

木戸は起立して、低頭した。

「結果がどうなったか教えてくれな」

「もちろんそうさせていただきます」

「それとゴルフに誘ってくれよ」

気持ちが鎮静したなと思いながら木戸は「承りました」とやさしく返した。

7

六月二八日午前九時四〇分に、藤井は山崎の個室のドアをノックした。ドアがすぐに開いたのは、待ち侘《わ》びていたからに相違無い。

ソファに向かい合うなり、山崎が急き込んで訊いた。

「どうだったんだ？」

「副社長はご機嫌斜めでした」

「ネガティブなのは最初からわかってる。おまえの局次長についてはどういう意見なんだ？」

「もちろん反対ですよ。論外だと言われましたが、副社長のお考えがよく分かりました。もっとも、わたしの局次長は冗談みたいな話だとわたし自身も思っています」

山崎は「グッドアイデアだと思ってたんだが」と独りごちてから、しかめっ面を藤井に向けて浴びせかけた。

「おまえは、わたしの親心がぜんぜん分かってないんだな。あっさり副社長に取り込まれるなんて信じられんよ」

「当初から、わたしは複雑で分かりにくい話だと思っていました。副社長は常識論を述べたまでだと思いますが」

「なんだと。生意気言うな！」

「お言葉ですが、あえて申し上げます。わたしは、瀬島社長は切り出すタイミングを間違えていると存じます。社長に就任されたばかりですので、強引過ぎるという印象を免れません」

「おまえっていう奴は度し難い奴だな」

藤井は胸がむかついた。ここは一歩も二歩も引き下がらなければならないと、わが胸に言いきかせながらも、口を衝いて出た言葉は逆だった。

「おっしゃるとおりです。もともと管理部門は不向きですので、クビにしてくださって結構です」

「なんだ。その言い種は」

「辻本社会部長がきょう付で依願退職しました。ブランクはありますが、彼の後釜は無理でしょうか。副社長に直訴したいくらいです」

山崎はなんとも言えない顔で続けた。

「辻本のことなんか聞いておらんぞ。ちんぷんかんぷんな話をせんでくれ」

「三日前に本人から聞きましたが、スクープするかどうかをめぐって、上司と対立があったようです。上司には逆らえません。潔く退職の途《みち》を選んだのは辻本らしくて褒めてやりたいくらいです。ジャーナリストとして自立していける自信があるんでしょう。わたしも辻本にあやかりたいくらいですが、かれのようなパワーはありません。この際、現場に戻していただければ、ありがたいと思います」

山崎は目も当てられないほど厭な顔をして、右手を激しく左右に振った。

「辻本のことはどうでもいい。おまえの現場復帰はあり得ん。俺もおまえを見限るとは言ってない。社長が野田に着目した慧眼に感服したからこそ、いろいろ知恵を絞ってるんじゃねぇか。おまえは俺を補佐する立場だろう。そんなことも分からんのか」

平目になれ、擦り寄れ、ゴマを擂れと強要されても、『はい。分かりました』などと言えるわけが無い。胸の中で毒づきながらも、どう言い逃れるか、藤井は必死に思案した。

「申し訳ありません。常務の期待に応えられず忸怩《じくじ》たる思いです。現場復帰は無い物ねだりでした」

「〝野田役員待遇〟をなんとしても実現したい。おまえは副社長の息のかかった男でもある。そのおまえがいともあっさり引き下がるとは信じられんよ。『わたしも局次長になりたい、野田役員待遇を承諾してください』って、副社長を口説けると思ってたんだが」

そんなバカげたことを言えるわけがないと言いたい所だが、藤井は沈黙していた。

「副社長は反対論を貫くと思うか」

藤井は小さくうなずいた。

「いま、二人が対立するのはよくない。おまえを使いに出さず、俺が直接、副社長と話すべきだったかもなぁ」

「副社長もそうおっしゃっていました」

「しかし、もう俺の出る幕は無いな。社長は〝野田役員待遇〟を強行するつもりだ。人事権者の社長に、副社長の立場で反対し切れるだろうか。おまえどう思う」

「どうなるのでしょうか。全く見当がつきません。お役に立てず、ほんとうに申し訳ありませんでした。ただ、申しにくいのですが、常務は副社長とお会いになったほうがよろしいような気がします。お二方の相互信頼関係を損なうことをわたしは恐れます」

「余計なことを言わんでいい」

「失礼しました」

「ま、そうは言っても、木戸さんと話してみるかねぇ」

「社長も、そのようにお考えなのではないでしょうか」

「もういい」

仏頂面で、山崎が手を払って藤井を追い出した。

8

山崎がアポを取って木戸に会ったのは正午を二〇分ほど過ぎた頃だ。会議中にメモが入ったので「時間が勿体無い。〝ロケ弁〟でも食べながら話すとするか」と木戸は秘書に伝えた。

〝ロケ弁〟とは、映画やテレビ番組の撮影現場で食べる弁当だが、テレビ局では昼夜食を問わず、芸能関係者などが食堂業者に要求する重箱弁当のことだ。

有名女優ほど注文が細かくうるさくて、「元を取れるかスレスレの所だ」と食堂業者を悩ませているという。

木戸などテレビ局関係者がオーダーする弁当は千〜千五百円の弁当だが、吸い物と香の物が付く。

副社長室で〝ロケ弁〟を食べながら、話を切り出したのは山崎だ。

「藤井の報告を聞いてショックを受けました。過去にあまり例が無いことは百も承知ですが、なんとか社長のご意向を叶えてあげていただけませんでしょうか。わたしは安請け合いをしてしまった手前もありますが、抜擢人事は緊張感をもたらし、全体のモチベーションを上げる効果もございます。社長は社員のヤル気を引き出したいと常々仰ってました。わたしも野田なら、皆んな納得できると思います」

「違うな。納得できるほうが少ないだろう。少なくともわたしは反対だ。野田が仕事が出来るのを認めることはやぶさかではない。だが、やり過ぎという評もある。わたしの耳にも入ってるくらいだから、きみも承知と思うが、〝ノダジョンイル〟などと言われてるらしいじゃないか」

山崎はむろん聞いていたが、そらっとぼけた。

「寡聞にして存じません。そんな噂があるほど頑張っているっていう意味なのでしょうか。それとも為にする噂なのでしょうか」

「両方とも違うんじゃないのか。プロダクションにも厳しいそうだよ。体育会系で体力も抜群なんだろうが、下の者が顎を出すような手荒な真似は厳に慎むべきだ。当然のことながら、瀬島さんほどの人が目を付けたとすれば、プラスのほうが圧倒的に多いとは思う。したがって、まずはエグゼクティブ・プロデューサーに昇進させるのがまっとうなんじゃないのかね」

「お言葉を返すようですが、野田君がポイント・ゲッターであることは間違いございません。かれの制作する番組でテレビ東日がどれほどプロフィットを得ているか、副社長はご存じと思いますが。赤字は一期で、二〇一〇年三月期決算が黒字になったのも野田君の手柄に負う所大です」

「多少は寄与したとは思うが、過大評価だな。しかもプロダクションいじめによるものだとしたら、なにをかいわんやだ。食事を急ごうか」

二人は一五分ほどで〝ロケ弁〟をたいらげた。

湯呑み茶碗をテーブルに戻して、山崎が話を蒸し返した。

「野田を取締役にしようと言っているわけではありません。ただの役員待遇ですよ。それほど不自然な人事なのでしょうか」

「入社年次から見ても、きわめて不自然だ」

「社長は六月の定時株主総会で野田君を取締役に選任したいとお考えになったほど、かれを買っています」

「それで堤の取締役説もあったわけだね」

凝視されて、山崎はうつむいたが、しぶとく食い下がった。

「それは無関係だと思います。堤君とは比較になりませんよ。野田君は、テレビ東日の宝です」

「だとしたら、黙ってても上へ行くだろう。堤と違って、シャイな所が全く無い野田はトップの威光を笠に、役員待遇を受けるつもりだろうな」

「そこです問題は。社長は野田に匂わせたような気がします。ここは社長の顔を立ててあげたいとは思われませんか」

「逆だろう。わたしは強行すれば瀬島さんの顔が潰れると考えている。きみは、忖度《そんたく》過多だ。わたしと話せば、新社長は折れてくれると思うが」

木戸はわざとらしく「新」に力を込めて言い返した。

「副社長の承諾は得られなかったと報告しなければならないわたしの立場にもなってくださいませんか」

山崎の声がくぐもった。これも相当わざとらしかった。

「そんなことをほざいているきみの立場は、さらに悪くなるとわたしは思うが。それと、五時に新社長と新副社長が面会することになっている。きみは黙っていたほうが得かもな」

「参りました」

憂い顔の山崎に、木戸が畳み掛けた。

「局次長の件はどう考えてるのかね」

「本人が固辞しているんですから、しょうが無いでしょう」

「それが常識っていうものだろう。きみの役目は、野田にも固辞しろと進言することかもな」

ジロッとした目をくれてから、「失礼いたしました」と一揖して、山崎は引き取った。

山崎はその足で社長室へ移動した。

ノックに応えが無かったが、山崎はドアを開けた。

ソファで瀬島と話していた川井が中腰になった。

「おまえの判断は間違ってない。分かった。もういい」

「失礼しました」

川井が山崎にも目で会釈して退出した。

「報道局長は、辻本社会部長の件ですね」

「そうなんだ。辻本は出来る奴だとは聞いてたが、スポンサーを虚仮にしようなんてとんでもない野郎だ。増長ぶりも半端じゃねぇな」

「社長に報告するまでもありませんよ」

瀬島が厭な顔をした。しまったと山崎は悔いた。瀬島が仕事を抱え込みたがるタイプだったことを失念したのだ。

「そんなことより木戸はどうだったんだ。OKだったろ？」

「それが存外話の分からんおっさんなんで、びっくりしました」

「野田の役員待遇に反対したのか」

「はい。しかもかなり強く反対されました」

「あの野郎、俺が副社長に取り立ててやったのを忘れやがって。俺に刃向かうとはなぁ。おまえは、もう旗を巻いたのか」

「とんでもない。相当抵抗したんですけど。藤井が局次長を固辞したのは計算外れでした」

「〝藤井局次長〟とのセットなら、木戸が呑むと判断したのはおまえだぞ。藤井を説き伏せられなかったのか」

「説き伏せたとばかり思ってたのですが。しかし、説き伏せたとしても、思いどおりにはならなかったような気がしないでもありません。木戸さんは、局次長にも反対だと言ってました」

山崎は思わず、下を向いた。瀬島が阿修羅の形相になったからだ。

「木戸ごときが俺に盾突ける筈がねぇだろう。折れなければクビにするまでだ」

「わたしも同感です。人事権者は社長なんです。抜擢人事のメリットをわたしは口が酸っぱくなるほど言いたてたのですが、木戸さんは分かってくれませんでした。ただ、ちょっと気懸りな点がございます」

瀬島はもじもじする山崎を睨みつけた。

「なにが気懸りなんだ。早く言えよ」

「小田島会長のことをカウントしなくてよろしいのでしょうか」

「小田島は、東日新聞の前社長のお使いでテレビ東日に乗り込んできやがった。石川社主の株の問題で手柄を立てたつもりらしいが、俺に借りができたようなものだろう。社主の保有株の嵌め込み先はテレビ東日しかなかったんだ。それも言い値で買ってやったようなもんじゃねぇか。俺に向かって、四の五の言えた立場じゃねぇだろう」

瀬島は〝伊藤事件〟も〝ダーティS〟も忘却の彼方だ。木戸じゃないが〝新社長〟の立場も忘れている。

そんなに甘くはないと山崎は思った。だが、曖気《おくび》にも出せることではない。

木戸の反対が筋論、正論であることは確かだが、木戸がその気になりさえすれば、野田の役員待遇は実現する、その可能性は高いと判断したのが甘かっただけのことだ。

「なんとか木戸さんを捩じ伏せていただきたいと願っております。そうでなければわたしの立つ瀬がありません」

「おまえに任せておけば、それで済むとは思ってたんだが」

「木戸さんは、立場をわきまえないにもほどがありますよ。五時にお会いになるとお聞きしましたが」

「会いたいと言ってきたから受けたが、ＯＫの返事を思わせぶりにしやがって、わざわざ言いにくると思ってたんだが」

「〝藤井局次長〟など妙なことを考えたのも、わたしが至りませんでした。策を弄し過ぎたかも知れません。初めから社長が副社長に対して『野田を役員待遇にするぞ』のひと言で、済んだと思います」

山崎は心にも無いことをぐだぐだしゃべっている自分を意識していた。

「木戸は、テレビ東日と東日新聞との力関係が逆転したことが分かってねぇんだ。大バカ者だよ。テレビの影響力、パワーは新聞の比じゃねぇ。それと野田の能力を評価できるのは俺しかおらんのだ」

「テレビ東日で野田君が次代を担う男であることは間違いないと存じます。社長ほど現場に精通しておられる方がいないことも事実です」

山崎は歯の浮くような世辞とは思わなかった。事実、未だに編成制作局長および報道局長を兼務していると錯覚しかねないほど瀬島は現場を掌握していた。

9

午後五時に木戸は社長室に出向いた。

「五分後に小田島会長もお見えになります。勝手をして申し訳ありません。どうせ分かることですから、前もって会長のお耳にも入れておきました」

「野田を役員待遇にするぐらいのことは、俺とおまえで決められるだろう。会長には事後報告でよかったんじゃねぇのか！」

果たせるかな瀬島は激昂した。

木戸はにこやかに瀬島を見返した。

「違うと思いますよ。あとから聞くのと事前に聞くのとでは」

「おまえは野田の取締役に反対したが、役員待遇にも反対するんだな」

「もちろんです。取締役と役員待遇は同等と考えるべきでしょう。ここは堪えていただけませんか。会長になったばかりで、代表権もお持ちです。会長と社長がぶつかるのは絶対に避けたいとわたしは考えました」

「じ、人事権者は社長の俺だろう。お、おまえは穢い奴だ。お、俺に無断で会長に話しやがって、ふざけんじゃねぇよ」

瀬島はどもるほど怒りをあらわにした。

「あなたと先に話をしても結果は同じです。どうかエモーショナルにならないでください。野田君はさすがあなたの目に適った男です。将来のテレビ東日を背負って立つ存在になると思いますが、いくらなんでも、特例が過ぎるのではありませんか」

ノックの音が聞こえ、小田島が顔を出した。

木戸は起立したが、瀬島はソファに座ったままで、小田島に目をくれようともしなかった。

「わたしが邪魔なら、このまま出て行ってもいいぞ。ただし、野田の役員待遇には反対だ。あってはならない人事だ」

小田島に浴びせかけられたが、瀬島はまだそっぽを向いていた。

「とにかくお座りください。社長にはご理解賜りました」

木戸にソファをすすめられて、小田島は仏頂面で腰をおろした。木戸も小田島に続いた。

「会長をわずらわせるまでもないと思ったのですが。木戸君はわたしが反対論に理解を示したようなことを言いましたが、とんでもない。釈然としてません」

「つまり、社長に就任するやいなや、人事権を振り回したいってことなのかね」

小田島の表情も口も尖っていた。

「そこまでは言いませんが、この程度のことで、とやかく言われるとは思いもよりませんでした」

「この程度のことだと。役員人事は大問題だろう。野田を大抜擢したいっていう話は以前にも聞いたような気もするが、わたしが代表取締役会長でおる間は待ってもらいたい。そんなに永く居座るつもりはないから安心してもらおうか」

言いざま、小田島はソファから起った。

バタンとドアが閉まる音がやけに大きく聞こえた。

「おまえが会長に直訴するなんて信じられんよ。俺を補佐してくれるんじゃなかったのか」

「わたしは完璧に補佐したつもりです。会長を立てる気持ちになってもらわなければならないと思ったまでです」

「俺は二人三脚で押し通したかったんだ」

「禍根を残すことになりますよ」

「小田島は一期二年は会長をやるんだろうな。野田を二年も待たせなければならんのかね」

木戸は二年でも早いと思ったが、抑えに抑えて「二年なんて、あっという間ですよ」とやわらかく返した。

「おまえに裏切られるとは思わなかったよ」

「裏切った覚えはありません」

木戸の表情がこわばった。

「野田には、これで二度も恥をかかせることになる。参ったなぁ」

「会長とわたしに反対されたで、よろしいじゃないですか。利口な野田君のことですから、腐ったりしませんよ。いずれにせよ、時間の問題でもあるんです」

木戸は一揖して、ソファから腰をあげた。

10

堤杏子の強い推薦で辻本浩一は他局のニュース番組でリポーターとしてデビューし、二〇一〇年一〇月時点ではレギュラーのコメンテイターにまで伸していた。的確なコメントが視聴者に評価された結果である。報道記者時代から検察、警察に強力なコネを有していたために大阪地検特捜部主任検事証拠改竄《かいざん》事件で、もてるパワーを発揮出来たのが辻本の存在感を高からしめたと言える。立法、行政、司法の三権の劣化なども、分かりやすく平易な表現で解説し、好評だった。テレビに限らず有力週刊誌、総合誌からも声をかけられ、寄稿し、筆力も買われるようになった。

「華麗な転身を遂げたねぇ。報道局長とぶつかってなければ、今日の辻本は無かった。結果オーライも良い所だな。羨ましい限りだよ」

「堤杏子さんのお力添えのお陰だよ」

「僕はまったくお役に立てなかったが」

「そうでもないだろう。堤さんによれば、藤井に辻本をよろしくお願いしますって何度も催促されたとか言ってたぞ」

一〇月一一日の夜、ホテルオークラの〝オーキッドバー〟のカウンターでハイボールを飲みながら二人は話したが、藤井の目に辻本は眩しいほど颯爽と映った。

「川井報道局長の鼻をあかしたことは間違い無いね。杏子さんも辻本の活躍ぶりが嬉しくてならないみたいだよ」

「杏子さんねぇ」

辻本の視線を頰に感じて、藤井はハッとした。

「広報局長と言い直そうか。辻本のことで何度か話しているので、なんだか身近に感じたんだが、いくらなんでも〝杏子さん〟は生意気だよな。ところで、鼻をあかされた川井局長は、辻本は見所があると思っていたから、テレビ東日にしがみついている必要は無いと思って強く出たんだとか周囲に話してるらしいよ」

「強がりだな。俺の足を引っ張りたくてしょうがないとかいう話も聞いてるぞ」

辻本は〝杏子さん〟を忘れてくれたらしい。藤井はホッとした。

「事実だとしたら、バカに付ける薬は無いって言いたいくらいだ。男を下げるだけのことだろう。逆に報道局長が〝ニュースイブニング〟に辻本を登場させれば男を上げるのにねぇ」

「それは絶対に無い。所詮、上にはやたら弱くて、下には強いだけの男じゃないのか」

「まあねぇ」

「話は飛ぶが、小田島会長が脳梗塞で倒れたってねぇ」

「うん。一週間ほど前だ。かなり重度で、言語障害は免れないらしい。最低一年は復帰できないと聞いているが」

藤井の表情が翳った。木戸副社長の温容を目に浮かべたからだ。

「〝ダーティS〟が内心喜んでることだろうなぁ。〝ダーティS〟は強運だけで、プロパー初のトップになったが、小田島という後盾を失った木戸さんの立場は厳しくなるんじゃないのか」

まったく同感だと思いながらも、藤井は逆の言葉を口にした。

「瀬島社長にとって、木戸副社長がますます必要になってくるんじゃないかなぁ。独裁、独走をチェックできるのは副社長しかいないもの。平目ばっかりで良い筈がないでしょう」

「だけど〝ダーティS〟にとって、木戸さんは煙ったい存在、鬱陶しい存在だろう。俺はおまえの考えは甘いと思うなぁ」

「東日新聞がどう出るかにもよると思うが、副社長のパワーはあなどれない。東日新聞の上層部は挙げて木戸贔屓だと思うけど」

辻本はナッツを口へ放り込み、くちゃくちゃやりながら、反論した。

「だからこそ、〝ダーティS〟は木戸さんを排除したいんだよ。小心者の〝ダーティS〟に木戸メリットを評価する度量は無い。俺の見立てに過ぎんが、〝野田役員待遇〟を蒸し返してくるんじゃないのか。小田島会長がこけたのをこれ幸いと動き出すような気がする。〝ダーティS〟をプロパー・トップにしたことのデメリットは大きいと思うぞ」

藤井は口を噤むしかなかった。

すでに杏子との間でも話題になっていた。

『木戸さんは窮地に陥るかも知れない』とも杏子は憂い顔で言った。

『とりあえず三階級だかの特進で譲歩するよう進言しようかなぁ』とさえ口にした。

「会長が病いで倒れて、すぐさま不自然な人事を強行したとしたら、人間性を疑われても仕方がないだろう。僕はそう思いたいな」

「甘い甘い。〝ダーティS〟の本質を知らないか、取り込まれてしまったのかのどっちかだな」

辻本はあくまでも辛辣《しんらつ》だった。

11

翌一二日の常務会終了後の午後二時過ぎに、瀬島は木戸を社長室に呼びつけて、斬りつけるように言った。

「野田を一五日付で役員待遇にするから、さよう心得てもらいたい」

「性急過ぎませんか。会長が脳梗塞で倒れるのを待っていたみたいなタイミングで強行するのはいかがなものでしょうか」

木戸は予期していたので、苦笑しいしい反対した。

「もともと小田島とおまえの意見に与した俺が阿呆だったんだ。あの時、実行すればよかったんだ。あっさり撤回するなんて、それでも人事権者かと嗤われてるんだろうな」

木戸は皮肉たっぷりに言い返した。

「誰に嗤われたんですか。嗤う人の気が知れません。非常識にもほどがありますよ。見識を疑います」

「野田の役員待遇人事はプラスのほうが圧倒的に大きい。頑張った奴には報いてやるのがトップの仕事でもある」

「ＣＰからエグゼクティブ・プロデューサーに昇進させて十分報いたじゃありませんか。二年後に取締役にしても破格の扱いです。大抜擢のプラスの面がゼロとは言いませんが、マイナスのほうが多いとわたしは思います」

「見解の相違だな。俺を無視して小田島なんかを味方につけて、反対したおまえのやり方も気にくわん。六月の時の屈辱感は忘れてないからな」

木戸はしかめっ面を下に向けたが、すぐに強く瀬島を見返した。

「その程度のことをまだ根に持ってるんですか。あなたはもっと大人物だと思ってたのですが」

「その程度のことだと！　ふざけるな！　俺を虚仮にしやがって」

「社長のお言葉とも思えません。世をはかなみたくもなりますよ」

「俺ほどの男がここまで言ってるのに、おまえはまだ反対するのか」

「テレビ東日のこと、社長のお立場に思いを致せば反対せざるを得ません」

ワイシャツ姿の瀬島はネクタイをゆるめ、両足をセンターテーブルに投げ出した。

スーツ姿の木戸は逆にネクタイを締め直して、居住まいを正した。

「山崎あたりがどんな入れ知恵をしたか知りませんが、タイミングも悪過ぎますし、フェアではないと思うのです。強行するとしても、もうしばらく時間を置くべきです」

「おまえが人事権者ならそれもよかろう。だが、六月にやってれば俺の株はもっと上がってたんだろうな。人事権者は社長の俺だ。それを忘れないでくれ。ここまで言ってもまだ反対するのか」

「もちろんです。わたしの立場は社長を補佐することです。六月の時には完璧にフォローしました。ですから、噛われずに済んだのです。波風も立ちませんでした」

「バカ野郎！　なにが完璧にフォローしただ。俺の足を引っ張っただけのことじゃねぇか」

木戸は吐息をついてから、深呼吸をした。

「社長はわたしが邪魔だとお考えなのですか」

「二つ返事で分かったと言えばよかったんだよ。今のおまえは目障りだな」

「出て行けよがしのことを言われているわけですね。だとしますと、わたしは辞任せざるを得ませんかねぇ」

瀬島は足を引っ込めて、言い放った。

「好きにしたらいいだろう。東日新聞でも京都の婆さんにでも泣きを入れたらどうなんだ」

「そんな恥を晒すような真似はしませんよ。ただし、代表権を持つ副社長の立場がそんなに軽いものだとは思いませんが」

「トップに逆らったら、代表権もへったくれもねぇだろう。今ここで決めるのが手っ取り早くていいんじゃねぇのか」

「この場でわたしの去就を決めるのはどうなんでしょうねぇ。ちょっと違うんじゃないでしょうか」

「副社長で残るのか。それとも、野田役員待遇にあくまで反対して辞めるのか、どっちかだろう」

「二、三日考えさせてください。反対を撤回するつもりはありませんから、辞任する方向で考えますか」

木戸はふるえ声で捨てぜりふを吐き、社長室から退出しようとソファを起ったが、「ちょっと待て」と瀬島が押しとどめた。

「どうしても反対なら、しょうがねぇけど、おまえにとって得はねぇよな。意地を張らずに、ちょっとばかり譲歩すればテレビ東日の副社長で威張ってられるんだ」

木戸は棒立ちのまま返した。

「意地を張ってるつもりはまったくありません。繰り返しますが、あなたのためを思えばこそ反対してるんです。人事権者に暴走してもらいたくないだけのことです」

「ま、どっちに転んでもおまえを見捨てるようなことはせんよ。後進に道を譲って、BSの社長になる手があるかもな。とにかく、けじめの問題だと俺は思ってる。俺に逆らうとは言語道断だ」

瀬島が手を払うのと、木戸が背中を向けるのが一緒になった。


木戸と入れ違いに山崎が社長室に入った。

むろん瀬島に呼ばれたのだ。

話を聞いて、山崎が揉み手スタイルで、おべんちゃらを言った。

「わたしも溜飲がさがりました。木戸さんには赤っ恥をかかされましたから」

「木戸の野郎どう出ると思う？」

「反対論を撤回するんじゃないですか。『辞任する方向で考えますすか』は、引っ込みがつかなかったからで、一晩考えれば社長に頭を下げると思います」

「俺は逆のことを言ったが、東日新聞と京都の婆さんに泣きつかれると困るんだ」

「プライドの高さだけは一丁前の人です。そこまでしますでしょうか」

「木戸は、テレビ東日にとって必要不可欠な男だと思うか」

山崎は思案顔で天井を仰いだが「はい」と即刻応えたかった。

「木戸さんはレベル以上の人だとは思いますが、社長にいちいち盾つくような人ですから、この際と思わないでもありません。泣いて馬謖《ばしょく》を斬るチャンスなんじゃないでしょうか」

「木戸が泣きつく前に、東日新聞に後釜を出してもらう手はないかねぇ」

「専務以上はプロパーであるべきです。後釜はいくらでもいます」

「山崎を含めてな。おまえが最右翼であることは俺が認めよう」

「畏れ入ります」

山崎は深々と頭を下げた。

「今週中に結論が出るだろう。木戸が軽挙妄動しなければいいんだが。あいつは京都の婆さんにも気に入られてるから始末が悪いよ」

「わたしが副社長を慰留してみましょうか」

山崎は心にも無いこととは思わなかった。木戸の存在感はまだある。野田役員待遇を許容すればとりあえず嵐は避けられる――。

社長室から自室に戻ったあとで、山崎は藤井に社内電話をかけた。

藤井は在席していた。

「ちょっと来てくれんか」

「かしこまりました」

藤井は背広を着ながら席を立った。廊下を歩きながら胸が騒ぐのを覚えた。話を聞いた時、藤井は厭な予感が的中したと思った。

「悪い冗談と思いたいですねぇ。常務ですから率直に申し上げますが、副社長は正論を述べたに過ぎないと思います」

「俺もそう思わぬでもないが、野田の役員待遇は社長が決めたことだからなぁ」

「会長が倒れて間もないこの時期に強行する手はないと思います」

「まあなぁ。せめてひと月ぐらい経ってからでも遅くないよな。ただなあ、社長は六月の時点で相当感情的になってたから、俺も心配してたんだ。俺の意見を聞かずに、いきなり副社長と向き合うとは思わなかったよ。副社長が東日新聞なり石川女史に泣きを入れると思うか」

「あり得ると思います。理不尽にもほどがありますから、その程度は許されるんじゃないでしょうか」

絶対にあり得ないと思いながらも、藤井はそう言わずにはいられなかった。

「それがいっとう不味いんだ。社長も多少気にしておられた」

「でしたら、常務が社長に白紙撤回を進言したらいかがでしょうか」

「火に油を注ぐようなものだろう。木戸副社長とわたしが話すのはどうかねぇ。その場合は、野田の件で副社長の譲歩を引き出すのが目的になるが」

「副社長が折れるとは考えにくいと存じます」

「野田を役員待遇にするぐらいのことに、躰を張ってまで固執するだろうか」

「筋道を通すのは副社長の美点です。副社長の存在無くして、今日の瀬島社長は無か

った と思います」

「木戸さんの息のかかった藤井が、木戸さんと話してみるのはどうだ？」

「若造のわたしがしゃしゃり出る場面ではないですよ」

「ううん」

厭な顔をして、山崎は組んだ両手に頭を乗せた。

12

翌一三日午前一〇時過ぎにも木戸は瀬島と向かい合った。

「野田役員待遇にはやはり反対です。強行なさりたかったらわたしをクビにしてください」

昨日もそうだったが、木戸は悠揚迫らぬ態度だった。

瀬島は逆上した。

「なんだと！　きのうのきょうだから、おまえが折れると思って無理に時間をやりくりしたのに。辞めてもらうしかないな」

「はい。今後の身の振り方については、あなたにお任せします。テレビ東日グループから出て行けとおっしゃるのでしたら、それも仕方がありません」

瀬島は噛みつきそうな険しい顔を横に向けて、返事をしなかった。

木戸のほうがしびれを切らした。

「退任の日時ですが、一二月三一日付はいかがでしょうか。まだ二ヵ月以上ありますが、区切りのいい所で年内一杯勤めたいと考えました。気持ちの整理、仕事の整理にそのぐらいの期間はあって良いと思った次第ですが、おまえの顔を見るのも厭だとおっしゃられたら、それまでのことで、一九日の常務会で社長から話していただいて、二〇日付でも構いません。理由は野田役員待遇で意見が合わなかったでよろしいと思います」

瀬島が湯呑み茶碗を鷲摑みして、緑茶をがぶっと飲んだ。

「おまえ誰かに相談したのか」

「いいえ。そんな時間はありませんし、相談するつもりもありません。自分で決めるしかないでしょう」

「京都の婆さんぐらいには相談したらよさそうなものだが、堤にも話さなかったのか」

木戸は冷笑した。

「もちろんです。じたばたしたくないのです。明鏡止水の心境と言えば嘘になりますが、無用の混乱は避けるべきでしょう」

「木戸と二人三脚で、東日新聞に立ち向かってきたが、おまえも代表取締役副社長になって達成感めいたものがあるんだろうな。俺が野田の役員待遇に拘泥した狙いがそのうち分かってもらえるだろう。山崎だけには話すが、とりあえず三人限りにしてもらおうか。一一月上旬の常務会で話すとするかねぇ」

瀬島の口吻が妙に冷静さを取り戻していた。

「おまえには世話になった。もちろんテレビ東日グループに留まってもらうつもりだし、おまえが望む所があったら、遠慮なく言ってくれや」

「ありがとうございます。年末まで通常どおり仕事をさせてもらいます」

「そうしてくれ。野田の役員待遇は来週の常務会で決めるからな」

「承りました」

「ハンコはついてくれるんだな」

「秘書に押印してもらいますかねぇ」

木戸は冗談っぽく返して続けた。

「まだ、ここだけの話でよろしいんじゃないですか」

「どういう意味なんだ」

「山崎君は口が軽過ぎるような気がしたものですから。わたしの思い過ごしかも知れません。しかし、ここだけの話をわたしは厳守します」

「分かった。そうするよ」

瀬島の表情も声もささくれだった。

『ここだけの話』は多分あり得ないだろうと木戸は思った。瀬島から山崎に伝わらない筈が無かった。

13

一〇月二三、二四の両日、藤井靖夫は堤杏子に誘われて、京都へ行った。

「お婆ちゃまのお屋敷で昼食をご馳走になることになっているの。申し訳ないけれど、あなたはホテルの近くで摂《と》ってね。三時頃までにはホテルに行けると思う」

「いいですよ。でも新幹線を別々にすればよろしいんじゃないですか。僕はグリーン車に乗れる立場でもありませんし」

「それは無いでしょう。〝のぞみ〟ならわずか二時間ちょっとだから、わたしも普通車の指定席でいいわ。九時半頃のチケットを買っておく」

「木戸副社長退任のことを報告せざるを得ないわけですね」

「そうなの。知らんぷり出来るわけがないでしょう」

「そう思います」

二人が携帯電話でやりとりしたのは一九日の夜だった。

新幹線の車内で二人はずっと話し続けた。

「帰する所、エモーションとエモーションの激突は回避できなかったことになるわね」

「他人の不幸を喜ぶのは誰しもなんでしょうが、瀬島社長は大喜びしたんじゃないですか。鬱陶しい小田島会長が突然いなくなったわけですから」

「あなたから話を聞いたのはいつだったっけ？」

「一五日の夜です」

「わずか一週間ほどしか経ってないのよねぇ」

「トップ会談があったのは一二日です。木戸副社長が筋論に固執したことは山崎常務から聞いてました。社長も副社長も譲歩するわけにはいきませんよねぇ。しかし、歩み寄れる可能性がゼロとは思いたくなかったのです。何度も話してますけど」

「これも繰り言だけど、木戸さんも水臭いわよねぇ。わたしのほうから催促するまでなんにも話してくれなかったのよ。京都のお婆ちゃまに報告しないわけにはいかないって話したら、『年末年始の挨拶の時でいいじゃないか』なんて、長閑《のどか》なことを言ってるのには呆れて、ひっぱたいてやりたくなった」

「それは初耳です。いつのことですか」

「だから、あなたと携帯で京都旅行を話した日、一九日の昼下がりだったかなぁ」

「副社長の気持ちも分からなくはありません。年末まで、仕事を続けるそうですから」

「一二月三一日付で退任するんでしたねぇ。あなたから聞いたんだ。木戸さんにも確認したわ」

「僕は一二日にも一三日にも、山崎常務からトップ会談の話は聞いています。ここだけの話なんて、やっぱり無いんですね。ましてやおしゃべり常務のことですから。僕に伝える必要なんて無いのにねぇ。ただ局次長だとかバカげた話絡みなので、仕方がない面もなくはないんですかねぇ」

「山崎さんがあなたに話すのは無理もないと思う。あなたがわたしに話すのも当然でしょう。ただし、わたしとしては木戸さんから直接聞きたかった。それが筋っていうものでしょう」

「おっしゃるとおりです。それにしても一九日までよく辛抱できましたねぇ」

「意地でも、木戸さんから話があるまで待とうかなとも思ったのだけれど、来月二日の常務会で野田役員待遇が決まるって聞いたので、もう我慢し切れなくなったの。『誰から伝わったのか。山崎あたりだな』って言われたので、『当たらずといえども遠からずです』と応えといた」

藤井は右側に躰を寄せて、うなずいた。二人はDE席に並んでいた。窓側のEシートは杏子である。

「あなた以外からわたしに聞こえてこなかった所を見ると、山崎さんはここだけの話にした可能性もあるのかなぁ」

「おしゃべり常務にしては立派じゃないですか」

「瀬島さんの背中しか見てない証左とも言えるんじゃないの。木戸さんというチェック機能を失って、独裁者になると思うと泣けてくる」

「右に同じです。瀬島社長の独断専行はひどいことになるんじゃないでしょうか。僕は絶望的な心境でテレビ東日を辞めたくなっています。辻本のようなジャーナリストに転身できる可能性はゼロです。転職先が簡単に見出せる時代でもありません。でも大手のプロダクションでも良い。転職先さえあれば辞める気になると思います」

杏子がきっとした顔を左に向けた。

「ストップ。今そんなシリアスな話をしないでよ。時間はたっぷりあるわ。ゆっくり話し合いましょう」

「生意気な言い方になりますが、木戸副社長に殉じたい気持ちで一杯なんです」

「あなたらしく潔《いさぎよ》い……」

杏子は声を詰まらせたが、すぐに笑顔を輝かせた。

「せめてこの二日間は楽しく過ごしましょう。初めての遠出でもあるのよ」

「はい」

「返事が小さいわ」

「はーい。分かりましたぁ」

「それだと、ちょっとわざとらしいわね」

「楽しく過ごせるのか心配ですよ。これが本音です」

「分かる分かる」

杏子は明るい声で返した。


杏子と藤井がホテルグランヴィア京都をチェックアウトしたのは翌二四日の午前一〇時だ。

目抜きの神社仏閣は避けるで意見が一致した筈なのに「伏見稲荷大社は一見に値するんじゃないかしら。まだ行ったことがないの」に藤井も「僕も初めてなので、賛成です」と、いともあっさり応じたのはタクシーに乗車する寸前だった。

京都深草の稲荷山の麓にある大社のロケーション、スケールの壮大さに二人は驚嘆した。

わけても目を見張らせられたのは、本殿背後から奥社まで続く〝千本鳥居〟だ。朱塗りの鳥居のトンネルの長さといったらなかった。

一〇〇メートルほど行って引き返したが、往路では気づかなかった最前列の一番どでかい鳥居の奉祀者が電光と知って藤井が唸《うな》り声を発した。

「さすが天下の電光だけのことはありますねぇ。一億円は下らないかも知れませんよ」

「殖産興業神・商業神のお使いの狐さんに、電光がひれ伏すのも分かるような気がする。だけど、宗教法人の課税については考えるべきでしょう。多大な広告も問題よねぇ」

「まるで異界への入口ですね。民衆のお稲荷さんへの願い事を電光が代表してくれてるんじゃないですか」

さらに仰天したのは、〝テレビ東日　代表取締役　瀬島豪〟名の寄進の看板を見つけた時だ。これ見よがしに〝三百萬圓〟とあるではないか。

「ウチは山王の日枝神社ですよねぇ」

「新社長として新風を吹き込みたかったのかも。八百万《やおよろず》の神に二股をかけても罰は当たらないでしょう」

寄進者の看板の行列を見上げながら、杏子が続けた。

「視聴率が上がっているのはこのお陰なのかなぁ」

右京区御室《おむろ》の仁和寺《にんなじ》は観光客もさほど多くはなく、静かなたたずまいを保っていた。

二人は、霊明殿の縁側に並んで腰をおろした。

「昨夜は木戸さんが、お婆ちゃまの執事に丁寧な手紙を出していたことまでしか話さなかったけど、わたしは一一月二〇日付で会社を辞めることにしたわ」

「さりげなく切り出す話じゃないでしょう」

藤井は色をなして続けた。

「僕に相談もなく、しかも新幹線の中では四の五の言ってましたよねぇ」

「わたしは、あなたと違って木戸さんに殉じる気持ちはありません。ずっと考えていたことなの。ただ、どうせなら木戸さんが辞める前のほうがベターだと思っただけのこと。木戸さんとわたしが怪しいなんて勘繰るバカもいないとは限らないでしょう」

「じゃあ、僕も辞めます。木戸さんと杏子さんに殉じて」

「駄目よ。絶対に辞めてはいけません。あなたはテレビ東日で平目にならず自然体で伸していける人なのよ。トップに立てる可能性だってある」

「買い被らないでください。あなたは辞めてどうするんですか。引く手数多は分かってますけど」

「お願いだから、そんなにとんがらないで。差し当たり活字の世界にトライしようと思ってるの。有力週刊誌から、連載の依頼があったので受けることにして、すでに一〇〇枚ほど書いたわ。メールする。あなたにチェックしてもらいたいの」

「杏子さんには驚かされることばっかりですね」

「まだふくれっ面してるのね」

「当たりまえでしょう。あなたのマネージャーにでも取り立ててもらいましょうかねえ」

厭味たっぷり、皮肉たっぷりだった。

「わたしが嫌いになったのかなぁ」

「そんなこと言ってませんよ。しかしながら極めて不愉快です」

「とにかく読んでください。お願いします」

杏子に拝むポーズを取られて、藤井が少し引いた。

「タイトルは？」

「〝活字力への憧憬《しょうけい》〟〝映像との狭間で考える〟だったと思う。編集側の希望なの。甘ったるくて、引っかかるけど、活字文化への思い入れ、テレビ・ＩＴの功罪、あるべき論なども、わたしなりに力をふりしぼって書いたつもりです」

「一〇〇枚も書いたんですか」

「まだまだ書き足りない。わたしの身の振り方についてはもっとあとで話すべきだったわねぇ」

「それは無いでしょう。あなたへの不信感が増幅するだけのことですよ」

「一言多かったかなぁ」

杏子はペロッと舌を出してから掌を合わせた。

「テレビ東日を辞めないでね。瀬島さんのパワーは買えるような気がする。ダーティぶりもオーバーに伝わってるんじゃないかなぁ。いずれにしてもテレビ東日は藤井靖夫を必要としているのよ。頑張ってもらいたいなぁ。あなたが副官になったら瀬島さんは輝くと思う」

杏子は帰りの新幹線の車中でも「辞めてはならない」と強調してやまなかった。

「テレビの発信力、訴求効果は断トツです。活字コンプレックスをバネにしてきたわたしのこだわりなの。あなたなら分かってくれると思ったんだけど」

「分かるわけないじゃないですか」

「そうかなぁ」

鼻にかかった声を出され、顔を覗き込まれて、藤井はぶっきらぼうに返した。

「でも、ずるいですよ。ええかっこしいもいいとこです。僕も辞める方向で、じっくり考えさせてもらいます」

「瀬島さんのリーダーシップとパワーは、悔しいけれど、評価しないとね。しかも、あなたの力量はその瀬島さんに大評価されてるのよ」

「空々しい。なにが瀬島さんですか。〝ダーティS〟は〝ダーティS〟なんです。杏子さんの命令に従ういわれはありません」

「木戸さん、辻本君の意見も聞いて。あなたまで辞めたら、瀬島さんたちに〝四人組〟なんて、からかわれかねないからね」

「自分で決めるしかないでしょう。あなたの意見だけでも食傷、うんざりです」

杏子の優しさは胸に響かぬでもない。だが、話が性急過ぎて、夢を見ているような思いもある。藤井は俯《うつむ》いて目を瞑った。胸が騒ぎ出した。

胸中でせめぎあいがいつ尽きるか分からぬほど続いていた。

解説

佐高　信

テレビ朝日系「報道ステーション」の二〇一五年三月二十七日の遣り取りが波紋を呼んでいる。

コメンテイターの元経済産業省の官僚、古賀《こが》茂明《しげあき》が、いきなり、こう切り出したからである。

「テレビ朝日の早河《はやかわ》（洋《ひろし》）会長とか（制作協力する）古舘《ふるたち》プロジェクトの佐藤《さとう》会長のご意向ということで私は今日が最後なんですけど、これまで非常に多くの方から激励を受けまして、一方で菅《すが》（義偉《よしひで》）官房長官はじめ官邸のみなさんにはものすごいバッシングを受けてきました」

これに対して、キャスターの古舘伊知郎《いちろう》があわてて、

「いまのお話は承服できません。テレビ側から降ろされるというのとは違うと思います」

と割って入ったが、古賀は、

「古舘さん言われましたよね。『この件で私は何もできなくて本当に申し訳ない』と。全部録音させていただきましたので、そこまで言われるなら、すべて出させていただきます」

と切り返し、安倍《あべ》（晋三《しんぞう》）政権の原発政策、武器輸出、カジノ法案を批判して〝I am not ABE〟というフリップを掲げた。

古舘が最初の勢いはどこへやら、反原発を主張しなくなったことに古賀は苛立って見切りをつけたわけだが、その後も揺れ続けている問題で腑に落ちないのは、テレビ朝日の社長の吉田慎一《よしだしんいち》の存在が見えないことである。

新聞とテレビには、それぞれ関係の深い系列や親会社子会社がある。たとえばテレビ朝日は朝日新聞系列の会社で、草創期は別として、早河以前は朝日新聞から社長が〝派遣〟されていた。途中で力関係が逆転したところもあるが、日本テレビは読売新聞と、フジテレビは産経新聞、ＴＢＳは毎日新聞、そしてテレビ東京は日本経済新聞と密接な関係がある。地方テレビ局もしかりだ。

テレビ開局からずいぶんと時間も経って、すでに生え抜き社長が当然のようになっている局もあるが、たとえばテレビ朝日は新聞社の力が温存されており、悲願として早河社長が誕生した後も、吉田が送り込まれた。

しかし、記者時代は敏腕を謳われた吉田も、就任して日が浅く、実権を握ってはいない。そこに今度のような〝社長不在〟と見える事件が起こる一つの背景があった。

もちろん、小説の中のテレビ東日イコールテレビ朝日ではないが、この作品では新聞とテレビの関係が大きな軸になっている。

馬力がある反面、ダーティな噂も絶えない瀬島豪が、人望もある一年下の木戸光太郎をおさえて、遂に社長になるのは、生え抜きということで木戸が瀬島を助ける側にまわったからである。〝占領軍〟の東日新聞に対する対抗意識はそれほどに強かった。主人公は、木戸を慕うミドルの藤井靖夫。花形アナウンサーだった広報局長、堤杏子も木戸の応援団として重要な役割を果たす。

冒頭、藤井は同期の辻本浩一にこうこぼす。

「木戸さんは俺が俺がかなさ過ぎるのが最大の欠点だな。地方のテレビ局に飛ばされても甘受する口だろう。東日新聞にとって、目障りなのは瀬島氏だけだ」

私も「テレビ東日」的な内情をある程度は知っているが、現実に木戸のような人物はいた。木戸をはじめ、藤井たちも〝ダーティ瀬島〟には多大の疑問を感じつつも、生え抜き社長を誕生させるには致し方ないのかというジレンマを抱えながら、サラリーマン生活を送るのだ。

作中で堤が藤井に言う。

「瀬島さんと木戸さんの二人掛かりで、やっと新聞社に対抗できると木戸さんは読んでいるような気がする。新聞社に対して二人は一体にならざるを得ないのだと思うな」

また、第三章の「活字コンプレックス」では、堤が、

「テレビ東日を辞めさせられるなり辞めるなりしたら、ルポライターになりたいな。活字コンプレックスを入社した時からずっと引き摺ってるの。新聞社を二つ受けて落された悔しさもあるのかなあ。藤井さんはどうなの」

と告白したのに、藤井が、

「活字コンプレックスはあります。映像のほうが遥かにパワーがあると思いたい所ですし、事実アピール力もありますが、活字は残りますし、頭に入り易いことも確かです。報道記者のほうが上位だと思い込みたいのは山々ですが、ニュースでさえもスポンサーを常に意識しなければならないのは辛いですよねぇ」

と答える場面がある。

堤と藤井の艶っぽいロマンスもこの小説の重要な隠し味だが、二人が〝ニュースショー〟の当初のキャスターである久保信と、後継者の井上晋一郎を比較してこう語り合うのも興味深い。

辻本などが井上に辛い点をつけたと藤井が水を向けたのを受けて堤が、

「雲泥の差とか言うんじゃないの。ただし、視聴率は取ってるじゃない。スポンサーもついているし、報道センターのプロデューサーもディレクターも操り人形を相手にしているんだから楽なものでしょう。横に並んでいる東日新聞のコメンテイターのフォローのお陰もあると思う」

と答え、藤井が、

「久保信さんなら、だらしない今の政治、政局をどう斬るのか、つい考えちゃいます。いま現在擦り寄ることをしないキャスターは、ほかにいるんでしょうか」

と疑問を呈すると、堤は、

「NHKの貌《かお》の大物美人キャスター以外思い浮かばない。井上晋一郎さんは口の回転だけで持っているキャスターだけど、視聴率が取れるっていうことは、勝者だから、事務所の態度が大きくなるのも仕方が無いと思う」

と解析する。

一言付け加えれば、「久保信」は新自由主義者の竹中平蔵に懐疑的だったが、「井上晋一郎」はしばしば登場させていた。それをもってしても、私は「月とスッポン」だと言っておきたい。

また、堤は、元銀行員のコメンテイターとしてテレビに出ている「江田潔」に対して、こんな辛口の評価をする。

「大銀行でそれこそ月給ドロボーみたいに高給食んでいたうえに、早期退職で結果的に一億円近い退職金をせしめて、コメンテイターになった江田潔なんていうのがいるでしょ。豪邸建てて、女房を一流のゴルフクラブの会員にしたくせに、銀行に悪態ばかりついている。挙げ句の果てに日銀OBのろくでなしと組んで新日産興銀行で、無茶苦茶なことまでしてるんじゃなかったっけ」

ちなみに、「日銀OBのろくでなし」とは『破戒者たち』にも登場する「村木豪」のことを指す。

本書の週刊誌連載時は三年前だが、高杉は最近の著者インタビューで、「後期高齢者になった今でも」などと言っている。しかし作品には瑞々しさがあふれている。とても、「後期高齢者」が書いた小説とは思えないのである。そのエネルギーで、まだまだ、日本にあるタブーに挑戦してほしい。

原則としてテレビには出ない、と虚名に色気を見せない高杉だから、この作品が書けたのであり、多くの人がこれを読んで「第四権力」の裏と表を知ってもらいたいと願う。

本書は、二〇一三年三月に小社より刊行された『第四権力
スキャンダラス・テレビジョン』を改題したものです。

本作品はフィクションであり、実在の人物、
団体などとはいっさい関係ありません。

|著者|高杉 良　1939年東京都生まれ。専門紙記者・編集長を経て、'75年『虚構の城』でデビュー。以後、緻密な取材に基づいた企業小説・経済小説を次々に発表する。著書に『金融腐蝕列島』『小説　日本興業銀行』『小説　ザ・外資』『虚像の政商』『管理職の本分』『祖国へ、熱き心を　東京にオリンピックを呼んだ男』など多数。また『高杉良経済小説全集』（全15巻）も刊行されている。近刊に『小説　創業社長死す』がある。

第四権力《だいよんけんりょく》　巨大《きょだい》メディアの罪《つみ》

高杉《たかすぎ》 良《りょう》

2015年５月15日第１刷発行

講談社文庫
定価はカバーに
表示してあります

発行者――鈴木　哲
発行所――株式会社　講談社
東京都文京区音羽2-12-21　〒112-8001
電話　出版部（03）5395-3510
　　　販売部（03）5395-5817
　　　業務部（03）5395-3615

デザイン―菊地信義
本文データ制作―講談社デジタル製作部
印刷―――株式会社廣済堂
製本―――加藤製本株式会社

Printed in Japan

ISBN978-4-06-293100-7

講談社文庫刊行の辞

二十一世紀の到来を目睫に望みながら、われわれはいま、人類史上かつて例を見ない巨大な転換期をむかえようとしている。

世界も、日本も、激動の予兆に対する期待とおののきを内に蔵して、未知の時代に歩み入ろうとしている。このときにあたり、創業の人野間清治の「ナショナル・エデュケイター」への志を現代に甦らせようと意図して、われわれはここに古今の文芸作品はいうまでもなく、ひろく人文・社会・自然の諸科学から東西の名著を網羅する、新しい綜合文庫の発刊を決意した。

激動の転換期はまた断絶の時代である。われわれは戦後二十五年間の出版文化のありかたへの深い反省をこめて、この断絶の時代にあえて人間的な持続を求めようとする。いたずらに浮薄な商業主義のあだ花を追い求めることなく、長期にわたって良書に生命をあたえようとつとめるところにしか、今後の出版文化の真の繁栄はあり得ないと信じるからである。

同時にわれわれはこの綜合文庫の刊行を通じて、人文・社会・自然の諸科学が、結局人間の学にほかならないことを立証しようと願っている。かつて知識とは、「汝自身を知る」ことにつきていた。現代社会の瑣末な情報の氾濫のなかから、力強い知識の源泉を掘り起し、技術文明のただなかに、生きた人間の姿を復活させること。それこそわれわれの切なる希求である。

われわれは権威に盲従せず、俗流に媚びることなく、渾然一体となって日本の「草の根」をかたちづくる若く新しい世代の人々に、心をこめてこの新しい綜合文庫をおくり届けたい。それは知識の泉であるとともに感受性のふるさとであり、もっとも有機的に組織され、社会に開かれた万人のための大学をめざしている。大方の支援と協力を衷心より切望してやまない。

一九七一年七月

野間省一

講談社文庫 最新刊

濱 嘉之
ヒトイチ 警視庁人事一課監察係
監察に睨《にら》まれたら、仲間の警官といえども丸裸にされる。緊迫の内部捜査!〈文庫書下ろし〉

小川洋子
最果てアーケード
ひっそりとたたずむアーケードは、愛するものを失った人々が思い出に巡り合える場所。

高杉 良
第四権力
〈巨大メディアの罪〉
生え抜き初の社長がこの男でいいのか。醜聞に揺れるテレビ局の裏側を活写する衝撃作!

高田崇史
鬼神伝 鬼の巻
天童純がタイムスリップした先は、鬼と人が戦う1200年前の京都・平安時代だった。

麻見和史
虚空の糸
〈警視庁殺人分析班〉
「金を用意しなければ都民を殺害する」。犯人からの脅迫に殺人分析班はどう挑むのか。

伊東 潤
国を蹴った男
不透明な戦乱の世を決然と生きる名も無き男たち。胸を突く吉川英治文学新人賞受賞作。

長谷川 卓
嶽神伝《がくじんでん》 孤猿《こえん》 (上)(下)
甲相駿三国同盟間近。山の民が、異形の忍者が、戦国の世を血に染める。〈文庫書下ろし〉

佐藤雅美
一石二鳥の敵討ち
〈半次捕物控〉
名物男に道場破りした田舎侍が江戸中に大騒動を巻き起こす。半次捕物控シリーズ新展開。

本谷有希子
嵐のピクニック
恋も、ホラーも、ファンタジーも。キュートでブラックな全13編。大江健三郎賞受賞作。

講談社文庫 最新刊

石川英輔
〈見てきたように絵で巡る〉
ブラッとお江戸探訪帳
豊富な図版で旅するようにご案内。知恵と工夫にあふれた江戸庶民の快適な暮らしぶり！

朱川湊人
満月ケチャップライス
僕たちが暮らす家にやって来た料理上手のモヒカン男。直木賞作家が描く「家族」の物語。

西條奈加
世直し小町りんりん
粋な長唄の師匠・お蝶《ちょう》と兄嫁の沙十《さと》の美人姉妹が頼まれ事を凛と解決！　痛快時代小説。

花房観音
指人形
女は心に欲情に塗《まみ》れた鬼を飼う。とめどない女の欲望を描く官能短編集。〈文庫オリジナル〉

鈴木大介
ギャングース・ファイル
〈家のない少年たち〉
犯罪で生きる少年たちの金では満たされぬ居場所を求める心。人気漫画原案、衝撃のルポ！

加藤元
キネマの華《ヒロイン》
「銀幕の花嫁」と謳《うた》われた女優は私生活では「死神」と呼ばれ、激動の昭和を生き抜く。

二階堂黎人
覇王の死（上）（下）
能登半島最北部の村を襲う血塗れの惨劇。ラビリンスとの最後の戦いに挑む二階堂蘭子！

田牧大和
長屋狂言
〈濱次お役者双六〉
大部屋女形《おやま》濱次が、花形女形と名曲『翔《と》ぶ梅』で競い合い。覚醒なるか!?〈文庫書下ろし〉

片川優子
明日の朝、観覧車で
高校生のみちるが参加した100km歩行のイベント。ゴールまでに私は変われるのだろうか。

講談社文芸文庫

正宗白鳥　坪内祐三・選
白鳥随筆
解説＝坪内祐三　年譜＝中島河太郎
究極のニヒリストにして、八十三歳で没するまで文学、芸術、世相に旺盛な好奇心を持ち続けた正宗白鳥。その闊達な随筆群から、単行本未収録の秀作を厳選。
978-4-06-290269-4
まC5

大岡信
私の万葉集　五
解説＝高橋順子
ついに『私の万葉集』完結。巻十七から二十までのこの最終巻は、主に大伴家持の「歌日記」であり、天平という時代を生きた人々の人間的側面が、刺激的である。
978-4-06-290272-4
おO6

蓮實重彦
凡庸な芸術家の肖像　上　マクシム・デュ・カン論
現在では「フロベールの才能を欠いた友人」としてのみ知られる一九世紀フランスの文学者を追い、変貌をとげる時代と文化の深層を描く傑作。芸術選奨文部大臣賞。
978-4-06-290271-7
はM3

講談社文庫　目録

蘇部健一　木乃伊《ミイラ》男
蘇部健一　届かぬ想い
瀬木慎一　名画はなぜ心を打つか
宗田　理　13歳の黙示録
宗田　理　天路TENRO
曽我部　司　北海道警察の冷たい夏
曽根圭介　沈底魚
曽根圭介　本ボシ
曽根圭介　藁《わら》にもすがる獣たち
田辺聖子　女が愛に生きるとき
田辺聖子　古川柳おちぼひろい
田辺聖子　川柳でんでん太鼓
田辺聖子　おかあさん疲れたよ(上)(下)
田辺聖子　ひねくれ一茶
田辺聖子　「おくのほそ道」を旅しよう〈古典を歩く11〉
田辺聖子　薄荷草《ペパーミント・ラヴ》の恋
田辺聖子　愛の幻滅(上)(下)
田辺聖子　うたかた
田辺聖子　春情蛸の足
田辺聖子　不倫は家庭の常備薬　新装版
田辺聖子　蝶花嬉遊図
田辺聖子　言い寄る
田辺聖子　私的生活
田辺聖子　苺をつぶしながら
田辺聖子　不機嫌な恋人
田辺聖子　どんぐりのリボン
田辺聖子　女の日時計
立原正秋　春のいそぎ
立原正秋　雪のなか
谷川俊太郎訳　和田　誠絵　マザー・グース全四冊
立花　隆　中核VS革マル(上)(下)
立花　隆　日本共産党の研究全三冊
立花　隆　青春漂流
立花　隆　同時代を撃つ〈情報ウォッチング〉I～III
立花　隆　生、死、神秘体験
滝口康彦　一命
高杉　良　労働貴族
高杉　良　広報室沈黙す(上)(下)
高杉　良　会社蘇生
高杉　良　炎の経営者(上)(下)
高杉　良　小説日本興業銀行全五冊
高杉　良　社長の器
高杉　良　祖国へ、熱き心を〈東京にオリンピックを呼んだ男〉
高杉　良　その人事に異議あり〈女性広報主任のジレンマ〉
高杉　良　人事権！
高杉　良　小説消費者金融〈クレジット社会の罠〉
高杉　良　小説新巨大証券(上)(下)
高杉　良　局長罷免-小説通産省
高杉　良　首魁《しゅかい》の宴《うたげ》〈政官財腐敗の構図〉
高杉　良　指名解雇
高杉　良　燃ゆるとき
高杉　良　挑戦つきることなし〈小説ヤマト運輸〉
高杉　良　辞表撤回
高杉　良　銀行大合併〈短編小説全集(上)〉
高杉　良　エリートの反乱〈短編小説全集(中)〉
高杉　良　金融腐蝕列島(上)(下)
高杉　良　小説ザ・外資

高杉　良　銀行大統合〈小説みずほFG〉
高杉　良　勇気凜々
高杉　良　混沌《こんとん》　新・金融腐蝕列島(上)(下)
高杉　良　乱気流(上)(下)
高杉　良　小説会社再建
高杉　良　小説ザ・ゼネコン
高杉　良　新装版　懲戒解雇
高杉　良　新装版　虚構の城
高杉　良　新装版　大逆転！〈小説 三菱・第一銀行合併事件〉
高杉　良　新装版　バンダルの塔
高杉　良　新・燃ゆるとき
高杉　良　管理職の本分
高杉　良　挑戦巨大外資(上)(下)
高杉　良　破戒者たち〈小説・新銀行崩壊〉
高橋源一郎　日本文学盛衰史
高橋源一郎・山田詠美　顰蹙文学カフェ
高橋克彦　写楽殺人事件
高橋克彦　悪魔のトリル
高橋克彦　総門谷

高橋克彦　北斎殺人事件
高橋克彦　歌麿殺《さつ》贋《がん》事件
高橋克彦　バンドネオンの豹《ジャガー》
高橋克彦　蒼《あお》夜《や》叉《しゃ》
高橋克彦　広重殺人事件
高橋克彦　北斎の罪
高橋克彦　総門谷R　阿黒篇
高橋克彦　総門谷R　鵺(ぬえ)篇
高橋克彦　総門谷R　小町変妖篇
高橋克彦　総門谷R　白骨篇
高橋克彦　1999年〈対談集〉
高橋克彦　星封陣
高橋克彦　炎《ほむら》立つ　壱　北の埋み火
高橋克彦　炎立つ　弐　燃える北天
高橋克彦　炎立つ　参　空への炎
高橋克彦　炎立つ　四　冥き稲妻
高橋克彦　炎立つ　伍　光彩楽土〈全五巻〉
高橋克彦　白妖鬼
高橋克彦　書斎からの空飛ぶ円盤

高橋克彦　降魔王
高橋克彦　鬼
高橋克彦　火怨〈北の燿星アテルイ〉(上)(下)
高橋克彦　時宗　壱　乱星
高橋克彦　時宗　弐　連星
高橋克彦　時宗　参　震星
高橋克彦　時宗　四　戦星〈全四巻〉
高橋克彦　京伝怪異帖　巻の上　巻の下
高橋克彦　天を衝く(1)〜(3)
高橋克彦　ゴッホ殺人事件(上)(下)
高橋克彦　竜の柩(1)〜(6)
高橋克彦　刻謎宮(1)〜(4)
高橋克彦　高橋克彦自選短編集〈1 ミステリー編〉
高橋克彦　高橋克彦自選短編集〈2 恐怖小説編〉
高橋克彦　高橋克彦自選短編集〈3 時代小説編〉
高橋　治　男波女波(上)(下)〈放浪一本釣り〉
高橋　治　星の衣
高樹のぶ子　妖しい風景
高樹のぶ子　エフェソス白恋

講談社文庫　目録

高樹のぶ子　満水子(上)(下)
高樹のぶ子　飛水
田中芳樹　創竜伝1〈超能力四兄弟《ドラゴン》〉
田中芳樹　創竜伝2〈摩天楼の四兄弟《ドラゴン》〉
田中芳樹　創竜伝3〈逆襲の四兄弟《ドラゴン》〉
田中芳樹　創竜伝4〈四兄弟《ドラゴン》脱出行〉
田中芳樹　創竜伝5〈蜃気楼都市《ミラージュ・シティ》〉
田中芳樹　創竜伝6〈染血の夢《ブラッディ・ドリーム》〉
田中芳樹　創竜伝7〈黄土のドラゴン〉
田中芳樹　創竜伝8〈仙境のドラゴン〉
田中芳樹　創竜伝9〈妖世紀のドラゴン〉
田中芳樹　創竜伝10〈大英帝国最後の日〉
田中芳樹　創竜伝11〈銀月王伝奇〉
田中芳樹　創竜伝12〈竜王風雲録〉
田中芳樹　創竜伝13〈噴火列島〉
田中芳樹　魔天楼〈薬師寺涼子の怪奇事件簿〉
田中芳樹　東京ナイトメア〈薬師寺涼子の怪奇事件簿〉
田中芳樹　巴里《パリ》・妖都変〈薬師寺涼子の怪奇事件簿〉
田中芳樹　クレオパトラの葬送〈薬師寺涼子の怪奇事件簿〉

田中芳樹　黒蜘蛛島《ブラックスパイダー・アイランド》〈薬師寺涼子の怪奇事件簿〉
田中芳樹　夜光曲〈薬師寺涼子の怪奇事件簿〉
田中芳樹　霧の訪問者〈薬師寺涼子の怪奇事件簿〉
田中芳樹　水妖日にご用心〈薬師寺涼子の怪奇事件簿〉
田中芳樹　魔境の女王陛下〈薬師寺涼子の怪奇事件簿〉
田中芳樹　西風《ゼピュロシア・サーガ》の戦記
田中芳樹　夏の魔術
田中芳樹　窓辺には夜の歌
田中芳樹　書物の森でつまずいて……
田中芳樹　白い迷宮
田中芳樹　春の魔術
田中芳樹　タイタニア1〈疾風篇〉
田中芳樹　タイタニア2〈暴風篇〉
田中芳樹　タイタニア3〈旋風篇〉
田中芳樹　幸田露伴 原作　運命〈二人の皇帝〉
田中芳樹　土屋守　「イギリス病」のすすめ
田中芳樹ほか 文　皇名月 画・文　中国帝王図
田中芳樹　赤城毅　中欧怪奇紀行
田中芳樹 編訳　岳飛伝〈青雲篇〉(一)

田中芳樹 編訳　岳飛伝〈烽火篇〉(二)
田中芳樹 編訳　岳飛伝〈風塵篇〉(三)
田中芳樹 編訳　岳飛伝〈悲曲篇〉(四)
田中芳樹 編訳　岳飛伝〈凱歌篇〉(五)
高任和夫　架空取引
高任和夫　粉飾決算
高任和夫　告発倒産
高任和夫　商社審査部25時〈知られざる戦士たち〉
高任和夫　起業前夜(上)(下)
高任和夫　燃える氷(上)(下)
高任和夫　債権奪還
高任和夫　敗者復活戦
高任和夫　生き方の流儀〈28人の達人たちに訊く〉
高任和夫　江戸幕府最後の改革
高任和夫　貨幣の鬼〈勘定奉行 荻原重秀〉
谷村志穂　十四歳のエンゲージ
谷村志穂　十六歳たちの夜
谷村志穂　レッスンズ
谷村志穂　黒髪

講談社文庫　目録

髙村　薫　李歐《りおう》
髙村　薫　マークスの山(上)(下)
髙村　薫　照　柿(上)(下)
多和田葉子　犬　婿　入　り
多和田葉子　旅をする裸の眼
多和田葉子　尼僧とキューピッドの弓
岳　宏一郎　蓮如夏の嵐(上)(下)
岳　宏一郎　御　家　の　狗
武　豊　この馬に聞いた！ フランス激闘編
武　豊　この馬に聞いた！ 炎の復活凱旋編
武　豊　この馬に聞いた！ 大外強襲編
武田　圭　南　海　楽　園〈タヒチ、バリ、モルジブ……サーフィン一人旅〉
武田　圭　波を求めて世界の海へ〈南海楽園2〉
高橋直樹　湖　賊　の　風
橘　蓮二　監修・高田文夫　大増補版おあとがよろしいようで〈東京寄席往来〉
多田容子　柳　　　影
多田容子　女剣士・一子相伝の影
田島優子　女検事ほど面白い仕事はない
高田崇史　Q　E　D〈百人一首の呪《しゅ》〉

高田崇史　Q　E　D〈六歌仙の暗号〉
高田崇史　Q　E　D〈ベイカー街の問題〉
高田崇史　Q　E　D〈東照宮の怨〉
高田崇史　Q　E　D〈式の密室〉
高田崇史　Q　E　D〈竹取伝説〉
高田崇史　Q　E　D〈龍馬暗殺〉
高田崇史　QED～ventus～〈鎌倉の闇〉
高田崇史　Q　E　D〈鬼の城伝説〉
高田崇史　QED～ventus～〈熊野の残照〉
高田崇史　Q　E　D〈神器封殺〉
高田崇史　QED～ventus～〈御霊将門〉
高田崇史　Q　E　D〈河童伝説〉
高田崇史　QED～flumen～〈九段坂の春〉
高田崇史　Q　E　D〈諏訪の神霊〉
高田崇史　Q　E　D〈出雲神伝説〉
高田崇史　Q　E　D〈伊勢の曙光《あけぼの》〉
高田崇史　毒　草　師〈QED Another Story〉
高田崇史　試験に出るパズル〈千葉千波の事件日記〉
高田崇史　試験に敗けない密室〈千葉千波の事件日記〉

高田崇史　試験に出ないパズル〈千葉千波の事件日記〉
高田崇史　パズル自由自在〈千葉千波の事件日記〉
高田崇史　麿の酩酊事件簿〈花に舞〉
高田崇史　麿の酩酊事件簿〈月に酔〉
高田崇史　クリスマス緊急指令〈～きよしこの夜、事件は起こる！～〉
高田崇史　カンナ　飛鳥の光臨
高田崇史　カンナ　天草の神兵
高田崇史　カンナ　吉野の暗闘
高田崇史　カンナ　奥州の覇者
高田崇史　カンナ　戸隠の殺皆
高田崇史　カンナ　鎌倉の血陣
高田崇史　カンナ　天満の葬列
高田崇史　カンナ　出雲の顕在
高田崇史　カンナ　京都の霊前
竹内玲子　笑うニューヨーク DELUXE
竹内玲子　笑うニューヨーク DYNAMITES
竹内玲子　笑うニューヨーク DANGER
竹内玲子　踊るニューヨーク Beauty Quest
竹内玲子　爆笑ニューヨーク POWERFUL《パワフル》〈アホで使える最新情報てんこ盛り！〉

講談社文庫　目録

竹内玲子　永遠に生きる犬〈ニューヨーク チョビ物語〉
団　鬼六　外道の女
団　鬼六　悦楽王〈鬼プロ繁盛記〉
立石勝規　国税査察官
立石勝規　論説室の叛乱
高野和明　13階段
高野和明　グレイヴディッガー
高野和明　K・Nの悲劇
高野和明　6時間後に君は死ぬ
高里椎奈　銀の檻を溶かして〈薬屋探偵妖綺談〉
高里椎奈　黄色い目をした猫の幸せ〈薬屋探偵妖綺談〉
高里椎奈　悪魔と詐欺師〈薬屋探偵妖綺談〉
高里椎奈　金糸雀《カナリ》が啼く夜〈薬屋探偵妖綺談〉
高里椎奈　緑陰の雨 灼けた月〈薬屋探偵妖綺談〉
高里椎奈　白兎が歌った蜃気楼〈薬屋探偵妖綺談〉
高里椎奈　本当は知らない〈薬屋探偵妖綺談〉
高里椎奈　蒼い千鳥 花霞に泳ぐ〈薬屋探偵妖綺談〉
高里椎奈　双樹に赤 鴉の暗《くろ》〈薬屋探偵妖綺談〉
高里椎奈　蟬の羽〈薬屋探偵妖綺談〉
高里椎奈　ユルユルカ〈薬屋探偵妖綺談〉
高里椎奈　雪下《せっか》に咲いた日輪と〈薬屋探偵妖綺談〉
高里椎奈　海紡《つむ》ぐ螺旋《らせん》 空の回廊〈薬屋探偵妖綺談〉
高里椎奈　深山木薬店説話集〈薬屋探偵妖綺談〉
高里椎奈　孤狼と月〈フェンネル大陸 偽王伝1〉
高里椎奈　騎士の系譜〈フェンネル大陸 偽王伝2〉
高里椎奈　虚空の王者〈フェンネル大陸 偽王伝3〉
高里椎奈　闇と光の双翼〈フェンネル大陸 偽王伝4〉
高里椎奈　風牙天明〈フェンネル大陸 偽王伝5〉
高里椎奈　雲の花嫁〈フェンネル大陸 偽王伝6〉
高里椎奈　終焉の詩〈フェンネル大陸 偽王伝7〉
高里椎奈　ソラチルサクハナ〈薬屋探偵怪奇譚〉
高里椎奈　天上の羊 砂糖菓子の迷児〈薬屋探偵怪奇譚〉
高里椎奈　ダウスに堕ちた星と嘘〈薬屋探偵怪奇譚〉
高里椎奈　遠《とお》に呱々《ここ》泣く八重の繭《まゆ》〈薬屋探偵怪奇譚〉
高里椎奈　童話を失くした明時《あかとき》に〈薬屋探偵怪奇譚〉
高里椎奈　来鳴《きな》く木菟《みみずく》日知《ひし》り月《つき》〈薬屋探偵怪奇譚〉
大道珠貴　背く子
大道珠貴　ひさしぶりにさようなら
大道珠貴　傷口にはウオッカ
大道珠貴　東京居酒屋探訪
大道珠貴　ショッキングピンク
高橋和　女流棋士
高木徹　ドキュメント 戦争広告代理店〈情報操作とボスニア紛争〉
平安寿子　グッドラックららばい
平安寿子　あなたにもできる悪いこと
高梨耕一郎　京都 風の奏葬
高梨耕一郎　京都半木の道 桜雲の殺意
日明《たちもり》恩《めぐみ》　それでも、警官は微笑《わら》う
日明　恩　鎮火報〈Fire's Out〉
日明　恩　そして、警官は奔《はし》る
多田克己 絵・京極夏彦　百鬼解読
竹内真　じーさん武勇伝
たつみや章　ぼくの・稲荷山戦記
たつみや章　夜の神話
たつみや章　水の伝説
橘もも　バックダンサーズ!
橘もも／三浦天紗子 百瀬しのぶ／田浦智美　サッド・ムービー

2015年3月15日現在